E-Z DICKENS SUPERHERO BUKU EMPAT:
ON ICE

Cathy McGough

Stratford Living Publishing

APA YANG DIKATAKAN PEMBACA...

"Setelah membaca bagian ketiga, saya harus langsung terjun ke bagian ini. Sangat penuh aksi. Saya menyukai orang-orang baru serta hadiah-hadiah unik yang mereka bawa ke dalam tim. Saya juga senang bisa mengenal lebih banyak tentang karakter-karakter yang ada sebelumnya. Seperti pada bagian terakhir, ada banyak sentuhan-sentuhan yang membuat saya tersenyum. Saya menyukai lagu dengan kemurkaan dan cerita dengan bebatuan. Dan epilognya membuat saya langsung merasakannya."

Daftar isi

Untuk Pahlawan Super Sehari-hari.

"Anda tidak bisa mengalahkan orang yang tidak pernah menyerah."

Babe Ruth

PROLOG

Keesokan harinya adalah hari sekolah, tetapi dengan kiamat yang akan segera terjadi, baik E-Z maupun Lia tidak berniat untuk pergi ke sekolah.

"Saya punya firasat buruk," kata Lia.

Saat itu adalah waktu sarapan dan dia dan E-Z hanya berdua. Sam dan Samantha masih tidur, begitu juga si kembar Jack dan Jill.

"Firasat buruk seperti apa?" tanyanya sambil menyuapkan lebih banyak sereal ke dalam mulutnya.

"Kau tahu semalam, saat aku merasa mendengar sesuatu?"

"Ya, tapi kamu bilang itu alarm palsu. Suara itu hilang, dan semuanya kembali normal."

"Memang benar dan ternyata tidak. Sulit untuk dijelaskan. Saya mendengar Rosalie memanggil saya, lalu dia berhenti. Dia tidak mencoba lagi, jadi saya pikir semuanya baik-baik saja. Namun sekarang, saya khawatir karena saya mencoba menghubunginya dan tidak bisa. Dia tidak membalas pesan saya. Saya pikir kita harus pergi dan memeriksanya. Untuk berjaga-jaga. Ini akan meringankan pikiran saya untuk mengetahuinya. Jika tidak, aku tidak akan bisa menyelesaikan apapun hari ini."

"Mungkin dia sedang tidur? Atau baterai ponselnya habis." Dia menghabiskan segelas jus jeruknya dan beranjak dari meja. Ia memasukkan piring-piring ke dalam mesin pencuci piring.

"Mungkin. Tapi aku masih ingin menemuinya."

"Ayo kita pergi dan menjenguknya, untuk menenangkan pikiranmu," katanya sambil memanggil taksi. "Saya harap mereka mengizinkan kita masuk. Bagaimanapun juga, kita bukan saudara."

Mereka berjalan ke seberang kota dan bertanya tentang Rosalie di resepsionis. Wanita itu bertanya, "Apakah kalian berdua keluarga?" Keduanya menjawab bukan. "Silakan duduk," kata wanita itu.

"Lihat," bisik Lia. "Dia terlihat sembunyi-sembunyi. Seperti menyembunyikan sesuatu."

"Ya, aku juga melihat itu. Tapi mungkin kita membayangkannya karena kita khawatir dengan Rosalie. Yang bisa kami lakukan hanyalah menunggu, dan mencoba untuk tetap sibuk. Kita di sini dan kita tidak akan beranjak sampai kita melihat dia baik-baik saja."

Tiga puluh menit kemudian, dan mereka masih menunggu. dan menjadi lebih gelisah seiring berjalannya waktu.

Lia berdiri. "Aku tidak bisa menunggu lagi."

E-Z berkata, "Whoa! Tunggu sebentar." Dia duduk kembali. "Kita beri waktu tiga puluh menit lagi sebelum kita melakukan pengiriman pada mereka."

"Apa maksudnya dengan "pos"?" Lia bertanya.

"Oh, aku selalu lupa kalau kamu bukan orang sini. Itu artinya datang ke sesuatu dengan semua senjata menyala. Sebagai pilihan terakhir. Tentu saja itu hanya kiasan. Meskipun beberapa pekerja pos mengartikannya secara harfiah."

"Saya yakin jika kita sudah dewasa, mereka akan berbicara kepada kita sekarang. Kadang-kadang saya benci menjadi anak kecil."

"Itu ada manfaatnya," kata E-Z. "Cobalah bermain game di ponsel, atau membaca buku. Itu akan menghabiskan waktu dan mereka akan lebih membantu kita jika kita bersabar."

"Seandainya saja saya membawa headphone saya. Saya bisa mendengarkan lagu-lagu baru Taylor Swift."

"Ini," katanya. "Kamu bisa meminjam milikku."

Tiga puluh menit berlalu dan E-Z dengan tenang kembali ke konter. Lia tetap tinggal di belakang, mendengarkan musik. Dia melirik ke belakang. Matanya terpejam. Dia bahkan tidak menyadari bahwa E-Z telah pergi.

"Eh, ada kabar kapan kita bisa bertemu Rosalie?" tanyanya.

"Maaf, ada seseorang yang ingin menemuimu. Dia tahu kau sedang menunggu di sini." Wanita itu menekan tombol pada keyboardnya. Ketika E-Z tidak beranjak pergi, ia mencoba untuk kedua kalinya untuk mendorongnya. "Saya telah berbicara dengan Manajer saya secara pribadi. Dia akan segera berbicara dengan Anda secepatnya. Silakan bergabung dengan teman Anda." Dia melambaikan tangannya ke arah Lia yang sedang sibuk dengan ponselnya.

E-Z kembali ke sisi Lia, dengan enggan. Ia melihat orang-orang berseliweran di sekitarnya. Beberapa adalah penduduk, mendorong alat bantu jalan. Beberapa orang menggunakan kursi roda, didorong oleh petugas, sementara yang lain mengayuh sendiri roda mereka. Sebagian besar penduduk tersenyum ke arahnya, beberapa melambaikan tangan. Dia bertanya-tanya berapa banyak dari mereka yang menerima pengunjung tetap. Dia berharap sebagian besar dari mereka.

Ketika pintu-pintu dibuka dan ditutup, aroma makan siang tercium di hidungnya dan perutnya keroncongan. Ia bertanya-tanya makanan lezat apa yang sedang disantap para penghuni rumah itu hari ini. Mungkin ikan dan keripik. Mungkin kue pai kecil a la mode. Ia berharap ia bisa makan dengan porsi yang lebih besar ketika Lia mengembalikan headphone-nya.

"Ada yang bisa dipercepat? Aku kelaparan!"

"Aku juga dan tidak juga. Katanya manajer akan segera menemui kita, tapi aku tak mengerti mengapa Rosalie tak keluar dan menemui kita sendiri. Apa masalahnya?"

"Saya tidak merasakan kehadirannya di sini," kata Lia. "Kami seperti terputus hubungan. Musik membantu mengalihkan perhatian saya untuk sementara waktu, tapi sekarang saya memikirkannya lagi dan merasa lapar. Bukan kombinasi yang bagus."

"Saya mendengar Anda," kata E-Z ketika seorang wanita tinggi yang mengenakan lencana pengenal General Manager berjalan ke arah mereka dan memperkenalkan diri.

"Nama saya Eleanor Wilkinson dan saya General Manager di sini." Dia menjabat tangan mereka. "Saya tahu kalian berdua berteman dengan Rosalie. Apakah kalian pernah mengunjunginya di sini sebelumnya?"

"Belum, kami belum pernah ke sini," kata Lia. "Tapi kami berteman dengannya, teman dekat. Dan kami mengkhawatirkan dia. Dia tidak membalas SMS saya, atau menjawab teleponnya."

Nn. Wilkinson berkata, "Saya minta maaf untuk memberitahukannya, tapi Rosalie meninggal pada malam hari. Kami sedang menunggu keluarga terdekatnya datang. Mereka tidak tinggal di dekat sini.

"Saya minta maaf karena membuat Anda menunggu begitu lama. Tapi saya perlu berbicara dengan mereka sebelum saya berbicara dengan Anda. Anda mengerti. Kami memiliki kebijakan yang harus diikuti."

Lia jatuh kembali ke kursi dan menangis tersedu-sedu sementara E-Z menggenggam tangannya dan mereka duduk diam selama beberapa detik sebelum dia bertanya, "Apa yang terjadi padanya?"

"Sedang diselidiki," kata Wilkinson. "Maaf, saya tidak bisa mengatakan apa-apa lagi. Kecuali jika Anda adalah keluarga. Saya turut berduka cita atas kehilangan Anda."

"Dia sangat berarti bagiku," kata Lia.

"Bagaimana Anda bertemu dengannya?" Wilkinson bertanya. "Dia adalah seorang wanita yang hebat. Dicintai oleh semua orang." 'Kami bertemu melalui seorang teman,' Lia berbohong.

"Menarik," kata Wilkinson, "mengingat perbedaan usia Anda."

"Maksudmu karena aku masih kecil dan dia tidak? Maksudku bukan," Lia bertanya dengan marah. Dia berdiri.

"Maaf, saya tidak bermaksud membuatmu kesal. Tentu saja, banyak penduduk di sini yang ingin memiliki teman untuk mengobrol. Terutama anak-anak yang memiliki minat seperti kalian, yang bisa mereka ajak untuk menceritakan pengalaman mereka. Jadi, mereka tidak akan dilupakan setelah mereka pergi."

"Kami akan selalu mengenang Rosalie," kata E-Z.

"Bisakah kita menemuinya, untuk mengucapkan selamat tinggal?" Lia bertanya.

"Saya khawatir itu tidak mungkin. Kami memiliki prosedur. Tapi jika Anda meninggalkan informasi Anda, nomor telepon di meja, kami bisa menghubungi Anda. Untuk memberi tahu Anda kapan waktu kunjungan dan pemakamannya."

E-Z meninggalkan nomor teleponnya di meja resepsionis. Mereka hendak naik taksi ketika dia teringat akan buku itu.

"Tunggu di sini," katanya. "Saya akan segera kembali."

Dia mendekati meja resepsionis.

"Maafkan saya, tapi kami tidak bisa menerima kematian teman kami, Rosalie. Tidak, kecuali setidaknya salah satu dari kami melihatnya. Nn. Wilkinson bilang kami tidak boleh masuk, tapi bisakah saya menengok ke dalam kamar? Aku tidak akan tinggal lama. Jadi, saya bisa mengatakan kepada teman saya bahwa saya telah melihat Rosalie dan saya bisa memastikan bahwa dia tidak lagi bersama kita? Dia telah melalui banyak hal, dengan kehilangan matanya dan sebagainya. Akan meringankan pikirannya jika dia tahu dengan pasti dari seseorang yang dia kenal dan percayai."

"Ah, anak yang malang. Aku mengerti. Ikutlah denganku," kata wanita itu. Ketika dia berada di sisi lain meja, dia meminta seorang rekan untuk menggantikannya. "Saya akan segera kembali," katanya.

E-Z mengikutinya lebih dalam ke dalam jantung kediaman warga senior. Tempat itu terang, tidak menyedihkan seperti yang dia dengar tentang panti jompo seperti ini, tetapi sangat tenang. Mungkin karena semua orang sedang menikmati makan siang di kantin. Perutnya kembali keroncongan.

"Semua orang ada di ruang makan," kata wanita itu seperti tahu apa yang dia pikirkan. "Hari ini adalah hari ikan dan keripik dengan jello merah dan krim kocok sebagai penutup. Makanan yang sangat populer dan semua orang ingin mencicipinya. Di hari lain, mustahil untuk mengizinkan Anda masuk karena akan ada terlalu banyak orang yang ingin masuk."

"Baunya pasti enak," kata E-Z. "Dan terima kasih atas bantuan Anda, saya, kami, sangat menghargainya."

Dia berhenti dan menarik pintu hingga terbuka.

"Ini kamar Rosalie. Aku akan menunggu di sini. Anda punya waktu dua menit atau kurang jika ada yang melihat saya."

"Terima kasih," kata E-Z, saat pintu berayun menutup di belakangnya. Baunya aneh, seperti ada api unggun. Dia melihat ke sekeliling ruangan untuk mencari kamera. Sejauh yang dia tahu, tidak ada kamera.

Di balik kain putih, teman mereka tertutup dari kepala hingga kaki. Dia mendekat, melawan keinginan untuk melarikan diri, tetapi dia harus tahu pasti, untuk melihat dengan matanya sendiri. Dia menarik kain itu kembali dan melihat kain itu jatuh ke lantai seperti hantu.

Seketika itu juga, sebuah bau menyergap hidungnya. Seperti bau barbekyu. Daging terbakar. Dan dia melihat lengan Rosalie tergantung, penuh dengan luka bakar dan lecet. Apa yang telah terjadi padanya? Siapa yang telah melakukan hal yang mengerikan ini padanya, dan mengapa?

Dia mendorong kursinya menjauh, dan melihat ke sekeliling ruangan yang bersih tanpa ada tanda-tanda kebakaran. Itu tidak mungkin terjadi di sini. Jika tidak, lalu di mana? Apakah mereka memindahkannya ke ruangan ini, setelah itu?

Wanita di depan pintu mengetuk pintu. "Tolong cepatlah!" katanya.

Dia membuka laci meja malamnya. Itu dia. Buku yang diceritakan Rosalie pada mereka. Buku yang berisi informasi tentang anak-anak lain.

"Waktunya habis," kata wanita itu.

E-Z memasukkan buku itu ke balik punggungnya. Dia menekan tombol agar pintu terbuka, dan mereka kembali ke meja resepsionis.

"Terima kasih," katanya. "Dari teman saya dan saya. Anda telah memberi kami kedamaian. Tolong beritahu kami kapan pemakaman dan kunjungan akan dilakukan. Oh, satu hal lagi, saya perhatikan dia, eh, ada luka bakar di tubuhnya. Apakah ada penghuni lain yang terluka dalam kebakaran itu?"

"Astaga," kata wanita itu. "Saya tidak tahu. Saya tidak mendengar apa-apa tentang kebakaran. Saya belum melihat mayatnya, maksud saya Rosalie sendiri. Saya hanya diberitahu bahwa dia telah meninggal. Saya tidak tahu apa-apa tentang detailnya."

"Tidak apa-apa," E-Z meyakinkannya. "Saya tidak akan mengatakan apa-apa. Saya menghargai semua yang telah Anda lakukan. Terima kasih."

"Tidak ada kebakaran yang terjadi di sini," katanya. "Tidak ada alarm yang berbunyi yang saya tahu. Tidak ada mobil pemadam kebakaran yang dipanggil. Ya ampun."

E-Z melambaikan tangan dan beranjak pergi dari konter. Wanita itu masih mengoceh sendiri. Dia pikir yang terbaik baginya adalah keluar dari sana.

Sopir membantu E-Z naik ke kursi belakang di samping Lia yang sedang menunggu, lalu menyimpan kursi rodanya di bagasi kendaraan.

"Lama sekali," Lia mengeluh. "Apa itu?"

Ia mencoba mengambil buku itu, tapi E-Z tetap memegangnya. Ia menyadari bahwa biaya yang tertera di argo sudah lebih besar dari uang yang ia bawa.

"Mau bagaimana lagi. Aku menyelinap ke arah Rosalie. Dan saya mengambil ini. Ini adalah buku yang dia ceritakan pada kami. Kita akan memeriksanya saat kita pulang." Dia berbisik, "Apa kau punya uang?"

Di antara mereka berdua, mereka tidak punya cukup uang untuk membayar ongkos taksi.

"Kamu harus meminta bantuan ibumu atau Paman Sam untuk membantu kita," katanya, saat sopir berhenti di depan rumah.

Sopir itu membantu E-Z kembali ke kursinya, sementara Lia berlari ke dalam. Dia keluar dengan membawa uang yang cukup untuk membayar ongkos dan sopir pun pergi.

"Sam yang memberikan uangnya."

"Apakah dia bertanya untuk apa uang itu?"

"Tidak, tapi saya kira dia akan bertanya."

Di dalam, Sam dan Samantha berkeliaran di dapur. Berusaha buru-buru menyiapkan sarapan sementara si kembar menghibur mereka dengan tangisan lapar.

"Kenapa kalian tidak sekolah?" Sam bertanya.

"Akan kujelaskan nanti. Eh, ada yang bisa kami bantu?"

"Tidak, terima kasih," kata Samantha. Dia mulai menyuapi Jack.

Sam mengangguk dan mulai menyuapi Jill.

E-Z dan Lia masuk ke kamarnya dan menutup pintu. Alfred sedang membaca koran.

"Rosalie sudah meninggal," Lia berseru, lalu ia berlutut dan terisak, sementara E-Z merangkulnya dan Alfred bergegas ke sisinya. Ketiganya berpelukan dan menangis hingga tak ada lagi air mata yang tersisa.

"Apa yang kamu pegang di sana?" Alfred bertanya.

"Aku mengambil buku itu."

Lia mengambilnya, lalu berdiri dan memeluknya di dadanya seperti sedang memeluk temannya, namun dia melihat semuanya. Rosalie di Ruang Putih. Kemurkaan di Ruang Putih bersamanya. Buku-buku terbakar. Rak-rak berjatuhan. Api di mana-mana.

Lia jatuh berlutut.

"Dia begitu berani. Sangat berani."

"Anda melihat api?" E-Z bertanya. "Apa yang terjadi?"

"Kau tahu, tentang kebakaran itu?"

Dia mengangguk.

"Kenapa kamu tidak memberitahuku?" Dia sudah tahu jawaban dari pertanyaan itu. Dia melindunginya dari kebenaran. "Ketika saya menyentuh buku itu, saya melihat semuanya. Rosalie berada di Ruang Putih. Dan Kemurkaan ada di sana bersamanya. Mereka ingin dia menceritakan tentang kami, dan anak-anak lainnya. Mereka menyiksanya, tetapi dia tidak menyerah."

"Mengapa dia tidak menghubungi kami?"

"Dia mencoba. Saya tidak tahu apakah itu hidup atau mati. Dia pergi, jadi saya pikir semuanya baik-baik saja."

"Ini bukan salahmu," kata E-Z.

"Dia meninggal sendirian, di bawah rak buku, dengan buku-buku terbakar di sekelilingnya. Dia tidak pantas mati seperti itu. Tidak ada yang pantas mati seperti itu." Ia menangis tersedu-sedu di tangannya.

"Rosalie yang malang," katanya. "Dia bisa saja memanggilku. Dia pernah melakukannya sebelumnya. Mengapa dia tidak memanggilku?"

"Karena dia akan menempatkanmu dalam bahaya. Dia meninggal karena melindungi kita."

"Jadi, Kemurkaan mencoba untuk mendapatkan nama kita dan nama anak-anak lain darinya, dan dia mengorbankan dirinya sendiri untuk menyelamatkan kita? Untuk menjaga rahasia kita. Sungguh seorang wanita yang luar biasa, Rosalie. Kami tidak akan pernah melupakannya - tidak akan pernah," kata Alfred sambil menahan air mata. "Dia layak mendapatkan medali. Sebuah medali kehormatan."

"Tunggu sebentar, mungkin mereka memblokirnya agar tidak bisa menelepon kita?" E-Z berkata.

"Dia memang mengirimi saya SOS, tapi dia sudah pernah melakukannya sebelumnya. Suatu kali dia melakukannya ketika mereka kehabisan teh di rumah, dan dia ingin melampiaskannya. Saya tidak tahu bahwa SOS ini berarti nyawanya dalam bahaya."

"Kamu tidak mungkin tahu. Tak satu pun dari kami yang tahu. Kita tidak bisa menyalahkan diri kita sendiri." Ketiganya terdiam. "Tunggu sebentar, mari kita lihat bukunya."

"Ini semua yang dia katakan pada kita. Sebuah daftar lengkap, dengan rincian tentang semua anak-anak yang seperti kita. Syukurlah kemurkaan tidak sampai ke tangan mereka!"

"Hei, tunggu sebentar!" E-Z berkata. "Hanya dengan berpikir bahwa mereka menyiksanya, untuk mencari tahu informasi tentang kita dan yang lainnya - berarti Kemurkaan mengetahui bahwa kita semua ada. Itu berarti anak-anak ini ada di luar sana, sendirian dan mereka bahkan tidak tahu apa yang akan terjadi!

"Kita harus menemui mereka terlebih dahulu. Karena hanya masalah waktu sebelum - bagaimanapun mereka mengetahui tentang kita, mereka - mengetahui di mana mereka berada."

"Bagaimana jika ini adalah jebakan, agar kita mengarahkan kemurkaan langsung kepada mereka?" Alfred bertanya.

"Saya rasa mereka tidak tahu di mana menemukan kita, kalau tidak mereka tidak akan berada di sini, bukan?" E-Z bertanya. "Maksudku, mereka memiliki elemen kejutan. Dengan membunuh Rosalie, mereka telah memberi petunjuk. Biarkan kami tahu bahwa mereka mengetahui sesuatu... mungkin untuk menguasai kami karena kami yang bertanggung jawab." "Bagaimana dengan anak-anak yang lain?" Lia bertanya. "Bagaimana kita bisa mendapatkan mereka, tanpa menjatuhkan tangan kita sendiri?"

"Hadz? Reiki?" E-Z memanggil. "Jika kamu bisa mendengarku, kami butuh masukan dan bantuanmu."

POP.

POP.

"Apakah Anda tahu tentang Rosalie?" tanyanya.

"Ya, kami tahu, dan ini adalah kisah yang menyedihkan dan menyedihkan untuk diceritakan," kata Hadz sambil menyeka air mata dengan sayapnya. "Mereka disiksa di sini, di Ruang Putih. Dan jika itu belum cukup buruk - mereka benar-benar menghancurkannya dan semua yang ada di dalamnya. Semua buku-buku indah bersayap itu hilang. Rosalie, hilang. Hilang." Dia tidak dapat berbicara lagi karena isak tangisnya.

"Itu dia, itu dia," kata Reiki. "Dan bukan hanya itu saja. Kita tidak tahu apa yang terjadi pada jiwa Rosalie."

"Tunggu, tubuhnya ada di tempat tidur di kamarnya di seberang kota, di kediaman senior. Mungkin jiwanya ada di sana bersamanya?" E-Z bertanya.

Reiki berkata, "Apakah Anda memiliki sesuatu yang tersegel, tertutup, dari udara, dari segalanya? Jika ya, silakan pergi dan ambil segera - lalu kita akan pergi dan melihat apakah jiwa Rosalie bersamanya. Kita akan membujuknya untuk masuk ke dalam kontainer - untuk sementara - sampai kita menemukan di mana Penangkap Jiwanya. Aku berharap para Kemurkaan itu tidak mengambilnya."

E-Z bergegas ke dapur, di mana Sam dan Samantha sedang sibuk memberi makan si kembar. "Apa kita masih memiliki termos besar itu?"

"Ya, ada di lemari di atas lemari es," kata Sam, lalu dia mendekat ke arah anaknya.

"Terima kasih," kata E-Z, sambil berjalan kembali ke kamarnya. "Apakah ini cukup?"

Mereka berdua perlu membawa wadah itu.

"Tunggu!" Alfred berteriak, tepat pada waktunya untuk menangkap mereka sebelum Hadz dan Reiki keluar. "Mungkin aku bisa membantu? Aku punya kekuatan penyembuhan. Bawalah aku bersamamu. Biarkan aku mencoba. Kumohon."

POP

POP

FIZZLE

Dan mereka bertiga menghilang, mendarat di kamar Rosalie.

"Itu dia," kata Alfred, melompat ke tempat tidur, berhati-hati agar tidak menginjaknya dengan kaki berselaput. Dengan menggunakan paruhnya, ia mengangkat seprai, sementara Hadz dan Reiki melayang-layang di dekatnya.

"Apa yang akan dia lakukan?" Reiki bertanya.

"Ssst," kata Hadz.

Alfred meletakkan paruhnya di dahi Rosalie, dan menyentuh jantungnya dengan salah satu sayapnya. Tidak ada yang terjadi.

"Biar aku coba yang lain," kata angsa itu. Kali ini, ia melayang di atas tubuh Rosalie, dengan dahinya menempel di dahi Rosalie. Lagi-lagi tidak ada apa-apa.

"Kamu telah mencoba yang terbaik," kata Hadz, "sekarang kita perlu mengamankan jiwanya. Keluarlah, keluarlah di mana pun kamu berada."

Dan begitu saja, jiwa Rosalie melayang ke arah mereka.

"Kamu akan aman di sini," kata Reiki, saat arwahnya dibujuk masuk ke dalam wadah, lalu tutupnya ditutup rapat.

POP.

POP.

FIZZLE.

"Apakah kamu bisa menolongnya?" Lia bertanya, tapi dia sudah tahu jawabannya dari sorot mata Alfred. Ia memeluknya, "Aku yakin kamu sudah berusaha sebaik mungkin."

"Dia benar-benar melakukannya," kata Hadz.

"Jiwanya aman di sini... tidak ada yang boleh membukanya. Ia harus dijaga dengan aman sampai Penangkap Jiwa siap untuk mengambilnya."

"Mungkin kau harus menyimpannya bersamamu?" Alfred berkata. "Dan terima kasih telah mengizinkanku mencobanya."

Di kamar E-Z, The Three merumuskan sebuah rencana untuk menyatukan anak-anak lainnya. Diputuskan bahwa E-Z akan pergi ke Australia, untuk menemui Lachie - yang juga dikenal sebagai The Boy in the Box. Alfred akan terbang ke Jepang, di mana dia akan menjemput Haruto, anak laki-laki yang ditinggalkan di hutan. Terakhir, Lia akan melakukan perjalanan melintasi Amerika Serikat untuk menjemput Brandy, gadis yang bisa hidup kembali.

Misi mereka sudah jelas - apa yang akan mereka lakukan ketika sampai di sana tidak jelas. Mereka memiliki usia yang berbeda, budaya yang berbeda, bahasa yang berbeda. Beberapa membutuhkan izin dari orang tua mereka, dan beberapa tidak.

"Aku ingin tahu apa yang Rosalie ceritakan kepada mereka tentang kita?" Lia bertanya.

"Kita bisa menanyakannya saat kita bertemu mereka," saran Alfred.

"Sementara itu, kita harus berkemas dan menyusun rencana. Saya akan pergi ke sana dengan kursi saya, tapi kalian berdua punya pilihan. Tentukan mana yang terbaik untuk kalian dan jalankan rencana kalian. Saya percaya kalian akan membuat keputusan yang tepat dan waktu terus berjalan."

"Saya senang kamu mengatakan itu," kata Lia, "karena saya tidak yakin apakah saya ingin terbang ke sana dengan pesawat. Aku pikir Little Dorrit mungkin pilihan terbaik, tapi aku tidak yakin apakah dia akan tertarik. Dia akan terbang dengan satu penumpang, dan kembali dengan dua penumpang."

"Saya juga tidak yakin," kata Alfred. "Saya bisa terbang ke sana, atas kemauan saya sendiri - tetapi, karena Haruto masih cukup muda - saya harus menemaninya di pesawat - kecuali jika orangtuanya juga ikut. Ditambah lagi, saya harus mengkhawatirkan cuaca buruk - dan jaraknya sangat jauh."

"Seperti yang saya katakan, kalian berdua yang memutuskan apa yang terbaik untuk kalian. Alfred, jika kamu memutuskan untuk terbang dengan pesawat - mintalah Paman Sam untuk mengatur detailnya untukmu."

Ketiganya bersiap untuk mengumpulkan semua anak. Kemudian mereka akan merencanakan - untuk mengalahkan Kemurkaan yang jahat itu. Bahkan jika itu adalah rencana terakhir yang mereka buat.

BAB 1
AUSTRALIA

E-Z adalah orang pertama dari tim yang meninggalkan Amerika Utara. Terbang melintasi langit dengan kursi rodanya, dia menikmati kebebasan yang diberikan oleh udara terbuka.

Membayangkan kursi rodanya disimpan di dalam pesawat saja sudah membuatnya merinding. Bagaimana jika kursi roda itu hilang? Atau hancur? Itu bukanlah risiko yang layak untuk diambil. Apakah Batman akan meninggalkan Batmobile-nya? Tidak akan pernah.

Meskipun, dia cukup yakin dia harus naik pesawat kembali dengan Lachie. Tidaklah benar membiarkan anak itu terbang sendiri. Mungkin mereka akan membuat pengecualian untuknya dan membiarkannya terbang dengan kursi rodanya? Itu akan sangat berharga untuk ditanyakan. Dia akan menyeberangi jembatan itu ketika dia sampai di sana. Selain itu, dia bahkan tidak ingin memikirkan makanan di pesawat. Syukurlah dia membawa bekal makan siang.

Dia bermain dodgem dengan awan - dan sekali atau dua kali langsung menembusnya. Tapi dia harus fokus. Bagaimanapun juga, Australia berada di belahan dunia lain.

Catatan Rosalie tentang anak laki-laki di dalam kotak itu tidak begitu membantu seperti yang dia harapkan. Dia telah membaca tentang kisahnya di internet. Hal yang paling menonjol baginya adalah bahwa anak laki-laki itu sekarang lebih menyukai binatang daripada manusia. Itu masuk akal, setelah semua yang telah dia alami.

Anak malang itu sangat kacau saat mereka menemukannya, dia lupa bagaimana cara berbicara. E-Z tahu bahwa kekejaman ada di dunia ini, tapi ini tak terkatakan.

E-Z memiliki banyak pertanyaan yang ia harap dapat menemukan jawabannya, seperti di mana orang tua Lachie? Siapa yang memberi makan dan membersihkan kandangnya? Siapa yang memasukkannya ke sana? Mengapa?

Artikel itu mengatakan bahwa mereka mengirim reporter untuk mengambil foto bocah itu, untuk melihat bagaimana keadaannya, tetapi hewan-hewan itu tidak mengizinkan mereka mendekat. Bahkan ketika mereka mencoba menggunakan lensa telefoto. Burung-burung gagak itu menyerang dan membombardir mereka. Ia menonton beberapa klip serangan burung gagak - seperti sesuatu yang ada dalam film Hitchcock , The Birds. Akhirnya, salah satu burung murai terbang dengan lensa reporter. Setelah itu, mereka meninggalkan anak itu sendirian.

E-Z berharap ia bisa mendapatkan kepercayaan anak itu. Dan teman-teman hewannya juga akan mempercayainya. Jika tidak, perjalanannya akan sia-sia. Yah, tidak benar-benar sia-sia jika dia bertemu dan berbicara dengan anak itu. Apakah dia akan mau menolong orang lain, setelah perlakuan yang dia terima? Hanya waktu yang bisa menjawabnya.

Dia terbang di atas Samudera Atlantik. Dia pernah terbang dengan rute ini sebelumnya, dan di sanalah dia bertemu Alfred untuk pertama kalinya. Ponsel di sakunya bergetar - ia melihat ke arahnya dan ada pesan dari Lia.

"Hanya ingin memberi tahu Anda bahwa saya bepergian dengan Little Dorrit."

"Kamu memutuskan untuk tidak terbang - naik pesawat -?"

"Si Kecil Dorrit muncul, dan dia ada di jadwalku."

"Kedengarannya seperti sebuah rencana." Dia mengirim emoji jempol.

"Di mana kamu?" tanyanya.

"Di seberang Atlantik. Air, air, dan lebih banyak air."

Mereka memutuskan sambungan telepon dan dia melanjutkan perjalanan, melintasi Afrika di mana dia melihat Pulau Robben - penjara tempat Nelson Mandela ditahan selama hampir tiga puluh tahun.

Perutnya keroncongan; ia tidak menyukai roti lapis dalam ranselnya. Jadi, dia turun di Cape Town dan berharap bisa menggunakan kartu banknya untuk mendapatkan makanan. Dia melihat sebuah papan nama tempat yang menjual "Ikan dan Keripik Tradisional" dengan Bendera Inggris dan mereka menerima kartu bank. Dia membawa makanan yang sudah disiapkan, dan terbang ke puncak Lion's Head. Setelah selesai menyantap makanannya, yang sangat lezat, dia mengambil foto selfie dan kemudian melanjutkan perjalanannya.

"Bangunkan saya dua jam lagi," katanya pada kursi rodanya yang bergetar dan kemudian melaju kencang. Ketika dia bangun lagi, dia sedang melintasi Samudra Hindia. Populasi bintang yang sangat banyak di sekelilingnya membuatnya merasa tidak sendirian. Dia melanjutkan perjalanannya, merasa penuh kemenangan karena hampir sampai ketika dia melihat matahari di cakrawala mendorong ke atas langit untuk menyambut hari yang baru.

Kemudian, pemandangan itu ada tepat di depannya - pantai Australia. Karena sangat ingin melihatnya sendiri, ia menambah kecepatan dan mendorongnya ke arahnya. Menyadari bahwa ia sangat haus, ia merogoh tas ranselnya dan mengeluarkan sebotol air yang kemudian dikosongkannya. Dia memasukkan botol kosong ke dalam tasnya untuk dibuang nanti, dan meskipun dia masih cukup kenyang dengan ikan dan keripik yang dia makan sebelumnya. Ia memutuskan untuk melanjutkan makan sandwich ham dan keju yang dibawanya dari Paman Sam.

Ia terbang di atas Australia Barat, dan karena merasa kepanasan, ia melepas kausnya dan memasukkannya ke dalam ransel. Dia melanjutkan perjalanan ke Pedalaman di Northern Territory dan bertanya-tanya di mana tepatnya dia harus mendarat ketika seekor burung kecil dengan bulu-bulu bernuansa biru yang ditonjolkan dengan cincin hitam di lehernya terbang ke arahnya.

"Ikuti saya, E-Z," katanya. "Aku sudah mengawasimu."

"Eh, siapa kamu?" tanyanya.

"Aku adalah peri sarang burung," katanya. "Ayo, dia sedang menunggu."

Sekelompok elang menemani mereka.

"Jangan khawatir," kata burung peri. "Mereka adalah pendamping kita."

Dia mengamati bentuk unik dari garis-garis putih elang berdada hitam yang bergerak. Dia pernah mendengar tentang puisi yang bergerak, dan sekarang dia tahu persis apa arti dari kalimat itu.

Kemudian dia melihat anak itu. Dia berada di bawah mereka, melambaikan tangan. E-Z melambaikan tangan kembali. Selain fakta bahwa ia duduk di punggung burung yang sangat besar, ia terlihat seperti anak kecil pada umumnya.

"Selamat datang di Australia," katanya. "Sebentar lagi hari akan gelap, jadi ikutlah dengan saya. Oh, dan omong-omong, Anda bisa memanggil saya Lachie."

"Senang bertemu denganmu Lachie! Saya tidak sabar untuk melihat lebih banyak lagi negara Anda yang luar biasa. Seandainya saja saya bisa tinggal lebih lama."

"Ini adalah Padang Savana," kata anak laki-laki itu. "Tarik napas dalam-dalam dan kamu akan mencium aroma kayu putih."

"Ya, baunya harum sekali," kata E-Z.

Mereka melanjutkan perjalanan, melewati daerah berbatu, melintasi dataran banjir dan billabong. Akhirnya, mereka sampai di tempat tujuan di The Outliers.

"Di sinilah saya tinggal," kata anak laki-laki itu. "Taman Nasional Kakadu adalah taman nasional terestrial terbesar di Australia dengan luas lebih dari 20.000 kilometer persegi. Saya tinggal di sini bersama tanaman dan hewan." Burung peri hinggap di atas kepalanya. "Oh, kamu lelah lagi," kata bocah itu sambil tersenyum. Lalu kepada E-Z, "Dia sering membutuhkan tumpangan."

Ketika mereka tiba di sebuah area yang menyerupai perkemahan, anak laki-laki itu berkata, "Selamat datang di rumahku."

"Terima kasih," kata E-Z. "Saya pasti bisa mandi, atau mandi dan saya harus buang air kecil."

"Saya menggali sebuah sumur, di sana di balik pohon. Kamu akan cukup aman. Lalu aku akan menunjukkan di mana air terjunnya, jadi kamu bisa membersihkan diri."

"Air terjun, eh? Apa ada buaya di sana?"

"Ada buaya di sekitar... tapi mereka sudah terbiasa dengan air terjun. Aku akan ikut denganmu untuk pertama kalinya jika kamu mau?"

"Tidak, aku punya sayap dan begitu juga kursiku. Kita akan terbang jika mendengar suara cipratan air yang deras!"

"Bagus," kata si bungsu. "Melayang-layang saja di air yang jatuh - jangan mendarat - dan kamu akan baik-baik saja. Sementara itu, aku akan mengumpulkan makanan untuk makan malam. Jika kamu butuh bantuan, berteriak saja dan aku akan datang."

Saat dia mendekati air terjun, dia melihat tanda-tanda - dan banyak tanda yang bertuliskan

BAHAYA dan PERINGATAN. Salah satunya mengatakan ada buaya air asin dan buaya air tawar. Astaga.

"Naik, ke atas!" dia mengarahkan kursinya. Dia langsung masuk ke dalam air, dengan wajah menghadap ke atas dan duduk di sana menikmatinya saat air jatuh di sekelilingnya. Awalnya terasa dingin, tapi setelah dia terbiasa, rasanya tidak apa-apa.

Saat ia melihat sekelilingnya, ia berpikir tentang burung emu yang ditemuinya. Rasanya aneh, burung sebesar itu - dengan sayap yang sangat besar tidak bisa terbang. Dia membaca tentang burung yang tidak bisa terbang secara online. Dia terkejut melihat kiwi, bersama dengan emu, burung unta, penguin, kasuari, dan rhea dalam daftar tersebut. Dia membaca di internet bahwa DNA tikus telah berubah sehingga mereka tidak bisa terbang. Dia merasa sedikit bersalah, karena dia, seorang anak laki-laki bisa terbang sementara burung-burung cantik itu tidak bisa.

Setelah bersih dan mengenakan pakaian baru, ia kembali ke anak laki-laki itu, yang sedang sibuk menyiapkan makanan.

"Ini adalah buah prem billygoat."

E-Z menggigitnya. Rasanya luar biasa.

"Ini adalah apel semak merah, dan ini adalah kismis hitam."

E-Z memakan semuanya dan menyukainya.

"Nah, itu makanan penutup kita, aku harus menyiapkan makanan utama." Anak laki-laki itu menggali dan menggali, lalu menemukan sebuah panci yang terlalu panas untuk dipegangnya. Ketika dia membuka tutupnya dengan tongkat, aroma dari apa pun yang dia masak membuat air liur E-Z berair.

"Ini kerang," kata anak laki-laki itu, sambil meletakkan beberapa di atas daun.

"Ini benar-benar enak. Aku belum pernah mencoba kerang sebelumnya."

Matahari mulai turun dari langit. "Waktunya tidur," kata anak laki-laki itu.

"Sekali lagi terima kasih telah membuatku merasa sangat diterima." E-Z menguap. Sampai saat itu, dia tidak menyadari sudah berapa lama dia terjaga.

"Kamu akan tidur di atas sana," dia menunjuk ke atas, ke sebuah pohon yang di dalamnya terdapat rumah pohon dan tangga tali yang mengarah ke bawah. "Kamu bisa terbang ke atas, pasang rem agar kamu tidak bergerak saat tidur. Kamarku ada di sebelah sana," dia menunjuk ke pohon lain dengan tali yang mengarah ke bawah dan sebuah rumah pohon di puncaknya.

"Tidurlah sekarang," kata Lachie. "Kita akan mencari tahu semuanya besok pagi.

BAB 2
JEPANG

Alfred bisa saja diturunkan oleh E-Z dalam perjalanannya ke Australia. Namun, ia memutuskan untuk terbang dengan cara tradisional manusia - dengan pesawat terbang.

Butuh beberapa negosiasi dari pihak Sam, untuk meyakinkan maskapai penerbangan agar memberikan tempat duduk bagi angsa peniup terompet. Apalagi kursi di Kelas Utama. Sam menggunakan koneksinya di tempat kerja, untuk membantu Alfred terbang dengan penuh gaya.

Di dalam kabin dengan mengenakan headphone dan dasi kupu-kupu keberuntungannya, Alfred merasa seperti di rumah sendiri. Dia merasa santai dan petugas kabinnya penuh perhatian. Tetap saja, dia tidak sabar untuk tiba di Jepang. Dan untuk bertemu dengan anak laki-laki bernama Haruto.

Alfred menyimpan tas ranselnya di dekatnya dan di dalamnya ada beberapa makanan ringan. Dia akan menunggu sampai dia benar-benar lapar sebelum membuka kantong berisi nasi dan seledri liar. Selain makanan, ia juga membawa baterai cadangan untuk ponselnya dan kartu kredit Sam dengan surat izin untuk menggunakannya.

Sementara dia melihat ke luar jendela saat awan-awan berlalu, dia memikirkan Haruto. Menurut catatan Rosalie, dia jauh lebih muda daripada anak-anak lainnya. Dan dia tidak tahu apa kekuatannya - dengan asumsi dia memiliki kekuatan.

Rencana Alfred adalah menjelaskan semuanya kepada orang tua Haruto terlebih dahulu, dan semoga mereka mau bergabung. Kemudian, untuk mempermudah menjelaskan lebih detail tentang bagaimana Haruto dapat membantu, setelah dia memastikan bidang keahliannya, yaitu kekuatan apa yang dia miliki.

Bagian yang sulit adalah meyakinkan mereka untuk mengizinkan putra mereka yang masih kecil bepergian ke luar negeri. Membayar tidak menjadi masalah - Sam mengatakan bahwa dia harus menggunakan kartu kreditnya untuk itu. Tapi membuat mereka setuju untuk membiarkan angsa membawa anak mereka ke Amerika Utara, nah itu yang perlu diyakinkan.

Dia bersandar di kursi dan kursi itu bersandar.

"Apakah Anda ingin sesuatu?" tanya petugas cantik itu.

Untunglah manusia bisa memahaminya sekarang. Hal itu membuat hidupnya jauh lebih mudah karena tidak perlu penerjemah.

"Secangkir teh akan cocok," kata Alfred. "Dalam sebuah mangkuk," tambahnya. "Sulit untuk memasukkan paruh ini ke dalam cangkir teh."

Petugas itu tersenyum. Beberapa saat kemudian ia kembali dengan sebuah mangkuk, teh celup, gula, susu, dan semangkuk air dingin. "Untuk berjaga-jaga jika tehnya terlalu panas," katanya.

"Sangat bijaksana," kata Alfred.

Dia membiarkan tehnya mendingin, dan terus memandang ke luar jendela. Senang sekali bisa duduk santai dan menikmati pemandangan. Tanpa harus khawatir dengan hembusan angin kencang, atau salju, atau hujan, atau predator.

Akhirnya, dia meminum tehnya dengan sedikit susu dan gula, lalu tertidur.

Dia terbangun karena mendengar pengumuman bahwa petugas sedang mempersiapkan penumpang untuk mendarat. Dia tertidur sepanjang penerbangan!

Melalui jendela, ia dapat melihat pemandangan Bandara Haneda secara keseluruhan. Di sekelilingnya, ia melihat banyak sekali rumput segar yang bisa ia makan. Dia mencicipi sedikit, dan menyimpan nasi serta seledri untuk dimakan nanti.

Lebih jauh lagi, terlihat garis besar gunung tertinggi di Jepang - Gunung Fuji. Sam benar, duduk di sisi kiri pesawat adalah tempat terbaik untuk melihat apa yang dikenal sebagai jantung Jepang.

"Apakah Anda tahu ada dek observasi di lantai lima? Anda mungkin bisa melihat pemandangan Gunung Fuji yang lebih baik dari sana," kata petugas kepada Alfred.

"Saya berharap saya punya lebih banyak waktu, tapi terima kasih. Mungkin dalam perjalanan pulang."

Petugas mengizinkannya untuk keluar dari pesawat terlebih dahulu. Mereka berbaris untuk mengucapkan selamat tinggal, seolah-olah dia adalah seorang bintang rock.

Karena Alfred hanya membawa tas jinjing dan angsa tidak memenuhi syarat untuk mendapatkan paspor, ia keluar dari bandara untuk mencari taksi.

Sebelum perjalanan, dia telah mencari tahu di internet untuk mencari tahu cara menyewa taksi di Jepang. Informasi tersebut mengatakan bahwa ia harus mencari stiker merah di sudut kanan bawah kaca depan taksi. Stiker merah ini mengonfirmasi bahwa taksi tersebut tersedia untuk disewa.

Ketika dia menemukan taksi yang memiliki stiker tersebut, dia sangat senang. Dia terbang ke jendela yang terbuka dan memberikan catatan kepada pengemudi menggunakan paruhnya. Catatan itu menunjukkan ke mana dia harus pergi. Sopirnya baik hati, dan dia tidak keberatan mengangkut penumpang angsa. Dia menekan tombol di setirnya yang membuka pintu belakang sehingga Alfred bisa masuk. Sopir menutup pintu, dan mereka pun pergi.

Haruto dan keluarganya tinggal di kota terbesar kedua di Jepang yang disebut Yokohama. Meskipun dia mencoba menikmati pemandangan, termasuk cakrawala, yang dia pikirkan hanyalah bagaimana cara meyakinkan Haruto dan keluarganya untuk terlibat dalam perjuangan mereka melawan The Furies.

Ponsel di ranselnya bergetar. Ia meraih ke dalam; ada pesan dari E-Z.

"Dengan Lachie sekarang. Bagaimana kabarmu di Jepang?"

Dia mengetik dengan paruhnya, suatu hal yang dia pelajari sendiri karena dia bepergian ke Jepang sendirian. Dia juga cepat dan tidak membuat banyak kesalahan ketik.

"Hampir sampai di Yokohama sekarang dengan taksi. Berharap untuk segera tiba di rumah Haruto."

E-Z mengirimkan emoji jempol kepadanya.

Putra Alfred sangat suka membangun robot Gundam. Di Yokohama, sebuah robot raksasa sedang dibangun. Ketika selesai dibangun, robot tersebut akan berdiri setinggi 59 kaki, dia menemukannya saat membaca tentang hal itu secara online. Putranya ingin sekali mengunjungi Jepang untuk melihatnya. Sejak mereka meninggal, Alfred berusaha untuk tidak memikirkannya karena itu membuatnya sedih. Namun hari ini, di Jepang, ia memutuskan untuk melihat semua yang ia bisa, seperti keluarganya ada di sana bersamanya di sisinya. Hidup ini terlalu singkat, bahkan untuk angsa sekalipun untuk selalu bersedih.

Sopir berhenti di luar sebuah Rumah Taman dengan tangga dengan bunga-bunga di kedua sisi pagar. Sopir membuka pintu dan Alfred melangkah keluar. Dia berjalan menaiki beberapa anak tangga, dia berhenti dan mengunyah rumput yang banyak terdapat di kedua sisi tangga. Udara terasa sejuk dan harum dan taman pribadi di depan rumah itu indah. Hampir sampai di atas, dia melihat area depan yang mengelilingi rumah itu sangat menarik, dengan fitur air burung hantu di sebelah kiri dekat pintu masuk. Namun, rumah itu sendiri memiliki semua tirai yang tertutup rapat, seolah-olah tidak ada orang di rumah. Dia sangat berharap ada seseorang yang akan menyambutnya. Dia ingin sekali menikmati makanan ringan dan beristirahat sejenak.

Dia mengetuk pintu dengan paruhnya. Sebuah suara memancar dari sebuah kotak di dekat bagian tengah pintu yang tidak bisa ia jangkau tanpa terbang - dan ia pun terbang.

"Nama saya Alfred," katanya.

Pintu terbuka dan seorang wanita tua memberi isyarat padanya untuk masuk. Dia mengikutinya, bertanya-tanya apakah salah satu dari tim telah menghubungi keluarga tersebut untuk berkenalan sebelum kedatangannya.

Dia terus mengikutinya, karena suara kaki berselaput yang menampar-nampar lantai kayu adalah satu-satunya suara yang terdengar. Bagian dalam rumah itu penuh dengan kayu - dan anggrek yang harum memenuhi udara. Wanita tua itu menuntunnya ke ruang tamu, yang dipenuhi dengan perabotan, sebagian besar terbuat dari kulit. Tirai di bagian belakang rumah terbuka - dia melihat pemandangan tanaman hijau yang subur di taman belakang. Dia menunjuk ke arah sebuah kursi dan dia bergerak untuk mendudukinya.

Dia baru saja merasa nyaman ketika wanita itu kembali ke kamar dengan nampan berisi teh panas dan beberapa kue. Sepertinya wanita itu sudah menunggunya - entah itu atau ceret membutuhkan waktu yang lebih singkat untuk mendidih di Jepang.

Di belakangnya ada seorang anak laki-laki kecil, yang memegang kakinya dan bersembunyi di baliknya. Anak laki-laki itu berusia tepat untuk menjadi Haruto, tetapi setelah membaca bahwa seseorang tidak boleh memanggil orang Jepang dengan nama depan mereka tanpa izin. Sesekali anak laki-laki itu melirik ke arah Alfred, lalu bersembunyi lagi. Ia terlihat berusia sekitar empat atau lima tahun dan mengenakan kaos Optimus Prime, celana pendek, dan sandal.

"Kamu suka Optimus Prime?" Alfred bertanya.

Anak itu tersenyum, lalu kembali ke tempat persembunyiannya.

Wanita itu mengusirnya agar dia bisa menyajikan teh.

Alfred menyiapkan penerjemah di ponselnya. Dia membaca kata-kata halo di layarnya dan berkata, "Kon'nichiwa." Dia meminta maaf atas pengucapannya yang buruk.

"Dia orang Inggris," kata anak laki-laki itu, dan ketika dia mengatakannya, wanita yang lebih tua itu menimpali.

Alfred terkejut dengan betapa bagusnya anak laki-laki itu berbicara bahasa Inggris. "Ah, kamu bisa bahasa Inggris. Dan ya, memang benar. Kamu pintar sekali memperhatikan aksen saya."

Anak laki-laki itu menatap wanita itu sebelum berbicara. Wanita itu mengangguk.

"Ayah dan ibu sedang bekerja," katanya. "Ini adalah Sobo saya" (yang jika diterjemahkan berarti Nenek) "dan nama saya Haruto."

"Halo," kata wanita itu, juga dalam bahasa Inggris. "Anda harus kembali lagi nanti."

"Nama saya Alfred. Bolehkah saya memanggil Anda Haruto?" anak laki-laki itu mengangguk, lalu kepada perempuan itu, "Saya harus memanggil Anda dengan sebutan apa?"

"Sobo," kata wanita itu, "semua orang memanggil saya Sobo karena saya adalah nenek Haruto, saya adalah nenek semua orang. Dia senang berbagi dengan saya."

Alfred mengangguk, "Saya sangat senang bertemu dengan kalian berdua."

"Apakah Rosalie yang mengutusmu?" tanya anak laki-laki itu.

"Kau ingat Rosalie?" Alfred bertanya. Dia sangat senang mereka memiliki hubungan ini - meskipun mengetahui sebelumnya bahwa Haruto dapat berbicara bahasa Inggris mungkin akan membuatnya sedikit cemas. Namun demikian, dia memutuskan untuk mengikuti saran wanita itu dan bangkit untuk pergi.

"Ayah saya bekerja di dekat sini," kata Haruto.

"Saya harus mencari tempat tinggal. Dapatkah Anda merekomendasikan tempat yang dekat?"

Nenek Haruto memberikan Alfred sebuah alamat dengan petunjuk arah untuk sampai ke sana dengan berjalan kaki.

"Saya akan menelepon teman kita yang mengelola hotel. Dia akan membantumu menetap dan kamu bisa bergabung dengan anakku nanti di kafe."

"Terima kasih," kata Alfred.

Perjalanan menuju hotel berlangsung singkat dan dia menikmati udara segar. Dia bahkan mencicipi beberapa rumput Jepang yang rasanya cukup enak dan juga meminum air dari air mancur.

Kamarnya kecil tapi memiliki semua yang dia butuhkan, dan sangat bersih dan dilengkapi dengan baik. Di atas meja malamnya terdapat sebuah lampu, dengan alas berbentuk burung hantu. Dia menyalakan dan mematikannya, memperhatikan bagaimana matanya menyala. Dia mandi, berganti dasi kupu-kupu yang berbeda, lalu berjalan ke kafe tempat dia akan bertemu ayah Haruto.

Ponselnya berdengung; ada pesan dari E-Z lagi.

"Bagaimana kabar Jepang?"

"Bagus," dia membalas pesan itu dengan menggunakan paruhnya untuk mengetik. "Saya bertemu Haruto dan neneknya. Mereka berbicara bahasa Inggris. Dia sangat pemalu, tapi mengenal Rosalie. Dia terlihat masih muda - mungkin empat atau lima tahun. Mungkin akan sulit untuk meyakinkan keluarganya untuk mengizinkannya datang ke Amerika Utara."

"Rosalie tahu dia memiliki kekuatan - tapi ya, dia lebih muda dari yang saya kira," kata E-Z. "Baguslah mereka bisa berbahasa Inggris. Di mana kamu sekarang?"

"Saya akan pergi ke kafe untuk bertemu dengan ayah Haruto. Ngomong-ngomong, saya rasa Rosalie tidak punya waktu untuk memperbarui atau melengkapi catatannya tentang Haruto. Dia menyebutnya sebagai bayi."

"Saya tidak yakin seberapa besar kekhawatiran kami pada tahap ini, tetapi saya membaca di internet - dikatakan bahwa kemurkaan dapat muncul dalam bentuk apa pun. Saya hanya berbagi informasi. Karena kita tidak bisa mengenali mereka, jika mereka mengetahui tentang kita, kita harus berhati-hati."

Alfred mengirimkan emoji jempol.

"Kita harus pergi sekarang," kata E-Z.

BAB 3
MIMPI BURUK

E-Z tertidur dan terjaga. Artinya, dia bisa melihat langit-langit di atas tempat tidurnya, merasakan kasur yang menopang punggungnya. Namun, di dalam kepalanya ada tiga ekor siluman yang menjerit:

"Beritahu kami di mana kau berada!"

"Beritahu kami!"

"Beritahu kami SEKARANG!"

"Tidaaaaaaaaaaaaaaaak!" jeritnya.

Kemudian di atas kepalanya di langit-langit ada sebuah cermin. Tetapi orang yang ada di dalamnya, yang dipantulkan kembali kepadanya, bukanlah dirinya sendiri. Sebaliknya, itu adalah Paman Sam-nya. Dan dalam pantulan itu, Paman Sam sedang menjerit dan menggeliat kesakitan.

"Paman Sam ada di ruang kerja kami!" penyihir pertama menjerit.

"Dan dia tidak akan pernah bisa keluar lagi!" dua penyihir lainnya menimpali.

Kemudian ketiganya tertawa, seperti yang belum pernah dia dengar sebelumnya. Suaranya seperti hyena, parau, seperti binatang.

"Bicaralah!" para penyihir jahat itu menuntut dan mereka menyodok dan mendorong Paman Sam seperti seonggok daging yang sedang dipersiapkan untuk dipanggang.

"E-Z," Paman Sam berkata, dengan suara bergetar seperti tubuhnya berada dalam bayangannya. "Apa pun yang mereka inginkan, jangan berikan kepada mereka. Apa pun yang mereka lakukan padaku, jangan menyerah."

"Jika Anda menyakitinya," kata E-Z, "Saya akan, saya akan..."

"Beritahu kami di mana Anda berada, di mana mereka semua berada, dan kami akan melepaskannya," mereka bernyanyi bersama dengan suara yang tidak akan terdengar aneh di Hades.

"Yang kami butuhkan hanyalah satu atau dua petunjuk," kata yang kedua.

"Beritahu kami siapa dia," kata yang pertama.

"Atau kita akan menghabisi siapa," kata yang ketiga.

Lalu mereka tertawa. Suara mereka di kepalanya, membuatnya begitu sakit. Tapi dia hanya bermimpi. Dia harus membangunkan dirinya sendiri - SEKARANG.

"Ahhhhhhhhhhhhhhhhhhhh!" Paman Sam menangis.

Lebih banyak tawa.

E-Z terbangun dan segera menyadari bahwa ia sedang berada di Australia bersama Lachie, bukan di rumah di tempat tidurnya. Dia memeriksa ponselnya, tapi hanya ada satu bar. Ia terus mengeceknya, sampai ia memiliki cukup bar untuk menelepon Paman Sam. Untuk memastikan bahwa dia baik-baik saja. Bahwa itu hanyalah mimpi buruk dan tidak lebih dari itu.

Di bawah rumah pohon, dia bisa mendengar Lachie bergerak. Mungkin sedang membuat sarapan. Senang rasanya melihat kehidupan anak itu. Bagaimana dia menyatukan dirinya kembali setelah semua yang telah dilaluinya. Manusia memang sangat luar biasa.

Apapun yang dimasak Lachie berbau harum, dan keinginan pertamanya adalah terbang ke sana dan menceritakan mimpi buruknya. Tapi sesuatu di dalam benaknya mengatakan kepadanya untuk menyimpannya sendiri - untuk saat ini. Lagipula The Furies tidak mungkin tahu di mana dia tinggal. Di mana mereka semua tinggal. Dia memeriksa bar di ponselnya lagi - kali ini tidak ada satu bar pun. Dia memasukkannya ke dalam saku dan terbang ke bawah.

"Apa kau punya kip yang enak?" Lachie bertanya, menyendokkan cairan dari panci yang berada di atas api ke dalam mangkuk.

E-Z menerimanya. "Aku bermimpi aneh, tapi selain itu, ya. Di atas sana bagus sekali. Terima kasih sudah mau menerima kami."

"Jangan khawatir. Ada banyak roh di sini. Dan suara-suara yang tidak kamu kenal. Jika Anda ingin membicarakan tentang mimpi itu, silakan saja," kata Lachie.

"Mungkin nanti."

"Oke, silakan gali. Saya harap kamu suka jamur."

"Aku suka," kata E-Z sambil menyendokkan sup panas beruap ke dalam mulutnya. "Ini sangat enak."

"Oh, tunggu dulu, saya lupa peredamnya - itu roti." Dia membuka aluminium foil yang berada di tengah-tengah tungku dan merobeknya menjadi empat bagian, memberikan bagian pertama kepada E-Z.

"Ini adalah roti terbaik yang pernah saya rasakan! Bagaimana kamu belajar memasak seperti ini?"

"Beberapa penduduk setempat mengajari saya. Senang kamu menyukainya."

Mereka duduk dengan tenang, saat matahari tersenyum kepada mereka dari atas langit. E-Z berusaha untuk tidak memikirkan mimpi buruknya. Ia mengeluarkan ponsel dari sakunya dan memeriksa jeruji besi lagi. Hampir tidak ada. Dia menyukai teknologi - ketika teknologi itu bekerja.

"Sekarang perutmu sudah kenyang, mari kita bicarakan mengapa kamu ada di sini," kata Lachie. "Yang terpenting, bagaimana saya bisa membantu."

E-Z tidak berbicara, sebaliknya dia melirik ponselnya lagi dengan hati yang penuh harapan. Lachie tidak terlihat terganggu dengan hal itu, karena dia sedang merobek bagian peredam lainnya. Akhirnya, ia menenangkan diri dan memusatkan perhatiannya pada masalah yang sedang dihadapi.

"Maaf, pikiran saya melayang sejuta mil jauhnya."

"Itu tidak masalah. Apakah Anda ingin lebih banyak peredam?"

"Tidak, saya sudah cukup. Jadi, pertama-tama saya ingin tahu apa yang Rosalie ceritakan tentang kami bertiga. Maksudku, Alfred, Lia dan aku."

"Ya, dia bercerita tentang kalian bertiga. Rasanya seperti dia ada di sini bersamaku, membacakan dongeng sebelum tidur. Semakin dia bercerita, semakin saya ingin bertemu dengan Anda, untuk membantu Anda."

"Saya senang mendengar Anda ingin membantu. Namun, saya akan menjelaskan detailnya terlebih dahulu sebelum Anda berkomitmen. Ini tidak akan menjadi jalan yang mudah bagi kita semua."

"Saya tidak takut dengan tantangan," kata Lachie. "Apa yang Rosalie ceritakan tentang saya?"

"Sejujurnya, dia tidak banyak bercerita, tapi saya membaca tentang Anda secara online. Apakah kamu pernah mencari tahu apa yang terjadi pada orang tuamu?"

"Tidak, dan saya tidak mau. Saya bahagia di sini, mandiri. Saya tidak membutuhkan siapa pun."

"Semua orang butuh teman," kata E-Z.

"Mungkin."

"Apakah Rosalie memberitahumu tentang kemurkaan?"

"Tidak, tapi dia bilang kau akan memanggilku suatu hari nanti, saat kau membutuhkan bantuanku untuk melawan kejahatan. Dan dia menyebutkan The Furies - yang sudah pernah kudengar."

"Benarkah? Apa yang kau dengar?" E-Z bertanya.

"Orang-orang Pribumi yang saya pelajari sesuatu yang baru setiap kali saya bersama mereka, tahu semua tentang The Furies. Mereka mengincar penduduk asli, mencoba menghukum mereka, dan mengusir mereka dari tanah mereka."

"Lachie berdiri, menuangkan air ke api, dan memastikan api sudah padam sepenuhnya.

"Saya sendiri, percaya bahwa kejahatan harus ada agar kebaikan dapat bertahan - tetapi harus ada semacam aturan - dan mereka tidak mengikuti aturan. Apa pun yang mereka lakukan adalah untuk mempertahankan diri mereka sendiri dan itu bukan cara untuk hidup."

"Itu adalah kata-kata bijak, untuk anak seusiamu," kata E-Z. Setelah dia mengatakannya, dia merasa sedikit malu, seperti dia berusaha terlalu keras untuk menjadi bijaksana sebagai anak yang lebih tua. "Saya rasa Anda mungkin berusia tujuh atau delapan tahun, apakah saya benar?"

"Saya kira begitu, tapi untuk usia saya yang sebenarnya saya tidak yakin. Ketika mereka menemukan saya, mereka tidak menemukan dokumentasi untuk membuktikannya. Kira-kira ketika suaraku mulai berubah, aku akan tahu." Dia tertawa.

"Sementara itu, kamu bisa memilih usiamu sendiri," E-Z menyarankan.

"Seperti saya memilih nama saya sendiri," kata Lachie. "Pokoknya, apa pun yang Anda minta, saya ikut."

"Apa yang terjadi dengan The Furies, mereka menggunakan internet. Kamu tahu tentang internet, ya?"

"Ya, aku tahu. Mereka memiliki wi-fi di perpustakaan. Saya suka membaca. Mitologi cukup keren. Sci-fi juga."

"Kemurkaan menggunakan game multiplayer online untuk menjebak anak-anak. Kebanyakan anak-anak bermain game, termasuk saya," kata E-Z.

"Game adalah pemboros waktu," kata Lachie. "Itulah yang diajarkan oleh para guru Pribumi kepada saya.

Hidup ini terlalu singkat untuk disia-siakan dengan gangguan yang tidak memiliki tujuan."

"Semua orang menyukai permainan," kata E-Z. "Saya bisa memberikan angka-angka di seluruh dunia, tetapi yang terpenting adalah, The Furies mengambil keuntungan dari fenomena ini. Ini seperti setiap anak yang bermain, telah memberi mereka akses ke hati dan pikiran mereka."

"Bagaimana bisa?"

"Untuk naik level dalam permainan, Anda harus menyelesaikan daftar tugas. Itu adalah satu-satunya cara untuk maju dalam permainan. Jika Anda tidak melakukan apa yang diminta dari Anda, tidak akan ada gunanya memainkan game ini. Namun, apa yang diminta untuk Anda lakukan berkali-kali adalah melanggar hukum dalam kehidupan nyata."

"Melawan hukum! Seperti apa?" Lachie bertanya.

"Seperti membunuh."

Lachie menggelengkan kepalanya.

"Ini adalah permainan, jadi kamu melakukan apa yang perlu kamu lakukan untuk naik ke level berikutnya."

"Baiklah, kurasa aku mengerti. Mandat The Furies adalah untuk menghukum mereka yang melakukan kejahatan dan tidak dihukum. Mereka memutarbalikkan mandat itu, untuk menyakiti anak-anak yang sedang bermain permainan imajiner."

"Itu benar Lachie. Tepat sekali. Dan ketika anak-anak itu mati, mereka mencuri jiwa mereka."

"Untuk apa?"

"Apa kau pernah mendengar tentang Soul Catchers?"

"Tidak," kata Lachie.

"Ketika kamu mati, jiwamu memiliki tempat peristirahatan yang kekal. Tempat itu disebut Penangkap Jiwa. Tapi anak-anak ini tidak ditakdirkan untuk mati saat Kemurkaan mengambil mereka, jadi tidak ada Penangkap Jiwa yang menunggu mereka."

"Bagaimana kau tahu semua hal ini?" Lachie bertanya.

"Para malaikat agung tidak hanya memberitahuku, tetapi juga menunjukkannya kepadaku. Saya berada di dalam Soul Catcher saya beberapa kali. Mereka memanggilku ke sana. Saya bahkan tidak tahu apa namanya sampai semua ini muncul. Ini bukanlah sesuatu yang seharusnya dipikirkan oleh manusia. Kebanyakan orang berpikir kita akan masuk surga atau neraka."

"Jika penangkap jiwamu sudah siap, dan kamu hanya seorang anak kecil, mengapa penangkap jiwa mereka tidak siap?"

"Pertanyaan yang bagus. Pertanyaan yang tak pernah terpikirkan olehku sebelumnya. Kurasa aku mengira aku adalah keadaan yang istimewa," kata E-Z. "Tetapi saya tahu bahwa para malaikat agung telah mengacaukan sesuatu. Sesuatu yang tidak akan mereka bicarakan. Mungkin karena itulah mereka membutuhkan bantuan kita, untuk memperbaiki hal ini."

"Bagaimana mereka melakukannya? Itu yang tidak aku mengerti."

"Mereka telah melanggar peraturan, berharap bisa menguasai semua Soul Catcher. Saat kita mati, jiwa kita seharusnya pergi ke tempat yang menunggu kita saat kita mati. Mereka tidak dimaksudkan untuk dapat dipindahkan. Jika mereka mengendalikan semuanya, maka setiap jiwa tidak akan punya tempat untuk pergi. Hal itu akan membuat akhirat menjadi kacau. Jadi, sekarang kamu sudah mendengar semuanya - apakah kamu masih di dalam?"

"Ya, tentu saja. Lagipula, tidak ada yang lebih baik untuk dilakukan di sini. Saya harus melakukan petualangan yang menarik."

"Jujur saja," kata E-Z, "itu tidak akan mudah. Dan kamu akan mempertaruhkan nyawamu bersama kami semua. Tapi kita akan saling mendukung satu sama lain.

"Kami akan menang!"

"Saya sangat berharap begitu, tapi pertama-tama, kita harus mencari tahu bagaimana kita akan sampai di sana. Paman Sam memiliki beberapa tiket pesawat yang ditahan untuk kita. Yang harus kita lakukan adalah mengambilnya di bandara internasional terdekat. Dia sudah memesannya."

"Tidak perlu!" Kata Lachie. "Saya punya kendaraan sendiri." Dia memasukkan dua jarinya ke dalam mulut dan bersiul.

Selama beberapa menit tidak ada yang terjadi.

"R---R---R---RRRRRRRRRRRRRRRR.""Wh-what was that?" E-Z bertanya.

Lachie berdiri diam saat pepohonan bergeser dan bergerak dengan berbisik.

Selanjutnya E-Z mendengar kepakan sayap. Dari suaranya, apa pun yang datang memiliki sayap raksasa.

Kemudian makhluk itu menerobos dedaunan pohon. Hal itu tidak akan keluar dari tempatnya di film-film Harry Potter.

"Apakah itu seekor naga?" E-Z bertanya.

"Dia adalah seekor Aussiedraco," kata Lachie. "Juga dikenal sebagai pterosaurus, jadi dia adalah hewan lokal." Kepada naga itu dia berkata, "Selamat siang, teman," dan dia pergi untuk menyapanya. Makhluk bersisik besar itu menundukkan kepalanya. Lachie mengelus-elusnya, lalu melompat ke atas punggungnya.

"Ayo E-Z, apa yang kamu tunggu?"

"Eh, aku punya kendaraan sendiri."

Lachie menengadahkan kepalanya dan tertawa.

"HAR-HAR-R-R-R!"

makhluk itu ikut bergabung.

"Namanya Baby," kata Lachie. "Naiklah karena Baby ingin mengajakmu berkeliling, dan apa yang Baby inginkan, Baby dapatkan."

"Tapi kursiku!"

Baby mengulurkan lehernya yang panjang, mengangkat E-Z. Tanpa kursi dia melemparkannya ke punggungnya. E-Z meraih Lachie saat Baby melompat ke udara.

"Awas ada pepohonan!" E-Z menangis.

Lachie dan Baby tertawa.

Mereka terbang, melintasi bermil-mil pasir merah.

Tak lama kemudian, E-Z merasa tidak takut.

Mereka terbang di atas beberapa formasi batu, salah satunya yang terlihat seperti Homer Simpson sedang berbaring. Selanjutnya, mereka melihat Uluru, batu besar berwarna merah.

Mereka menghabiskan waktu seharian, terbang melintasi Australia, menikmati pemandangan.

"Sebaiknya kita kembali," kata Lachie. "Kita perlu tidur nyenyak sebelum berangkat ke Amerika Utara dan bertemu dengan anggota tim lainnya."

"Kedengarannya seperti sebuah rencana," kata E-Z, yang kini semakin menikmati perjalanannya dan berharap perjalanannya tidak akan pernah berakhir. Dia tidak akan jatuh, dia memiliki sayap jika dia membutuhkannya - tapi dia tahu satu hal yang pasti, terbang dengan Baby adalah kehidupan.

Dia hanya bertanya-tanya di mana dia akan menyimpannya saat mereka kembali ke rumah. Naga itu terlalu besar untuk masuk ke dalam garasi. Dia akan mengatasi masalah itu saat dia menyeberangi jembatan itu. Mungkin jika dia dan Dorrit Kecil berteman, mereka bisa tidur bersama?

"Jangan khawatirkan aku," kata Baby.

E-Z melakukan pengambilan gambar dua kali.

"Eh, ya, aku bisa membaca pikiran. Tidak setiap saat dan tidak semua orang," kata Baby. "Aku akan mengatur waktu tidurku sendiri. Dan mengenai Little Dorrit, Unicorn dan Naga biasanya tidak akur - tapi aku bersedia mencobanya."

Baby menurunkan mereka, dan terbang ke malam hari.

E-Z teringat akan Paman Sam, tapi dia terlalu lelah untuk melakukan apapun. Dia akan meneleponnya di pagi hari. Tentu saja, semuanya akan baik-baik saja.

BAB 4

OZ KEBERANGKATAN

Keesokan paginya, saat E-Z dan Lachie sedang mempersiapkan perjalanan mereka, mereka mengobrol dan saling mengenal satu sama lain.

"Saya perlu mengisi ulang baterai ponsel saya dan menelepon Paman Sam. Saya ingin singgah di pitstop untuk melakukan keduanya sebelum meninggalkan Australia."

"Tidak masalah, karena saya juga ingin mengambil beberapa persediaan. Kita bisa melakukan semuanya pada waktu yang sama. Saya akan berbelanja, Anda bisa mengisi daya ponsel dan menelepon Paman Anda. Ada yang perlu saya ketahui?"

"Hanya mimpi aneh yang saya alami. Membuatku ingin memeriksanya agar aku tidak khawatir."

"Cukup adil," kata Lachie sambil menyimpan beberapa peralatan memasak, jadi mereka akan aman sampai dia kembali. "Saya yakin akan merindukan tempat ini."

"Aku tahu, begitu juga dengan teman-temanmu, tapi kamu akan mendapatkan teman baru, dan semua orang akan membuatmu merasa seperti di rumah sendiri. Ditambah lagi, kamu akan kembali sebelum kamu menyadarinya."

"Itulah yang membuat saya khawatir. Bagaimana jika saya tidak ingin kembali? Bagaimana jika saya terbiasa dengan orang-orang di sekitar saya? Dimanjakan dengan fasilitas?" Ia berhenti sejenak, saat dua ekor burung murai mendarat, satu di masing-masing bahunya. Burung-burung itu mematuk-matuk telinganya pelan, seperti sedang berbisik kepadanya. Lachie tersenyum dan mereka pun terbang.

"Apa yang mereka katakan?" E-Z bertanya.

"Eh, tidak ada yang benar-benar. Mereka hanya mengatakan bahwa mereka mencintaiku, dan mereka akan merindukanku." Seekor burung gagak terbang dan hinggap di bahunya. "Ini adalah teman saya, Erroll."

"Senang bertemu denganmu Erroll," kata E-Z. "Eh, bagaimana kalian berdua bisa berteman?"

Lachie tertawa. "Lucu sekali kau menanyakan hal itu. Errol sudah ada sejak lama sekali. Bahkan, kakeknya, berkali-kali menjadi hewan peliharaan seseorang yang mungkin adalah kerabat jauhmu. Itu jika Anda memiliki hubungan keluarga dengan Charles Dickens?"

E-Z mencondongkan tubuhnya, mengangguk. Lachie benar-benar memperhatikan dengan seksama sekarang.

"Charles Dickens memiliki seekor burung gagak peliharaan yang diberi nama Grip. Menurut cerita yang diceritakan selama bertahun-tahun, Grip-lah yang mengilhami Edgar Allan Poe untuk menulis puisi yang paling terkenal berjudul "The Raven"."

"Wow, itu keren sekali!" E-Z berseru.

"Burung sangat cerdas. Begitu juga dengan para Tetua Adat yang menerima saya di bawah sayap mereka ketika saya pertama kali tiba di Pedalaman. Mereka mengajari saya cara membaca dan menulis, menyiapkan makanan. Mereka juga mengajari saya cara mengenali dan menghindari flora dan fauna beracun.

"Saya belajar sesuatu setiap hari dari makhluk yang saya temui dan ajak bicara. Mereka mengatakan bahwa di masa lalu, semua orang dapat berbicara dengan hewan - bukan hanya saya - tetapi ada sesuatu yang berubah. Mereka pikir itu terjadi di otak kita, tetapi apa pun yang terjadi pada orang lain tidak terjadi pada saya."

"Bagaimana mereka tahu kamu berbeda?"

"Mereka bilang mereka mendengar tentang saya, ketika saya lahir dan ketika saya menjadi anak laki-laki di dalam kotak. Bahkan sebelum saya lahir, rumor tentang saya telah menyebar ke seluruh dunia dengan berbisik-bisik. Mereka telah menungguku, itulah yang mereka katakan padaku sejak lama."

"Berapa lama?" E-Z bertanya.

"Saya tidak ingin terdengar sombong, tapi mereka bilang Mozart tahu tentang saya - dia punya burung jalak dan hidup di abadke-17. Itu lebih baru. Sebelum dia, burung jalak bisa ditelusuri kembali ke Virgil pada tahun 70 S.M. Tahukah Anda bahwa dia memiliki seekor burung jalak peliharaan?"

"Benarkah? Seekor lalat - hewan peliharaan?"

"Saya telah berbicara dengan seekor lalat semak yang memiliki hubungan keluarga dengan Virgil - lalat itu bernama Leonard, atau singkatnya Leo dan dia membenarkan semuanya." Lachie mengambil sebuah pot dan menyembunyikannya di semak-semak, bersama dengan beberapa benda lainnya. "Saya juga mengobrol dengan kerabat burung beo Andrew Jackson. Burung Jackson bernama Pol - itu adalah hadiah untuk istrinya - dan berjenis kelamin jantan, tetapi karena kerabatnya berjenis kelamin betina, maka namanya Polly. Dia memiliki selera humor yang aneh!"

"Kedengarannya seperti itu. Eh, kuharap kita bisa bicara lebih banyak, tapi aku perlu bertanya tentang kekuatan khususmu - dan kita akan segera berangkat, itu jika semuanya tersimpan dengan aman."

Lachie mengangguk, "Tentu saja. Hampir siap. Hanya perlu mengamankan beberapa hal lagi. Sementara itu, kenapa tidak kau ceritakan tentang dirimu terlebih dahulu."

"Kau sudah melihat aku dan kursiku beraksi - ya, kami bisa terbang. Kursiku memiliki kekuatan khusus, selain bisa terbang, ia juga bisa menangkap penjahat dan ia memiliki rasa untuk darah. Kami adalah pasangan, aku dan kursiku, seperti Batman dan Batmobile-nya."

"Keren!" Kata Lachie. "Tapi itu agak aneh soal darahnya."

"Mau tidak mau, entah siapa yang mengatakannya, tapi kursi saya sepertinya setuju. Alih-alih membiarkannya menetes ke tanah, ia malah menyedotnya.

"Penyelamatan pertama kami adalah seorang gadis kecil - kami menyelamatkannya dari tabrakan kendaraan. Kemudian kami menyelamatkan sebuah pesawat yang penuh dengan penumpang. Saya tidak ingin menyombongkan diri dan saya yakin Anda sudah paham maksudnya. Dengan menolong orang lain, saya menemukan bahwa saya sangat kuat sekarang dan begitu pula dengan kursi saya. Oh, dan kami sudah tahan peluru."

"Maksudmu orang-orang pernah menembakmu?"

"Ya, kami pernah mengalami beberapa situasi yang melibatkan senjata. Sekarang giliranmu."

Kekuatan saya yang paling menakjubkan adalah seperti yang telah Anda lihat - saya dapat berbicara dengan makhluk apa pun, apa saja. Faktanya, kemarin ketika Anda mengira Anda sedang berbicara dengan Baby, ya, memang benar, tapi jika saya tidak ada di sini, dia akan berbicara omong kosong. Dia berkomunikasi dengan Anda, melalui saya. Saya seperti sebuah jaringan, sebuah jaringan pengaman. Saya bisa menutupnya atau membukanya, tergantung apa yang saya putuskan.

"Ketika saya berada di dalam kandang, hewan-hewan biasa duduk di luar dan mengobrol. Kadang-kadang saya pikir mereka berkomunikasi dengan saya, tetapi kemudian, saya pikir mungkin saya menjadi gila. Suatu kali seekor kecoa terbang masuk melalui jeruji kandang saya dan berkata bahwa dia bisa membantu saya keluar, jika saya mau.

"Jijik, saya benci kecoa. Belum pernah dengar ada kecoak yang bisa terbang."

"Mereka sebenarnya cukup pintar dan memiliki naluri yang luar biasa untuk bertahan hidup - maksud saya, mereka akan memakan apa saja."

"Sayang sekali mereka tidak memakan orang yang memasukkanmu ke dalam kotak itu." E-Z berpikir sejenak. "Kenapa kamu tidak membiarkannya mencoba menyelamatkanmu? Maksudku, kamu tidak akan rugi."

"Apa pepatah lama itu, lebih baik iblis yang kau tahu?"

"Aku mengerti, jadi kamu tidak takut dengan orang yang menahanmu?"

"Itu sebenarnya bukan sebuah kotak - itu adalah kandang. Tapi kedengarannya lebih baik jika mereka menyebutnya kotak. Selain itu, mereka tidak pernah menyakiti saya. Mereka memberi saya makan dan minum. Mengganti koran. Dan saya tidak pernah benar-benar melihat siapa mereka karena mereka memakai topeng."

"Aku tidak mengerti, mengapa mereka menahanmu di sana sejak awal."

"Itu yang saya rasa tidak akan pernah saya ketahui. Dan saya tidak berkeliaran untuk mendapatkan jawaban apa pun setelah mereka mengeluarkan saya."

"Bagaimana itu terjadi?"

"Mereka menyiapkan sebuah kamar untukku di rumah yang sama. Mengirimkan seorang wanita yang baik, untuk menjagaku. Saya tidak pernah keluar rumah. Itu terlalu menakutkan bagi saya."

"Apakah kamu bisa berbicara? Maksud saya, jika Anda berada di dalam kandang selamanya, apakah Anda memiliki kenangan sebelumnya? Tentang orang tuamu?"

"Saya tidak suka membicarakannya. Masa lalu adalah masa lalu. Saya tidak bisa mengubahnya. Saya selalu melihat ke depan. Tapi saya tidak dilahirkan di dalam sangkar. Terkadang saya pikir saya ingat pergi ke sekolah. Tapi itu bisa saja mimpi. Sulit untuk membedakan keduanya beberapa hari ini."

E-Z mengingatkan dirinya sendiri untuk menelepon Paman Sam.

"Jadi, bagaimana Anda bisa berakhir di sini, hidup dengan hewan dan seratus persen mandiri? Saya kira Anda tidak merindukan manusia?"

"Kamu tidak bisa merindukan apa yang tidak kamu ingat. Mengenai hewan-hewan ini, saya tidak memilih mereka, mereka yang memilih saya. Mereka datang ke rumah, seperti mereka tahu saya tidak berada di dalam kandang lagi dan mereka menunggu saya keluar. Mereka sudah tahu bahwa saya bisa berbicara dengan mereka, memahami mereka - tetapi saya tidak tahu bahwa saya bisa, sampai saya mencobanya. Kemudian, sebuah dunia terbuka bagi saya dan saya harus menjadi bagian dari itu. Saya tidak sendirian lagi. Saat itulah mereka menawarkan diri untuk membawa saya pergi dan menjaga saya tetap aman. Sekarang Anda sudah mengetahui kisah Lachie."

"Itu adalah kisah yang luar biasa. Jadi, berbicara dengan binatang. Ada hal lain yang kamu temukan?"

"Ya. Tapi itu cukup baru."

"Ceritakan padaku tentang hal itu."

"Lebih baik jika aku tunjukkan padamu."

"Oke," kata E-Z.

Dia melihat Lachie berdiri dan berjalan menuju pohon kayu putih di dekatnya. Dia masih berada di samping pohon itu selama beberapa saat, lalu melangkah maju sehingga dia berdiri di depan batang pohon yang sudah lapuk dimakan cuaca. Kemudian dia menghilang.

"Apa-apaan ini?"

Lachie bergerak ke sisi lain pohon, lalu kembali lagi ke batang pohon.

"Oh, jadi kamu tidak terlihat?"

"Tidak, lihat lebih dekat." Dia melangkah menjauh dari pohon itu. "Tetap perhatikan mataku."

E-Z melakukannya, dan dia bisa melihat mata Lachie di batang pohon, tapi dia tidak bisa melihat Lachie. "Tunggu sebentar," kata E-Z. "Aku mengerti. Itu kamuflase - kamu adalah bunglon. Wow!"

Lachie tertawa, lalu kembali ke tempat duduknya.

"Bagaimana kamu menemukannya? Itu adalah kekuatan yang sangat keren. Kamu bisa membaur di mana saja dan tidak ada yang tahu!"

"Setelah hidup bersama makhluk-makhluk itu untuk beberapa waktu - tidak melihat manusia - suatu hari sekelompok pejalan kaki datang ke sini. Saya berlari memanjat pohon dan bersembunyi, tetapi tidak punya cukup waktu - jadi saya hanya berhenti di batang pohon dan diam. Mereka berjalan melewati saya, seolah-olah saya tidak ada. Saya tidak bisa mengetahuinya. Seekor burung hinggap di bahu saya dan seekor ular merayap di kaki saya. Mereka bisa melihat saya, tetapi manusia tidak bisa. Saat itulah saya tahu bahwa saya adalah bunglon."

"Bagaimana rasanya? Maksud saya ketika Anda masuk ke mode kamuflase?"

"Rasanya tidak ada yang berbeda. Itu terjadi begitu saja."

"Keren. Nah, apakah kamu ingin tahu tentang anggota tim lainnya dan keahlian apa yang mereka miliki?"

Lachie mengangguk.

"Kamu akan menyukai Lia. Dia punya penglihatan. Matanya ada di tangannya dan dia bisa melihat saat ini, ke dalam pikiran beberapa orang dan dia bisa melihat masa depan, apa yang akan terjadi. Bagian dari kekuatannya itu tampaknya semakin meningkat. Tentu saja, ada faktor usia juga. Saat pertama kali kami bertemu, ia berusia tujuh tahun dan sekarang ia berusia dua belas tahun."

"Itu sangat keren," kata Lachie. "Dan kudengar ibunya dan Paman Sam-mu..."

"Tidak keberatan jika kita pergi. Mendengar nama Sam saja sudah membuat kecemasan saya bertambah lagi."

"Jangan khawatir," kata Lachie. Dia bersiul dan Baby pun tiba dan mereka pun terbang ke kota terdekat, di mana Lachie mengambil beberapa barang, E-Z mencolokkan ponselnya ke pengisi daya dan saat daya ponselnya sudah cukup terisi, dia segera menelepon nomor Sam.

Tidak ada jawaban, malah panggilan langsung masuk ke pesan suara Sam. Dia mencoba telepon Samantha dan Samantha langsung menjawab. "Hai, ini E-Z, apakah Paman Sam ada?"

"Tentu saja E-Z, tunggu sebentar." Terdengar suara bisik-bisik. "Hai, nak," kata Sam. "Di mana kamu sekarang, sudah terbang di atas lautan?"

"Eh, hanya memeriksa apakah semuanya baik-baik saja," kata E-Z. "Jika ya, tolong ucapkan kata kodenya."

"Sponge Bob Square Pants," kata Paman Sam.

"Oh, syukurlah," kata E-Z. "Aku bermimpi aneh bahwa kemurkaan itu memilikimu."

"Ah, ada beberapa teman yang datang dan kami baru saja bersiap-siap untuk duduk dan mencelupkan beberapa makanan ke dalam fondue. Kami punya cokelat dengan buah, keju dan sayuran dan keju dengan roti dan daging. Cukup banyak pilihan dan kami memiliki beberapa jenis anggur. Si kembar sudah tidur untuk malam ini."

"Eh, kedengarannya..."

"Aku harus pergi E-Z, sampai jumpa lagi. Jaga dirimu baik-baik."

"Paman saya baik-baik saja, dan mereka sedang makan fondue - kedengarannya seperti pesta."

"Apa itu fondue?" Lachie bertanya.

"Itu adalah panci tempat Anda melelehkan sesuatu dan kemudian Anda mencelupkan makanan lain ke dalamnya. Seperti mencelupkan stroberi ke dalam cokelat dan potongan roti ke dalam keju. Dan kamu benar, mereka sudah menikah sekarang, dan mereka baru saja melahirkan anak kembar, jadi rumah mereka cukup penuh dan berisik."

"Ooh, kedengarannya nikmat," kata Lachie.

Dengan ponsel E-Z yang terisi penuh, perbekalan Lachie tersimpan dengan aman di punggung Baby, pasangan ini terbang meninggalkan Australia. Mereka mengobrol sepanjang perjalanan. Setelah berjam-jam tidak melihat sesuatu yang menarik, dan dengan perut keroncongan, mereka bersiap mendarat untuk makan dan istirahat di kamar mandi.

"Kita harus segera mendarat untuk makan siang - lagipula, saya sudah kelaparan! Dan omong-omong, selamat ya!"

"Terima kasih! Kita bisa singgah di Hawaii untuk makan burger keju dan kentang goreng," saran E-Z.

"Saya tidak tahu kalau orang Hawaii memiliki spesialisasi burger dan kentang goreng."

"Mereka adalah bagian dari Amerika Serikat, jadi, burger keju dan kentang goreng - belum lagi minuman kocok kental adalah makanan tradisional yang sangat baik untuk Anda coba dan saya jamin, Anda akan menyukainya."

"Saya tidak makan daging. Sapi juga manusia."

"Mereka memiliki sesuatu yang berbahan dasar sayuran, tetap saja burger keju dan Anda akan menyukainya. Oh, kamu tidak keberatan minum susu sapi, kan?"

"Tidak, saya tidak."

"Oke kursi dan Baby - ayo kita pergi ke restoran burger keju terdekat yang juga menyajikan burger sayuran," E-Z menyarankan, saat perutnya yang keroncongan mulai terasa.

"Ayo!" Lachlan berteriak saat Baby mencari tempat yang tepat untuk mendarat.

BAB 5
BRANDY

Lia dan teman seperjalanannya, Little Dorrit, terbang melintasi awan.

Lia sangat mengagumi gerakan teman terbangnya yang anggun dan cepat. Bersama-sama mereka menciptakan permainan yang disebut Jump the Clouds. Tergantung pada jenis awan, mereka bisa melompati awan, di bawah awan, atau menembusnya. Melompati awan adalah yang paling menyenangkan.

"Saya suka sekali saat kami berada di dalam awan," kata Lia. "Saya mengulurkan tangan untuk menyentuhnya, tapi tidak ada apa-apa di sana."

"Sepertinya mal di bawah ini adalah tempat yang kita tuju," kata Dorrit kecil sebelum melakukan lompatan tiga kali, melayang di atas, lalu di bawah, lalu menembus awan yang sama.

"Weeeeeee!" Lia berseru.

"Terima kasih, terima kasih," kata si unicorn sambil menunjuk ke bawah.

"Belanja, ya?" Kata Lia, sambil melihat-lihat. Itu adalah sebuah mal yang besar, panjangnya hampir satu blok. "Kuharap aku tidak butuh banyak uang, tapi Ibu memberiku kartu kreditnya untuk berjaga-jaga jika aku membutuhkannya."

"Brandy sedang berdiri di lorong toko kelontong, mengisi troli untuk menghabiskan waktu. Sebaiknya kita bergegas atau ibunya akan segera mencarinya," kata unicorn itu.

"Itu sangat keren, Anda bisa mengetahui lokasinya seperti itu. Aku tidak sabar untuk bertemu dengannya dan mencari tahu lebih banyak tentang kekuatannya," kata Lia sambil melingkarkan tangannya di leher Little Dorrit untuk mempersiapkan pendaratan. "Aku selalu ingin punya kakak perempuan, jadi ini mungkin satu-satunya kesempatanku."

"Bersiullah ketika kamu membutuhkanku," kata Dorrit Kecil, saat Lia turun, "dan aku akan menemuimu di sini."

Lia memasuki mal melalui pintu ayun. Langsung saja ia melihat seorang anak perempuan yang ia duga adalah Brandy sedang mendorong troli di toko kelontong. Berdasarkan deskripsi Rosalie, itu pasti dia.

Gadis itu berpakaian santai, dengan hoodie abu-abu. Hoodie itu sebagian beritsleting, tapi cukup terbuka untuk memperlihatkan kaos merah bertuliskan I Love Music di baliknya. Celana jins hitamnya memiliki stiker notasi musik di saku. Sepatu kanvasnya berwarna senada dengan kaosnya.

Lia memperhatikan gadis itu selama beberapa saat, sebelum berjalan ke arahnya. Ia merasa sedikit terintimidasi. Seperti sedang bertemu dengan seorang selebriti. Dalam benaknya, Brandy memancarkan gaya dan kesejukan.

Ketika Lia semakin mendekat, ia membayangkan mereka akan menjadi sahabat suatu hari nanti. Mereka akan pergi ke mal bersama. Berbelanja pakaian bersama. Mungkin Brandy bahkan akan membantunya memilihkan baju baru yang serba Amerika.

"Apa yang kamu lihat nak?" Brandy bertanya dengan nada yang tidak terlalu ramah atau bersahabat. Lalu dengan satu gerakan penuh dia menepis tangan Lia.

"Itu sangat tidak sopan," seru Lia. "Apa tidak ada yang mengajarimu sopan santun?" Ia membalikkan badannya dari gadis dingin itu. Ia menahan napas, menghitung sampai sepuluh, lalu berbalik menghadapnya lagi. "Rosalie akan malu padamu."

"Kau kenal Rosalie?"

"Ya, aku Lia, dan aku tidak bisa melihatmu tanpa mataku, yang ada di tanganku." Lia mengangkat tangannya lagi.

"Wow!" Brandy berseru. "Saya pikir saya aneh, tapi nak, maksud saya, eh Lia, kamu ambil biskuitnya." Dia memasukkan tangannya ke dalam saku. "Tapi semua teman Rosalie adalah temanku."

"Eh, terima kasih," kata Lia. "Di mana saja kita bisa bicara?"

"Tidak bisa mengatakan apa kesamaan antara kamu dan aku - selain Rosalie," kata remaja itu sambil mendorong troli ke depan, meninggalkan Lia di belakang.

Lia menahan isak tangis, tapi berhasil mengeluarkan kata-kata, "Kami butuh bantuanmu karena Rosalie sudah meninggal."

Brandy berhenti dan menarik napas dalam-dalam saat air mata menetes di pipinya, lalu ia menoleh dan menghapusnya. "Ikutlah denganku, nak." Dia meninggalkan troli termasuk semua barang di dalamnya, dan mereka berjalan ke sebuah gerai di dalam mal dan duduk.

"Aku mau minum segelas air putih," kata Lia. "Tolong tanpa es."

"Ayolah nak, hidup ini penuh bahaya. Dia akan memesan Root Beer Float - dan buatlah dua." Setelah pelayan itu pergi, "Kamu akan menyukainya, jangan khawatir. Sekarang, ceritakan lebih banyak tentang mengapa Anda berada di sini dan ceritakan apa yang terjadi pada Rosalie yang manis itu."

"Pertama, apa yang Rosalie ceritakan tentang saya, tentang kami?"

"Tidak ada. Saya tahu siapa dia, dan saya tahu dia mengawasi saya. Awalnya saya pikir dia adalah seorang malaikat karena dia dapat berbicara kepada saya di dalam kepala saya seperti ketika saya berdoa sebagai seorang anak kecil. Kemudian saya menyadari bahwa dia adalah orang yang nyata, sama seperti saya dan sekarang dia sudah meninggal. Saya ingin membantu menangkap orang-orang yang membunuhnya - jika itu alasan Anda berada di sini, maka saya ikut serta. Lucu, saya pikir dia adalah seorang malaikat sekarang, masih mengawasi saya."

"Aku juga," kata Lia. "Tepat sekali."

"Jadi, bagaimana itu bisa terjadi?" Brandy bertanya. "Kalau itu bukan topik yang tidak sensitif untuk ditanyakan. Aku selalu merasa yang terbaik adalah membicarakan keanehan yang membuat kita menjadi diri kita sendiri. Jika saya memiliki keanehan sendiri, percayalah. Semua orang punya.

"Ibu saya akan memarahi saya karena menanyakan pertanyaan yang begitu pribadi. Tapi saya ingin langsung ke intinya. Apakah Anda selalu memiliki mata di tangan Anda? Saya pikir kamu akan dikejar-kejar wartawan dan fotografer, orang-orang ingin berbicara denganmu, mendengar dan menceritakan kisahmu untuk menjual majalah dan koran."

"Oh," kata Lia, "kebanyakan orang lebih tertarik dengan tokoh-tokoh fiksi yang terkenal, seperti Harry Potter, daripada dengan orang yang nyata. Jika Harry

Potter itu nyata, orang-orang akan menghindarinya, atau menggodanya. Namun di dunianya, dia adalah pahlawan, jadi bekas lukanya menjadi bagian dari kisahnya. Hal itu membuatnya lebih manusiawi bagi kami, sehingga kami dapat mengidentifikasikan diri dengannya. Tetapi tidak ada anak yang ingin menonjol karena di dunia ini perbedaan tidak selalu dihargai.

"Lucu sekali, bagaimana kita bisa berhubungan dan berempati dengan karakter fiksi dan tidak mengenali pahlawan yang sebenarnya dalam kehidupan sehari-hari."

"Oh, Kak," kata Brandy, "kamu agak menyebalkan, bukan? Ini seperti berbicara dengan anak berusia dua puluh tahun."

"Maaf," kata Lia. "Saya berubah dari tujuh menjadi sepuluh menjadi dua belas, dalam waktu singkat. Saya tidak punya waktu untuk menyesuaikan diri."

"Tidak apa-apa," kata Brandy. "Dan aku setuju denganmu pada prinsipnya, nak, tapi, sejak Reality TV mengudara, kami tertarik pada kehidupan orang-orang biasa. Artinya, orang-orang biasa tapi kaya seperti keluarga Kardashian. Saya tidak menontonnya, tapi jutaan orang menontonnya."

Minuman mereka tiba. Brandy memakan buah ceri di bagian atas minumannya terlebih dahulu, lalu bertanya kepada Lia apakah ia menginginkannya. Ketika Lia menjawab tidak, Brandy mengangkatnya dan memasukkannya ke dalam mulutnya. "Cobalah seteguk. Kalau kamu mencobanya, kamu pasti akan menyukainya."

Lia menyesapnya melalui sedotan dan wajahnya berbinar. "Enak sekali!" Kemudian dia mengaduk es krim dengan sedotan sambil memikirkan apa yang harus dikatakan selanjutnya.

"Bagi saya, saya terlahir dengan mata yang berfungsi dengan baik. Namun sebuah kecelakaan membutakan mata saya, dan ketika saya terbangun, saya memiliki mata ini dan saya juga memiliki apa yang mereka sebut penglihatan. Saya bisa melihat apa yang dipikirkan orang, begitulah cara Rosalie dan saya pertama kali mulai berbicara. Waktu bagi saya tidak seperti waktu bagi orang lain, tetapi saya tidak pernah melewatkan satu tahun pun selama ini. Selain itu, seiring berjalannya waktu, terkadang saya dapat melihat apa yang akan terjadi pada saya dan orang lain di masa depan."

"Apakah Anda tahu Rosalie akan meninggal sebelum itu terjadi?"

"Tidak, saya tidak tahu. Itu datang dan pergi. Kadang-kadang tidak berhasil sama sekali. Itu tidak seratus persen bisa diandalkan. Aku tak bisa membaca pikiranmu, kalau kau penasaran."

"Bagus. Mengetahui Anda bisa membaca pikiran saya akan sangat menyeramkan," kata Brandy, sambil meneguk minumannya yang membentur dasar wadah dan mengeluarkan suara 'itu saja, teman-teman'. "Saya ingin sekali minum lagi, tapi tidak akan," katanya. "Sebaiknya secukupnya saja, karena jika kita memanjakan diri kita dengan hal-hal yang kita pikir sangat kita inginkan setiap saat, maka kita tidak akan terlalu menghargainya."

"Sangat bijaksana," kata Lia. "Kamu bisa mengambil sisa milikku jika kamu mau."

"Sayang sekali kalau disia-siakan."

Kedua gadis itu terdiam sejenak hingga ponsel Brandy bergetar. "Ibuku akan segera datang untuk bergabung dengan kita."

"Bagaimana dia tahu di mana kita berada?"

"Baiklah, dia punya caranya sendiri, yaitu dengan melacak ponselku."

"Dan kau tidak keberatan?"

Tidak. Saya menghilang beberapa kali, tapi selalu kembali ke mal. Sering kali ketika saya pergi, dia tidak tahu. Sampai saya menelepon dan memintanya untuk datang dan menjemput saya di sini. Itu biasanya petunjuk pertamanya, pesan singkat atau telepon dari saya. Aplikasi ini membuatnya tidak perlu mengkhawatirkan saya. Saya rasa tidak mudah memiliki anak perempuan yang bisa mati dan hidup kembali."

Ibu Brandy tiba dan perkenalan pun dilakukan. Mereka menceritakan tentang cerita Rosalie dan Lia, dan membawanya untuk mengetahui apa yang telah mereka diskusikan sejauh ini.

"Apa yang kalian berdua rencanakan?" tanyanya. "Kamu terlihat seperti akan melakukan sesuatu yang tidak baik."

"Hanya kelebihan gula," kata Brandy sambil menyeringai. "Lia baru saja akan memberitahuku apa yang mereka butuhkan dariku."

"Jadi, kau sudah menjelaskan tentang situasi yang berulang ini?"

"Secara singkat. Saya belum sempat menjelaskannya, Bu, dia baru saja bercerita tentang kecelakaan itu dan mengapa matanya tertuju pada tangannya."

Pelayan datang dan Ibu Brandy memesan kopi. Dia segera kembali dengan membawa cangkir, yang kemudian dia isi. "Isi ulang gratis," kata pelayan itu. "Angkat saja cangkir Anda jika sudah kosong, dan saya akan segera datang untuk mengisinya lagi."

"Terima kasih," kata Ibu Brandy.

"Saya senang mendengarnya," kata Lia sambil menyisir rambutnya ke belakang telinga. Ia menyukai cara Brandy dan ibunya berinteraksi satu sama lain. Mereka sangat dekat; Anda bisa tahu dari cara mereka saling menyentuh satu sama lain. Kedekatan mereka membuatnya teringat saat-saat ketika ibunya bekerja malam dan akhir pekan dan dia harus bergantung pada Hannah, pengasuhnya, untuk segala hal. Sekarang berbeda karena mereka sudah berada di sini dan ibunya sudah menikah dengan Sam, tetapi bayi-bayi baru itu tampaknya menyita banyak waktu ibunya.

Brandy berkata, "Pertama kali saya meninggal, saya masih kecil. Itu terjadi di mal ini. Satu menit saya mati, menit berikutnya saya hidup kembali. Seperti yang saya katakan sebelumnya, saya selalu berakhir di sini. Itulah mengapa saya sangat mencintai mal ini."

"Lucu sekali," kata Lia.

"Aku memang suka belanja!"

"Itu memang benar!" Ibu Brandy berkata ketika putrinya memanggil pelayan dan meminta segelas air es.

"Buatkan dua gelas air," kata Lia.

Karena dia sudah ada di sana, pelayan mengisi ulang gelas kopi ibu Brandy.

Lia merasa sekarang atau tidak sama sekali - ia harus langsung ke intinya. Hari sudah malam dan Dorrit kecil sudah menunggu.

"E-Z, yang merupakan pemimpin kita duduk di kursi roda dan dia bisa menyelamatkan orang, bahkan pesawat yang penuh dengan penumpang. Dia memiliki kekuatan dan kecepatan super, dan dia dan kursi rodanya memiliki sayap.

"Alfred adalah angsa peniup terompet, dan dia memiliki ESP, ditambah lagi dia bisa menghidupkan kembali orang dan makhluk hidup. Termasuk Anda, ada dua anak lagi yang akan kami tambahkan ke dalam kelompok, ditambah sepupu E-Z, Charles - jadi kami semua berjumlah tujuh orang."

"Ah, tujuh keberuntungan," kata ibu Brandy.

Lia melanjutkan, "Setelah kamu mendengar semuanya, jika kamu setuju untuk membantu kami melawan The Furies, nyawamu akan terancam. Mereka adalah tiga saudari jahat - dewi-dewi - yang membunuh Rosalie."

"Jahat, eh? Membunuh Rosalie adalah tindakan pengecut! Dia tidak akan pernah menyakiti seekor lalat pun!" Kata Brandy.

"Apakah informasi ini terbuka untuk umum?" Ibu Brandy bertanya. "Kedengarannya memang begitu, fiksi."

"Mengapa mereka melakukannya?" Brandy bertanya. "Apa yang mereka dapatkan dengan membunuh wanita tua yang manis seperti Rosalie?"

"Mereka memanfaatkan anak-anak. Membunuh anak-anak," kata Lia.

Baik Brandy maupun ibunya berhenti minum.

"Sulit untuk menjelaskannya, tapi aku akan mencoba yang terbaik. Ketika kita mati, Jiwa kita ditakdirkan untuk para Penangkap Jiwa yang telah menunggu - tempat peristirahatan abadi kita. Masing-masing dari kita memiliki Penangkap Jiwa yang unik - jadi kita tidak akan pernah mati. Jiwa kita terus hidup. Ini bukanlah surga yang kita bayangkan, tapi ini nyata, dan Kemurkaan membunuh anak-anak tak berdosa - dan menempatkan mereka ke dalam Soul Catcher milik orang lain.

"Faktanya, ketika Rosalie meninggal, dia tidak memiliki tempat untuk jiwanya pergi. Untungnya, teman-teman kami, Hadz dan Reiki - mereka adalah malaikat yang ingin menjadi malaikat - mampu menangkap jiwa Rosalie. Mereka menjaganya tetap aman sampai kita melenyapkan Kemurkaan dan memperbaiki keadaan dengan semua Penangkap Jiwa. Setelah kita melenyapkan mereka, para malaikat agung akan mengambil alih dan memperbaiki kekacauan yang mereka sebabkan. Semuanya akan kembali normal lagi."

"Saya pikir malaikat agung adalah penjahat," kata Brandy. "Bagaimana kita tahu bahwa kita dapat mempercayai mereka? Dan mengapa kita ingin membantu mereka?"

"Itu adalah pertanyaan yang sangat besar untuk kalian," kata ibu Brandy.

"Ceritanya sangat panjang. Yang bisa kami ceritakan pada waktunya nanti. Tapi sekarang, kita harus kembali ke markas. Itu rumah kita. Setelah kita semua berada di bawah satu atap, kita bisa menjelaskan semuanya dan membuat rencana."

"Aku ikut," kata Brandy. "Kau sudah memilikiku saat kau bilang mereka membunuh Rosalie, tapi sekarang aku tahu mereka juga telah membunuh anak-anak tak berdosa, biarlah aku yang melakukannya." Dia mengangkat gelas airnya dan bersulang bersama Lia.

"Tunggu," kata ibu Brandy, "jika para malaikat tidak bisa mengalahkan makhluk ini, lalu bagaimana mereka bisa mengharapkan kalian untuk..."

"Bu," Brandy menepuk tangannya. "Aku tidak seperti anak-anak lain. Kedengarannya seperti kami sekelompok orang yang tidak cocok, dengan kemampuan khusus dan aku akan cocok. Tidak mengherankan jika para malaikat agung meminta kami untuk membantu mereka.

"Rosalie menyatukan kami semua, jadi kami bisa membentuk sebuah tim. Jika dia ada di sini, dia akan bersama kami dalam tim. Sekarang dia bersama kami dalam roh. Bersama-sama kami akan menjadi kekuatan yang patut diperhitungkan.

"Selain itu, kami harus memastikan Rosalie mendapatkan tempat peristirahatan abadinya. Segala sesuatu terjadi karena suatu alasan, bukankah kamu selalu mengatakan itu padaku?"

"Jadi, apa yang terjadi selanjutnya?" tanya ibunya.

"Kita harus bersama dan rumah E-Z cukup besar untuk kita semua. Yang lain dan Charles Dickens - ceritanya panjang - akan menemui kita di sana."

"Bukan si Charles Dickens?"

"Satu-satunya, tapi dia baru berusia sepuluh tahun. Dia tiba dan ditemukan oleh dua detektif di London, Inggris. Dia dikirim kembali ke bumi karena suatu alasan. Selain fakta bahwa dia dan E-Z adalah sepupu. Dia adalah salah satu dari kita. Bersama-sama kita akan mengalahkan kakak beradik itu dan memperbaiki dunia lagi."

"Ayo pergi!" Kata Brandy. "Ibu membawa tas ransel saya di dalam mobil, dan di dalamnya ada semua yang diperlukan. Saya selalu membawa tas untuk berjaga-jaga. Itu sangat berguna beberapa kali. Saya berasumsi bahwa di rumah ada mesin cuci dan pengering? Oh, dan pengering rambut?"

"Ya, ya, dan ya," kata Lia, lalu dia bersiul.

Brandy dan ibunya menutup telinganya. "Untuk apa itu tadi?"

"Ayo keluar dan aku akan memperkenalkanmu pada temanku Little Dorrit - dia seekor unicorn - dan kamu bisa mengambil tasmu di saat yang sama." Mereka berjalan keluar dari pintu dan dia menunjuk ke arah langit, tempat unicorn itu akan mendarat.

"Tunggu sebentar," kata Brandy, "Kita akan berkendara melintasi negara ini dengan seekor unicorn?"

Ibu Brandy mengerutkan kening. Dia merasa lemas dan kakinya terasa seperti spageti yang sudah matang.

"Kemarilah dan belai dia," kata Lia. "Dorrit kecil, ini Brandy dan ibunya."

"Bulunya indah dan lembut," kata ibu Brandy.

"Mau ikut naik ke mobil?" Dorrit kecil bertanya.

"Tidak, terima kasih," kata ibu Brandy. Kemudian kepada putrinya, "Saya tidak tahu bagaimana saya akan menjelaskan hal ini kepada ayahmu. Mungkin kamu harus ikut pulang denganku dan bersama-sama kita akan menjelaskannya dan memutuskan apakah kamu boleh pergi..."

"Aku harus pergi," kata Brandy. "Ini adalah takdirku." Dia memeluk ibunya.

"Apakah akan membantu jika kamu berbicara dengan ibuku?" Lia bertanya, dan tanpa menunggu jawaban, ia segera menelepon ibunya, menjelaskan situasinya, dan menyerahkan teleponnya kepada ibu Brandy yang mengobrol dengan Samantha, lalu menyerahkan teleponnya kembali.

Hal berikutnya yang mereka tahu, mereka bertiga terbang di sekitar tempat parkir, mencari mobil tersebut dengan orang-orang di bawah membunyikan klakson mereka, mengambil foto di ponsel mereka dan menabrak satu sama lain dengan mobil dan troli.

"Itu dia," kata ibu Brandy.

Dorrit kecil mendarat, dan dia meluncur turun. "Tunggu di sini dan saya akan mengambil tas putri saya."

Dia kembali, melemparkannya ke Brandy. "Terima kasih atas tumpangannya," katanya kepada Dorrit Kecil. Kepada Brandy ia berkata, "Brandy telepon ke rumah. Setiap hari. Seperti E.T." Dia meniupkan sebuah ciuman. Lalu kepada Lia, "Senang bertemu denganmu."

"Kamu juga," kata Lia, saat Dorrit kecil terangkat dari tanah. "Jangan khawatir, kami akan menjaga putrimu dengan baik."

Ibu Brandy memperhatikan mereka terbang menjauh, sampai dia tidak bisa melihat mereka lagi. Saat itu, para tukang parkir yang usil itu telah menemukan hal lain yang bisa dilihat, jadi dia masuk ke dalam mobilnya dan mulai melaju ke rumah.

Ia menempuh perjalanan panjang menuju rumah. Ia harus berpikir bagaimana ia akan menjelaskan semuanya kepada ayah Brandy.

BAB 6

HARUTO

Alfred menunggu di depan kafe sampai pemiliknya, yang sudah menantikan pelanggan baru. Nenek Haruto tidak tahu bahwa pelanggan tersebut adalah angsa terompet. Ketika pemilik kafe melihat Alfred, dia membawanya ke meja di belakang.

Alfred tidak keberatan berada di belakang. Bahkan, dia lebih suka karena ada tanda yang menunjukkan bahwa angsa tidak boleh dipelihara - bukan berarti angsa dianggap sebagai hewan peliharaan di Jepang atau di mana pun di dunia yang dia tahu.

Sambil duduk dengan tenang, menunggu ayah Haruto datang, dia menggunakan WI-FI gratis di kafe dan menemukan beberapa hal yang sangat keren tentang Budaya Kafe di Jepang. Seperti di

Yokohama, ada kafe untuk pecinta kucing dan kafe untuk merayakan landak.

Lima belas menit kemudian seorang pria memasuki kafe. Alfred langsung tahu bahwa itu adalah ayah Haruto, karena pria itu berjalan dengan cepat ke arah mejanya.

"Naze watashitachiha daidokoro no chikaku ni iru nodesu ka?" tanyanya pada pemilik kafe (yang jika diterjemahkan berarti: mengapa kita berada di dekat dapur?"

"Kare wa hakuchōdakara!" kata pemilik kafe sebelum ia beranjak dari meja (yang jika diterjemahkan berarti: Karena dia angsa!)

Ketika dia kembali beberapa menit kemudian dengan nampan berisi Bubble Tea, pemiliknya berkata, "Mōshiwakearimasen" (yang jika diterjemahkan berarti, saya minta maaf.)

"Ī nda yo," kata ayah Haruto sambil tersenyum (yang jika diterjemahkan berarti: Tidak apa-apa.)

Teh Alfred disajikan dalam mangkuk yang cukup besar untuk dimasukkan paruhnya. Tehnya diberi es - hal yang bagus karena ia tidak ingin lidahnya terbakar atau menunggu lama untuk mendinginkannya.

"Domo arigato gozaimasu," kata Alfred (yang jika diterjemahkan berarti: terima kasih banyak.)

"Iie," jawab ayah Haruto (yang jika diterjemahkan berarti: jangan sebut-sebut.)

Mereka duduk dengan tenang, saling menatap satu sama lain sambil menyeruput teh mereka sebentar.

"Kenapa kamu ada di sini?" Ayah Haruto bertanya dengan tiba-tiba. "Istri saya takut Anda ingin mengambil anak kami dari kami, dan Anda tidak bisa memilikinya. Ya, kami menemukannya, tetapi kami adalah satu-satunya orang tua yang pernah dia kenal."

"Whoa!" Alfred berseru. "Tidak ada yang akan terjadi kecuali Anda menginginkannya. Ngomong-ngomong, bahasa Inggris anakmu sangat bagus," kata Alfred. "Begitu juga dengan bahasa Inggris Anda."

"Sanjungan tidak akan ada gunanya bagimu di sini. Seperti yang saya katakan sebelumnya, Anda tidak bisa memiliki anak saya."

"Jika Haruto bisa membantu kita, untuk menyelamatkan dunia? Apakah Anda masih akan mengatakan tidak?"

"Haruto hanyalah seorang anak laki-laki. Kamu adalah seekor angsa. Apa yang bisa dilakukan anak laki-laki dan angsa yang tidak bisa dilakukan manusia?

Kamu tidak bisa memilikinya." Dia menyilangkan tangannya.

"Bagaimana jika kita tidak bisa menyelamatkan dunia, tanpa bantuannya? Bagaimana jika dia ingin membantu kita?"

"Haruto tidak tahu apa-apa tentang kehidupan. Dia tidak bisa membantumu. Carilah anak orang lain, seseorang yang lebih tua. Seseorang yang telah dilahirkan untuk menyelamatkan dunia. Bukan anak laki-laki. Bukan anakku, Haruto. Tidak hari ini, besok atau selamanya."

"Bagaimana jika kita biarkan dia yang memutuskan?" Alfred berkata. "Setelah aku menjelaskan semuanya."

"Ceritakan semuanya sekarang. Dan aku akan memutuskan apa yang harus dia ketahui. Tapi pertama-tama, izinkan saya bertanya kepada Anda - apa yang membuat Anda berpikir bahwa seorang anak kecil seperti anak saya dapat membantu Anda?"

"Kami pikir, seperti kita semua, dia memiliki karunia, karunia yang unik. Dia tidak seperti anak-anak lain, bukan? Ketika Rosalie menyebutkannya, dia masih bayi. Apakah dia menua lebih cepat dari anak-anak lain?"

Ayah Haruto menggelengkan kepalanya. "Ketika kami menemukannya lima tahun yang lalu, dia masih bayi. Dia telah tumbuh, seperti anak kecil pada umumnya."

"Oh, maaf. Rosalie tidak punya waktu untuk memperbarui atau melengkapi catatannya. Namun, bukankah Anda ingin anak Anda bersama dengan anak-anak lain yang berbakat seperti dia? Dia akan menjadi bagian dari kami, diterima oleh kami. Dan kami akan menghormati bakatnya dan melindunginya."

"Apakah Anda menyarankan bahwa saya tidak bisa melindungi anak saya sendiri?"

"Tidak, Pak. Saya sama sekali tidak mengatakan itu. Saya mengatakan bahwa kita membutuhkannya dan mungkin, mungkin saja, dia membutuhkan kita. Seorang anak laki-laki yang berdiri sendiri tidak akan pernah sekuat anak laki-laki yang menjadi anggota tim."

"Mungkin dia kesepian. Mungkin, tapi dia masih muda, dan dia akan tumbuh dari hal itu." Ayah Haruto tetap diam sebelum dia bertanya, "Apa kekuatanmu dan siapa musuhnya?"

"Saya memiliki kekuatan penyembuhan, untuk manusia dan hewan - kebanyakan hewan. Saya bisa membaca pikiran. Lia bisa melihat ke masa depan. E-Z menyelamatkan nyawa. mampu menyembuhkan orang sakit dan membaca pikiran. Kami bahkan memiliki situs web Superhero, yang bisa saya tunjukkan kepada Anda jika Anda ingin melihat semuanya sebagai bukti."

"Saya sudah melihat situs web Anda," kata ayah Haruto. "Kalian dikenal dengan sebutan The Three. Bukankah kalian bertiga cukup kuat untuk menghadapi musuh apa pun yang kalian hadapi? Bagaimana anak kecil seperti Haruto bisa membantu kalian? Dia hampir tidak ingat untuk menyikat giginya."

"Saya mengerti. Aku juga punya anak laki-laki saat masih menjadi manusia."

"Kamu pernah menjadi manusia? Apa yang terjadi dengan anakmu?"

"Mereka meninggal, dan aku dijadikan angsa. Ceritanya panjang dan rumit. Yang terpenting, sampai saat ini kami tidak tahu bahwa ada anak lain. Itu adalah Rosalie. Dia adalah seorang wanita yang luar biasa, dengan kemampuan untuk berkomunikasi dengan anak-anak di dalam pikirannya. Dia berbicara dengan Lia, Haruto, Brandy dan Lachie. Dia menyatukan semua orang dan membayar mahal untuk itu. Kemurkaan membunuhnya ketika dia tidak mau mengungkapkan informasi tentang anak-anak kepada mereka. Tanpa Rosalie, kita tidak akan tahu bahwa yang lain ada dan kita tidak akan berada di sini untuk melindungi putra Anda, atau meminta bantuannya dalam mengalahkan para saudari jahat itu.

"Saya diutus untuk berbicara dengan Haruto dan menjelaskan apa yang kita hadapi. Tentu saja, dia bisa menolak, Anda juga bisa menolak untuknya - tapi tanpa dia, kita tidak akan bisa mengalahkan dewi-dewi jahat yang dikenal sebagai The Furies."

Pemiliknya menawarkan lebih banyak teh. Alfred menolak, namun tangan ayah Haruto sedikit gemetar saat ia mengangkat teh yang baru diisi ulang dan menyeruputnya.

"Apakah Haruto anak bungsu?"

Alfred mengangguk.

"Ceritakan tentang dua anggota baru lainnya."

"Brandy mati, dan terlahir kembali. Lachie bisa berbicara dan dimengerti oleh semua makhluk."

"Brandy ini terlahir kembali sebagai dirinya sendiri setiap saat?" Ayah Haruto bertanya.

"Itulah pemahaman saya."

"Berapa umurnya?"

"Saya tidak tahu pasti, tapi saya yakin dia masih remaja. Mengapa itu penting?" Alfred bertanya.

"Karena terlahir kembali berulang kali sambil tetap berada dalam kondisi manusia berarti Brandy terjebak dalam tahap Pembelajaran. Oleh karena itu, dia akan lebih cocok dengan orang lain yang lebih maju darinya. Dia akan belajar dari mereka dan mungkin, itu akan membantunya untuk mencapai tahap berikutnya."

Alfred sedikit mengerti, tapi tidak mengatakan apa-apa.

"Anak saya tidak akan memajukan kehidupan Brandy, oleh karena itu saya tidak akan mengizinkannya menjadi bagian dari pertarungan ini. Saya minta maaf karena telah membuang-buang waktu Anda."

"Baiklah, saya telah datang sejauh ini - jadi, apa salahnya bagi saya untuk berbicara dengannya, dengan Anda, istri dan ibu Anda yang hadir. Beri dia pilihan. Biarkan dia memutuskan. Jika itu tidak tepat untuknya, jika Anda pikir dia terlalu muda atau tidak siap - kami akan mengerti - tetapi setidaknya mari kita bicarakan dengannya. Lihatlah seberapa besar dia bisa mengerti. Biarkan dia yang mengatakan tidak - maka saya akan kembali ke pesawat dan Anda tidak akan pernah melihat saya lagi."

"Anda seekor angsa, dan Anda terbang dengan pesawat?" dia tertawa, dengan keras. Pengunjung lain di kafe itu ikut tertawa meskipun mereka tidak tahu mengapa dia tertawa. Mereka tertawa karena suara tawa ayah Haruto menular.

"Katakan padaku apa yang ingin dilakukan oleh tim Anda dan mengapa. Lalu aku akan memutuskan. Jika Anda bisa meyakinkan saya, mungkin saya akan membiarkan Anda mencoba meyakinkan Haruto."

"Saat kita mati, jiwa kita meninggalkan tubuh kita, dan pergi ke tempat peristirahatan abadi di tempat yang disebut Penangkap Jiwa. Saya tahu ini berbeda dengan apa yang kita percayai, tapi itu benar. Kemurkaan telah membunuh anak-anak - anak-anak yang sedang bermain game komputer - dan kemudian memasukkan jiwa mereka ke dalam Soul Catcher yang dimaksudkan untuk jiwa-jiwa lain. Ketika orang lain mati, tidak ada tempat bagi Jiwa mereka untuk pergi."

Ayah Haruto terdiam beberapa saat.

"Jika dia mau, anakku, Haruto akan membantu. Dia akan memberitahumu apa bakatnya. Dia akan memberitahumu apa yang dia ingin kamu ketahui, dan dia akan memutuskannya."

"Terima kasih," kata Alfred.

Mereka berdiri, meninggalkan kafe, dan berjalan menuju rumah Haruto. Ketika mereka tiba, makan malam segera disajikan, dan semua orang diberitahu tentang misi tersebut.

"Apa yang terjadi pada jiwa-jiwa yang lain? Jika mereka tidak punya tempat untuk pergi?" Haruto bertanya, meletakkan sumpitnya dan meneguk air.

"Kami tidak tahu pasti," jawab Alfred. Dia melirik ayah Haruto yang mengangguk. "Tapi Rosalie. Apa kau ingat Rosalie?"

"Ya, saya mengenalnya, dan saya tahu bahwa dia sudah meninggal," kata Haruto. Dia duduk dengan tegak, "Maksudmu jiwanya tidak memiliki rumah? Bagaimana saya bisa membantunya mencapai rumahnya?"

"Aku senang kau mau membantu, Haruto," kata Alfred. "Jiwa Rosalie dipegang dengan aman oleh dua malaikat yang telah membantu kita dan E-Z, di masa lalu. Jadi, dia baik-baik saja untuk saat ini.

"Sebelum aku menjelaskan lebih lanjut, aku ingin tahu apa kekuatan khusus yang kau miliki?"

Haruto berdiri, menatap ayahnya, yang mengangguk, lalu berkata. "Aku bergerak sangat cepat." Dan dia mulai berputar, semakin cepat dan semakin cepat sampai dia menghilang.

"Whoa!" Alfred berkata. "Kamu seperti versi menghilang dari Iblis Tasmania!"

"Kami tidak pernah bosan melihatnya beraksi," kata ibunya. Dia terlihat diam sampai komentar itu. "Kembalilah sekarang, nak," katanya. "Kembalilah."

Dia kembali dengan cara yang sama seperti saat dia menghilang, hanya saja mereka tidak bisa melihatnya berputar-putar sampai dia muncul kembali. "Aku lapar lagi!" Haruto berseru. Dan dia duduk, mengisi kembali piringnya dan makan dengan lahap.

"Apakah itu selalu membuatmu lapar?" Alfred bertanya.

"Selalu," kata Sobo, menawarkan cucunya lebih banyak makanan. Dia mengangguk, terlalu sibuk makan untuk menjawab.

Setelah Haruto kenyang, Alfred menjelaskan bagaimana E-Z akan menjadi markas tim, atau markas. Dia mengulur-ulur waktu, mencari kata-kata yang tepat untuk memberi tahu mereka tentang bahaya yang akan mereka hadapi.

"Izinkan saya mengatakan, sebelum Anda setuju - bahwa Furies adalah makhluk jahat dan mengerikan yang menghukum anak-anak meskipun mereka tidak melakukan kesalahan. Mereka telah mengambil nyawa anak-anak, untuk pikiran buruk, bukan untuk perbuatan buruk dan membajak penangkap jiwa dari orang lain. Kita harus menghentikan mereka dan memperbaiki keadaan. Dan mereka adalah dewi-dewi yang sangat berbahaya dan kuat."

Ayah Haruto berkata, "Aku melarangmu pergi!"

"Tapi ayah, Anda telah mengajarkan saya bahwa tindakan saya dalam kehidupan ini, akan berlanjut ke kehidupan berikutnya. Oleh karena itu, saya harus mengatakan ya." Dia menatap Alfred dan berkata, "Masukkan aku ke dalam daftar!"

"Haruto, sebagai ayah dan ibumu, kami ingin kamu sukses - tapi kami ingin kamu berada di dekat kami, bukan jauh di belahan dunia lain bersama orang asing."

Haruto bangkit dari tempat duduknya dan melingkarkan tangannya di leher neneknya. Mereka berdua berbisik-bisik dalam bahasa Jepang yang tidak bisa dimengerti oleh Alfred.

"Sobo bilang dia akan menemaniku, tapi dia takut waktunya sudah dekat. Jika dia meninggal dan tidak berada di Jepang, bagaimana jiwanya bisa menemukan jalan pulang?"

"Kami memiliki beberapa malaikat agung dan pembantu malaikat agung yang bekerja bersama kami. Mereka menjaga jiwa Rosalie tetap aman, dan, jika sesuatu terjadi pada nenekmu, aku yakin mereka akan melindungi jiwanya juga. Sampai Penangkap Jiwa mereka siap."

"Aku sangat bangga padamu," kata Sobo, "dan dengan senang hati aku akan bergabung denganmu dalam penerbangan ini. Aku senang bertemu dengan anak-anak superhero lainnya. Sobo ini akan memiliki lebih banyak cucu." Dia memeluk Haruto.

Ayah dan ibu Haruto ikut memeluknya. Itu adalah pelukan keluarga. Air mata menetes di wajah Alfred. Tangisan angsa adalah hal yang paling menyedihkan di dunia.

Saat mereka berpisah, piring-piring dikumpulkan dan disiapkan untuk dicuci. Semua orang disuguhi teh, kecuali Haruto.

"Aku akan menyiapkan tasku," katanya. "Selamat malam."

"Saya akan memesan penerbangan kita dan memberitahukan detailnya," kata Alfred.

Dia kembali ke hotel dan memesan penerbangan. Kemudian dia mengirimkan semua rinciannya kepada Charles Dickens. Dia berharap Charles dapat menemui mereka di Bandara Heathrow dan mereka semua akan terbang ke tempat E-Z bersama-sama.

Setelah hari yang melelahkan, Alfred melompat ke tempat tidur Queen Size-nya. Dia merapikan bantal dan menonton televisi sampai akhirnya dia tertidur.

BAB 7

DI JALAN

Dengan semua anak-anak dalam perjalanan menuju rumah E-Z, ada rasa energi yang disebut harapan di udara. Energi itu tampaknya menyebar dari satu sisi dunia ke sisi lainnya. Sedemikian rupa, sehingga mencapai The Furies.

Tiga dewi jahat menari-nari mengelilingi api yang mereka ciptakan di dalam kuali dari tulang-belulang orang mati. Muncullah sebuah bola api berkepala banyak. Tepat di depan mata mereka, bola itu terbagi menjadi tiga bola api.

Para dewi mengisi bola api tersebut dengan energi yang meningkat, hingga bola-bola api itu tampak seperti akan meledak. Kemudian mereka mengirim mereka dalam perjalanan, keluar untuk menemukan dan menghancurkan harapan yang ada di hati musuh-musuh mereka.

Bola api pertama meluncur keluar, menuju tujuan terjauh yang sejajar untuk bertemu dan menghancurkan E-Z, Lachie, dan Baby. Objek berapi-api itu hancur di sepanjang jalan, pecah karena kecepatannya yang luar biasa, hingga ukurannya menjadi sebesar bola bowling. Benda itu membidik trio yang tidak menaruh curiga terhadapnya.

Sensor kursi roda E-Z-lah yang memperingatkannya akan bahaya yang akan datang berkat peningkatan yang dilakukan Hadz dan Reiki. GPS mendeteksi sebuah benda mati yang bergerak cepat, menuju ke arah mereka.

"Ada sesuatu yang datang ke arah kita!" E-Z berteriak. "Ayo kita mendarat dan menyingkir dari sana."

"Baiklah," kata Lachie, saat ketiganya mendarat.

Tapi bola api itu mengikuti mereka, seperti memiliki pelacak sendiri. Tidak peduli seberapa rendah mereka meluncur, bola itu terus mengikuti mereka tanpa henti.

Mereka berhenti, melayang-layang, berkumpul bersama - tidak yakin apakah akan mendarat sekarang, atau mencoba mengakali dengan cara lain. Jika mereka mendarat dan makhluk itu mengikuti, itu bisa membunuh atau melukai orang lain. Mereka tidak ingin menempatkan orang lain dalam bahaya karena makhluk itu mengejar mereka.

"Apa yang akan kita lakukan?" Lachie bertanya.

"Kamu dan Baby berlindung, biar aku dan kursiku yang menanganinya."

"Kami tidak akan meninggalkanmu!" Lachie berseru dan Baby mengangguk.

"Oke, kalau begitu, berada di belakangku," kata E-Z. Dia tahu bahwa dia dan kursi rodanya anti peluru, tapi apakah mereka tahan peluru? Dia akan mencari tahu, dalam 5, 4, 3, 2, 1.

Baby menjulurkan lehernya, mengaum dengan mulut terbuka selebar mungkin - dan bola api langsung masuk ke dalamnya. Mata naga itu melotot, dan bibirnya bergetar saat dia menahan binatang buas di dalamnya. Kemudian dia pergi, dengan Lachie memegang lehernya, terbang jauh, mencari tempat untuk membebaskan diri dari benda yang membakarnya dari dalam.

Akhirnya, mereka menemukan tempat untuk menjatuhkannya dengan aman ke laut. Bayi membuka mulutnya, dan terbanglah ia. Masih dalam keadaan terbakar, makhluk itu tergelincir di atas air, seperti bertekad untuk tetap hidup tapi akhirnya menyerah dan mendesis saat tenggelam ke dalam lautan.

"Ya!" E-Z berteriak. "Bagus sekali, Baby!"

Baby dan Lachie kembali ke sisi E-Z, "Apa yang terjadi?"

"Baby luar biasa! Dia menjatuhkan bola api itu ke laut. Sekarang tidak ada apa-apa lagi selain batu lain."

"Terima kasih, Baby," kata E-Z. "Itu terlalu dekat untuk kenyamanan."

"Setuju. Dan Baby pantas mendapatkan hadiah. Sesuatu yang dingin untuk tenggorokannya."

"Terserah Baby," kata E-Z. "Ayo kita turun dan istirahat dulu sebelum kita lanjutkan."

Lachie memeluk leher Baby dan mereka turun untuk melepaskan diri dari pertemuan pertama dan terakhir yang mereka harapkan dengan bola api yang gila.

"Apakah menurutmu itu The Furies?" Lachie bertanya.

"Saya rasa mereka tidak tahu tentang kita. Maksud saya, mereka tahu kita ada, tapi tidak secara spesifik."

"Makhluk itu memusatkan perhatian pada kita. Mencoba membunuh kita. Siapa lagi yang ingin kita mati?"

"Kau benar, makhluk itu langsung menuju kita. Mungkin hanya kebetulan. Aku harap begitu."

"Bukankah kita harus memperingatkan yang lain?"

E-Z melihat ke arah ponselnya. Dia tidak memiliki bar. "Tim saya bisa mengatasi diri mereka sendiri dan saya tidak ingin menakut-nakuti mereka. Semoga saja karena ini hanya sekali."

✳✳✳

The Furies mengirimkan bola api kedua ke arah Yokohama. Pesawat Alfred dan Haruto sudah berada di landasan pacu bersiap untuk lepas landas.

Bola api terbang ke arah mereka, tetapi memilih rute yang tidak menguntungkan - melewati robot setinggi 59 kaki yang menjangkau, menangkap, dan menghancurkannya. Abu terbakar di peron di bawahnya.

Di bandara, pesawat Alfred dan Haruto lepas landas dengan selamat dan tak satu pun dari mereka yang mengetahui bahwa mereka sedang menjadi target.

***

Bola api ketiga dan terakhir melesat ke arah Phoenix, Arizona. Bola api itu terbang berputar-putar, mencari targetnya selama berjam-jam namun tidak dapat menemukannya.

Little Dorrit adalah unicorn yang luar biasa, dengan perisai anti-deteksi yang selalu siap sedia. Melindungi penumpangnya adalah peran utama Little Dorrit.

Setelah terbang tanpa tujuan, bola api itu bukannya berhenti dengan kecepatan tinggi, tetapi malah bertambah besar, hingga sebesar komet. Kemudian bola api itu kembali ke pemiliknya yang sah, yaitu Kemurkaan.

Objek yang menyala itu, yang tidak tahu mana kawan dan mana lawan, mengejar para Furies yang menjerit-jerit di sekitar Death Valley selama berjam-jam. Mereka berlari menyelamatkan diri hingga Tisi merapal mantra.

Awalnya bola itu berhenti di udara, dan ketiga dewi menyaksikannya dengan puas saat bola itu jatuh ke dalam kuali dan tertutup oleh rebusan jamur.

Alli terbang ke arahnya, menjepit tutupnya.

Kemudian The Furies menengadahkan kepala dan mengejeknya, sambil menari, bernyanyi, dan tertawa.

Hingga, di dalam kuali terdengar suara letupan. Seperti biji-bijian popcorn yang memanas. Suara itu semakin keras, karena tutup kuali penyok dari dalam, dan akhirnya terangkat cukup tinggi sehingga bola-bola api yang baru lahir bisa keluar.

Bola-bola api kecil itu, yang tidak memiliki tempat untuk pergi - memusatkan perhatian pada The Furies, mengejar mereka, dan satu per satu dari mereka gagal.

Karena merasa lelah dan kesal, ketiga dewi tersebut memanggil Eriel untuk datang dan membantu mereka, namun kali ini dia tidak menjawab.

***

Saat ia terbang melintasi langit sendirian karena Lachie dan Baby berjalan lebih lambat karena efek samping Baby menelan bola api, E-Z menilai timnya. Beberapa kali dalam antrian, ia menerima pesan yang menegaskan bahwa mereka juga memikirkannya.

Lia mengirimkan pesan, yang mengonfirmasi kekuatan Brandy dan Alfred juga melakukan hal yang sama mengenai kemampuan Haruto.

E-Z tidak membalas dengan memberi tahu mereka tentang kekuatan Lachie. Sebaliknya, dia ingin mempelajari lebih lanjut untuk melihat bagaimana kemampuannya dan tim tujuhnya (termasuk Charles) akan melawan tiga dewi yang kuat namun jahat.

Sambil mengingat-ingat, dia mengingatkan dirinya sendiri tentang aset timnya:

Saya bisa terbang, begitu juga dengan kursi saya. Kami kebal peluru dan saya sangat kuat. Saya pemimpin yang baik, saya cerdas dan saya memiliki empati yang kuat.

Lia adalah orang yang penuh semangat, berempati, baik hati, pintar, dan dia bisa membaca pikiran dan masa depan.

Alfred berpikiran kuat, cerdas, dan sebagai anggota tertua yang bijaksana seiring bertambahnya usia. Dia berempati, terkadang dapat membaca pikiran, dan dapat menyembuhkan orang sakit.

Lachie berkomunikasi dengan makhluk halus. Dia penyendiri, tapi itu bukan salahnya. Dia berempati, cerdas. Dia tahu bagaimana cara bertahan hidup dari segala rintangan dan kemampuan kamuflase-nya akan sangat berguna.

Haruto adalah yang termuda, tapi dia adalah seorang yang selamat. Dia mampu membuat dirinya tidak terlihat.

Brandy telah mati - beberapa kali - dan hidup kembali. Dia pasti seorang yang selamat.

Yang terakhir adalah Charles Dickens. Kemampuannya tidak diketahui. Tapi dia cerdas, berempati dan mampu beradaptasi.

Dengan menggunakan ponselnya saat dia memiliki cukup uang, dia mencari dokumen sejarah secara online untuk mencari tahu kemampuan apa yang akan dimiliki oleh The Furies:

Kekuatan Manusia Super.

Stamina termasuk toleransi yang tinggi terhadap rasa sakit.

Vitalitas.

Kelincahan seperti laba-laba.

Ketahanan terhadap cedera dan kekuatan penyembuhan super cepat.

Penerbangan.

Berubah bentuk - menjadi bentuk orang lain.

Gaib.

Mereka bisa menimbulkan rasa sakit pada korbannya.

Meg bisa mengeluarkan parasit. YUCK.

Tunggu sebentar, dikatakan The Furies secara historis mewakili keadilan. Dikatakan di masa lalu, mereka hanya menyakiti orang jahat dan bersalah... bahwa orang baik dan tidak bersalah tidak perlu takut. Jadi, apa yang berubah? Mengapa mereka merasa perlu untuk membunuh anak-anak tak berdosa dengan menggunakan permainan game untuk melakukannya?

Dia membaca lebih lanjut, bertanya-tanya bagaimana tepatnya mereka membunuh anak-anak itu. Menurut legenda, The Furies tidak pernah menyakiti secara fisik para pelaku kejahatan. Sebaliknya, mereka menggunakan rasa bersalah - untuk membuat mereka marah.

Dia teringat kembali pada anak laki-laki yang mencoba menembaknya. Mereka telah meyakinkannya bahwa jika dia tidak melakukan apa yang mereka katakan, mereka akan menyakiti keluarganya. Dia bertanya-tanya di mana anak itu sekarang. Apakah dia berada di salah satu Penangkap Jiwa?

Dia terus mencari, untuk mencari tahu apakah Kemurkaan mampu berbelas kasihan dan tidak dapat menemukan buktinya.

Dia menambahkan ke dalam daftar sesuatu yang sudah mereka ketahui - Kemurkaan adalah manusia. Itu adalah satu kesamaan yang dia dan para dewi jahat miliki, dan dia dan timnya harus menemukan cara untuk memanfaatkannya demi keuntungan mereka.

Lachie dan Baby menyusul E-Z.

"Bagaimana kabar Baby?" tanyanya.

"Dia lebih baik sekarang," jawab Lachie.

Baby menengadahkan kepalanya, mengaum dan melesat ke depan.

"Tunggu aku!" E-Z menangis.

BAB 8
THE FURIES

Dengan perasaan kotor akan harapan yang masih tercium di udara, The Furies menunggu. Mereka memperbaiki pakaian mereka yang hangus dan merapikan rambut mereka yang terbakar. Untungnya, ular-ular itu tidak terluka. Untuk membuat diri mereka rapi untuk kedatangan tamu mereka yang akan datang.

Dia adalah dermawan mereka. Orang yang membawa mereka kembali ke bumi. Menyarankan mereka untuk mendirikan markas di jantung Death Valley yang tak terdeteksi.

Sebelum kegagalan bola api, mereka telah melihat tanda-tanda. Tanda-tanda bahwa semuanya berbalik melawan mereka sekarang. Perubahan itu baik, tapi hanya jika mereka bisa mengendalikannya.

Waktu mereka akan datang. Mereka harus siap untuk bergerak. Segala sesuatunya berbalik menjadi keuntungan bagi mereka. Yang harus mereka lakukan adalah menunggu. Lalu bersiaplah untuk menerkam.

"Eriel," Meg mendesis.

Sang malaikat agung, pemimpin tercinta mereka akhirnya tiba juga.

"Apa yang terbaru?" Tisi bertanya. "Kami muak dengan semua harapan yang ada di udara ini."

"Ya, semua harapan ini membuat kami kecewa," Tisi dan Allie bernyanyi sambil menari mengelilingi api yang menyala.

Dia memperhatikan mereka, menari telanjang seperti banshee. Memukulkan cambuk mereka, sementara ular-ular yang mereka jadikan sebagai lengan dan rambut merayap dan meludah secara acak.

Eriel turun ke atas mereka seperti awan hitam, mendarat, lalu melipat sayapnya. Perawakannya yang besar membuat The Furies terlihat seperti boneka. Dia berdiri dengan tangan di pinggulnya, lalu berlutut untuk mencapai level yang sama dengan mereka. Itu adalah caranya untuk menurunkan dirinya ke tingkat mereka, sementara pada saat yang sama tetap berada di atas mereka. Dia ingin mereka tahu bahwa mereka bekerja untuknya dan bukan sebaliknya. Dia lelah menegaskan hal ini kepada para suster, namun, dia takut itulah satu-satunya cara untuk membuat mereka tetap sejalan.

"Tidak ada harapan - tidak sekarang karena kita bekerja bersama," kata Eriel. "Dan jangan tertawa. Baiklah, saya kira Anda bisa tertawa. Itulah yang saya lakukan ketika pertama kali mendengar mereka mengirim tim anak-anak untuk membunuh Anda."

Kemurkaan menjadi histeris. Suara mereka bergema di sekitar Death Valley dan membuat semua burung takut.

"Dasar idiot!" Meg berkata.

"Kami akan memakan anak-anak itu, untuk sarapan, makan siang dan makan malam," kata Tisi sambil menjilati bibirnya.

"Kami tidak makan anak-anak," kata Alli. "Tapi kamu lucu, adik. Yang kami inginkan hanyalah jiwa mereka. Dan aku tidak ingat MENGAPA kita menginginkan mereka. Jelaskan lagi, saudariku sayang."

Meg berkata, "Kami melakukan perintah Eriel. Dia menginginkan Penangkap Jiwa dan kita mendapatkannya untuknya. Setelah kita memenuhi permintaannya, kita akan menjadi Putri Nyx - Yang Baik Hati - sekali lagi dan kita akan menguasai malam dan melakukan apa pun yang kita inginkan."

"Lalu jika saya ingin mencicipi salah satu dari anak-anak itu - saya akan bisa, kan?" Tisi bertanya. "Aku selalu bertanya-tanya seperti apa rasanya." Dia memutar matanya dan mengendus udara. Ular di kepalanya menerjang ke arahnya.

Eriel mengejek. "Mereka bukan anak-anak biasa, seperti yang kau buntuti dalam permainan game. Mereka adalah anak-anak berbakat, dengan kekuatan dan kemampuan. Namun, aku akan terus memberi informasi padamu, dan kau akan membutuhkan bantuanku."

"Bantuanmu? Untuk mengalahkan anak-anak, hanya bayi?!" ketiganya tertawa, dan mereka melayang-layang di udara menggunakan sayap kelelawar mereka yang kuat. "Kami akan mengalahkan mereka bahkan sebelum mereka menyerang." Ular-ular itu mendesis dan meludah setuju.

"Seperti yang kita lakukan di ruang putih. Seperti yang kita lakukan pada teman mereka, Rosalie. Dia tidak mau memberi tahu kami siapa yang dikirim untuk kami. Kami ingin tahu dan lelah menunggu Anda memberi tahu kami. Jadi, kami membawanya keluar," kata Meg.

"Ya, dan kamu hampir saja membuat permainan ini berakhir! Dan juga, sayang sekali kamu tidak mengambil jiwanya dan memasukkannya ke dalam Soul Catcher," kata Eriel. "Sekarang ada bagian yang belum selesai. Ujung yang lepas bisa menjadi petunjuk bagi mereka yang mencarinya."

Mereka menengadah ke langit dan melihat sebuah garis warna seperti pelangi yang membentang dari satu sisi ke sisi lainnya. Hanya saja itu bukan pelangi, melainkan energi. Energi dari mereka yang telah direkrut oleh para malaikat untuk melakukan apa yang mereka sendiri tidak dapat lakukan.

"Kami tahu mereka akan datang - dan mereka tidak akan punya kesempatan melawan kami!" Tisi menjerit.

Mereka berhasil mengalahkan bola api kekanak-kanakan yang kau kirimkan!" Eriel berseru. "Usaha yang sangat buruk dan amatiran seperti itu! Itu membuatku malu bekerja sama denganmu! Untung tidak ada yang tahu tentang hubungan kita."

Dengan tangan dan gigi terkatup, The Furies tidak bergerak maju sampai Alli mencairkan suasana.

"Saudari-saudari, pendapatnya tentang kita tidak penting. Kami sudah melakukan yang terbaik. Itu layak untuk dicoba. Lagipula, kita sudah memiliki banyak jiwa yang bisa kita gunakan." Dia mengaduk panci, menyeruput sedikit sup di atas sendok, lalu memuntahkannya. "Terlalu banyak garam," katanya. Dia menambahkan air, lalu jamur liar, dan beberapa kentang muda. "Dan kami mengumpulkan lebih banyak jiwa anak-anak setiap hari. Saya lelah menunggu di sini sampai para pahlawan super anak-anak itu datang kepada kami. Agar mereka bisa terorganisir. Saat mereka semua berkumpul, mengapa kita tidak BUNUH MEREKA saja?"

"Kakak, kamu harus bersabar."

"Aku lelah bersabar. Aku lelah - aku benar-benar lelah," kata Alli. Dia mengaduk dan setelah memasukkan beberapa bumbu dan rempah-rempah, dia mencicipi supnya, dan rasanya enak. "Makan malam sudah siap," katanya.

"Kamu akan bersabar dan kamu tidak akan bertindak - kecuali aku menyuruhmu bertindak. Ini adalah permainan saya dan saya telah mengundang

Anda untuk bermain. Tanpa aku, kalian hanyalah tiga dewi yang tidak berguna, yang akan tidur sepanjang hidup kalian." Dia menendang pasir dengan sepatunya. "Dan sangat disayangkan kalian harus mengkonsumsi makanan manusia. Sebuah penurunan yang cukup drastis - karena sekarang kalian membutuhkan makanan untuk bertahan hidup. Saat aku menguasai bumi dan semua Penangkap Jiwa berada di sini, aku akan menekan EARTH PAUSE. Aku akan menguasai bumi dan jika Anda memainkan permainan dengan benar. Jika Anda melakukan apa yang saya minta, maka Anda akan berada di sisi saya. Berbagi dalam kemenangan. Jika Anda melawan saya, maka Anda akan kembali menjadi debu."

Setelah dia mengucapkan kata debu, dia membuka tangan dan sayapnya, terangkat dari tanah dan menghilang.

Para Furies bernyanyi bersama sambil menyeruput sup mereka. Ular-ular, yang paling lapar, menjilatinya, dan meskipun mereka telah membersihkan panci, mereka masih menginginkannya lagi.

"Sekarang dia sudah pergi," kata Meg, "mari kita bicarakan permainan akhir kita."

Tisi dan Alli terkekeh.

"Eriel yakin dia akan mengembalikan kita ke kondisi Dewi kita, tapi kita tidak akan membiarkan malaikat itu mengambil alih bumi. Siapa yang bilang dia tidak akan meninggalkan kita dalam debu ketika kita telah melakukan semua pekerjaan? Malaikat tidak selalu menepati janjinya. Kita juga tidak perlu menepati janji kita, bukankah begitu, saudari-saudari?"

"Siapa yang dia pikir dia adalah Yang Terpilih?" Alli bertanya.

Meg tertawa. "Dia tidak dipilih oleh apa pun dan siapa pun - tetapi kita tetap membutuhkannya."

"Ya," kata Tisi. "Keegoisannya adalah kekurangannya." Ia merendahkan suaranya menjadi bisikan, "Setiap kali ia berbicara, ia melemahkan dirinya sendiri. Setiap kali dia mengkhianati para malaikat agung yang lain, dia memberikan sedikit kekuatannya."

Sekali lagi para suster itu bernyanyi:

"Darah anak-anak yang direkrut akan menjadi sup besok.

Setelah kita makan sup, kita akan bersenang-senang dengan hula-hoop,"

Meg melanjutkan nyanyiannya,

"Bayi, anak-anak kecil yang jahat dan bersalah seperti kotoran

Kita akan memenggal kepala mereka jika kita mendapatkan semua keberuntungan!"

Alli bernyanyi,

"Putri Kegelapan vs anak-anak yang tidak tahu apa-apa.

Langit akan hujan darah sebelum kita selesai!"

Mereka terkekeh dan mendesis sambil menjentikkan cambuk mereka dan menari-nari saat bulan semakin tinggi di langit. Karena kelelahan, mereka jatuh ke tanah dan tidur di tanah. Ular-ular itu lebih memilih posisi ini - dan tidur juga - daripada mendesis dan bergerak sepanjang malam.

"Selamat malam saudara-saudara," kata mereka bergantian seperti yang mereka lihat di acara The Walton's di televisi melalui parabola. Itu adalah salah satu acara favorit mereka. "Dan besok pagi, kita akan meninjau kembali rencana kita."

BAB 9

PAFHS9

Ini adalah kompetisi untuk Sam dan Samantha yang sedang menunggu untuk melihat kelompok anak mana yang akan tiba lebih dulu. Pemenangnya akan bangun dengan anak kembar setiap malam selama sebulan penuh, jadi taruhannya sangat tinggi.

Sam memilih E-Z, Lia, lalu Alfred. Samantha memilih Alfred, E-Z, lalu Lia.

"Tapi E-Z ada di Australia," Samantha menegur. "Kamu pasti akan kalah. Aku akan memikirkanmu - TIDAK - saat aku tidur sepanjang malam selama sebulan."

"Kamu memilih Alfred dan dia terbang dengan pesawat! Anda tahu bagaimana mereka selalu memesan lebih dan jarang menepati jadwal mereka. Sedangkan E-Z bisa datang dan pergi sesuka hatinya dan kursi rodanya melaju dengan sangat cepat! Saya sangat yakin akan menang, dan saya sangat yakin, saya akan mempermanis taruhannya dan menjadikannya enam bulan. Apakah Anda siap untuk meningkatkan taruhannya?"

Samantha mempertimbangkan tawaran baru ini. Taruhan seperti ini dapat merusak pernikahan mereka, dan mereka sudah kurang tidur karena keduanya terbangun setiap malam untuk mengurus si kembar. Dia memeluknya, "Mari kita buat yang sederhana saja. Satu bulan."

"Ayam," kata Sam sambil melingkarkan lengannya di sekitar istrinya. Dia mencium keningnya saat Jill meratap dan Jack segera menyusulnya. "Aku akan pergi," katanya.

"Ayo kita pergi bersama," kata Samantha, menggenggam tangan suaminya di tangannya dan mereka pun pergi ke lorong.

Dorrit kecil terbang dengan kecepatan tinggi.

"Bisakah kita turun dan minum?" Brandy bertanya.

"Tidak bisa," kata Dorrit kecil.

"Ayolah," kata Lia, "ini hanya akan memakan waktu beberapa menit."

"Aku tidak ingin menakut-nakuti kalian," kata Dorrit Kecil, "tapi aku punya firasat buruk dan ingin kita keluar dari tempat terbuka secepatnya."

"Baiklah," kedua gadis itu setuju.

Hampir sampai di rumah, Lia mengirim pesan ke Samantha, memberitahu bahwa mereka akan sampai di rumah dalam beberapa menit.

"Ah, kita berdua salah!" katanya.

"Tapi salah satu dari kita tetap harus bangun setiap malam bersama si kembar," kata Sam.

"Kita akan bergantian," kata Samantha, saat ia dan Sam yang sudah tidur siang, pergi ke taman. Tak lama kemudian, Samantha bisa melihat Dorrit kecil, datang untuk mendarat.

Lia dan Brandy melompat turun.

"Tadi sangat keren," kata Brandy. "Terima kasih, Dorrit Kecil." Dia memeluk unicorn itu yang menjawab, "Sama-sama."

"Ya, terima kasih sudah menjaga kami," kata Lia.

"Menjaga kalian, apakah ada masalah?" Sam bertanya.

"Tidak ada yang tidak bisa aku atasi," kata Dorrit kecil. "Sekarang, jika kalian tidak membutuhkanku untuk sementara waktu, aku ingin mengambil air dan makanan ringan."

"Silakan saja," kata Sam, "dan terima kasih sudah menjaga anak-anak kita."

Dorrit kecil mengedipkan mata ke arah Sam, lalu pergi dan tak lama kemudian menghilang dari pandangan.

Setelah berkenalan dengan Sam dan Samantha, Brandy menelepon ke rumah untuk memberi tahu ibunya bahwa mereka telah tiba dengan selamat.

Beberapa jam kemudian, Alfred, Charles, Haruto, dan neneknya tiba. Seperti sebelumnya, perkenalan pun dilakukan, dengan Brandy dan Lia ditambahkan ke dalam kelompok tersebut.

"Kamu tidak mungkin Charles Dickens," kata Brandy, dengan alis terangkat. "Dan kamu hanya seorang anak kecil, yang baru saja lepas dari popok," katanya kepada Haruto yang kemudian berputar hingga tak terlihat.

"Ups!" Brandy berseru. "Dan kau, kau angsa berbulu besar! Bagaimana kau akan membantu kami mengalahkan The Furies!"

"Pertama-tama," Alfred memulai, "kau jauh lebih kasar dari yang seharusnya. Bahkan angsa yang tidak canggih sepertiku pun memiliki sopan santun."

"Anata wa gakidesu!" Nenek Haruto berkata yang jika diterjemahkan berarti "Kamu anak nakal!"

Sebuah tawa terdengar dari Haruto yang tidak terlihat.

Lia melangkah masuk dan meminta maaf, "Aku akan menggantikannya. Dia baik-baik saja. Beri dia sedikit waktu untuk menyesuaikan diri," katanya. "Saya tidak tahu sampai sekarang ketika saya melihat sendiri apa yang bisa dilakukan Haruto." Kepada anak laki-laki itu dia berkata, "Kembalilah, Haruto, kumohon. Dia tidak bermaksud menyakiti perasaanmu."

"Maaf," kata Brandy dengan mata tertunduk ke lantai.

Haruto kembali, memudar dan menghilang. Dia berdiri dengan lengannya melingkari pinggang neneknya. Alfred dan Charles bergerak mendekati mereka.

"Kami baru saja turun dari pesawat dan kami lelah - jadi, kami akan pergi dan menyegarkan diri. Saat kami kembali, saya berharap Anda akan memakaikan tali pada nenek, atau lakban di mulutnya. Atau ajari dia sopan santun," katanya, lalu berjalan menyusuri lorong bersama dua orang lainnya.

"Wow!" Kata Brandy. "Hanya WOW! Aku bilang aku minta maaf."

"Tidak, dia benar," kata Lia.

Samantha berkata, "Kamu ada di rumah kami sekarang, dan kami tidak akan membiarkan kamu bersikap kasar kepada siapa pun."

Sam melipat tangannya di dadanya, tepat ketika si kembar mulai meratap lagi.

"Mereka pasti lapar. Jangan khawatir, aku bisa mengatasinya," kata Samantha, tapi sebelum dia pergi, dia memelototi Brandy.

"Brandy, kamu berada di tempat yang asing, di mana kamu belum mengenal siapa pun selain Lia dan Dorrit kecil," kata Sam. "Jika kamu ingin menjadi bagian dari tim ini, untuk mengalahkan The Furies - maka kamu harus bekerja sama. Menghina rekan setim Anda bukanlah cara yang efektif untuk memulai. Saya sarankan Anda meminta maaf lagi seperti Anda bersungguh-sungguh saat mereka kembali, dan meminta untuk memulai lagi."

Mata Brandy berkaca-kaca, "Saya terkejut, melihat anggota tim lain yang akan bekerja sama dengan saya. Tapi Anda benar, saya akan meminta maaf lagi dan meminta kesempatan lagi. Saya harap mereka akan memaafkan saya. Ibu selalu bilang saya terlalu blak-blakan untuk kebaikan saya sendiri."

Lia tersenyum. "Kamu akan menyukai Alfred setelah kamu mengenalnya. Ini pertama kalinya aku bertemu Charles secara langsung juga. Charles berada dalam situasi yang aneh. Saat dia berusia sepuluh tahun, pada tahun 1822. Pikirkan tentang itu. Dan ini pertama kalinya saya bertemu dengan Haruto dan neneknya juga."

"Itu gila! James Monroe adalah Presiden saat itu - dan dia adalah Presiden kelima kita!" Brandy berteriak. Ia menyikut Lia dengan lembut, "Ayah dan Ibu pasti akan sangat terkesan karena saya mengingat informasi itu! Dan anak itu, maksudku Haruto, sepertinya dia masih terlalu muda untuk mempertaruhkan nyawanya."

Lia tertawa dan Sam ikut tertawa, kemudian mendengar istrinya memanggilnya untuk membantu mengurus si kembar, ia pun bergegas keluar kamar.

Charles menjawab, "George IV sedang berada di atas takhta ketika saya berada di sini terakhir kali. Setidaknya saya tidak perlu khawatir untuk kembali ke rumah sakit tahun depan," katanya dengan senyum yang memudar dengan cepat.

Lia mengeluarkan jeritan yang tidak disengaja, sementara Brandy menangis dan berkata, "Maafkan aku, Charles."

"Ah, jadi kau sudah mendengar tentang rumah kerja," katanya. "Tapi saya di sini dan saya selamat dari itu dan rupanya menggunakan pengalaman saya untuk menulis tentang karakter-karakter seperti Oliver Twist dan Little Dorrit, untuk menyebut dua di antaranya. Ya, saya telah membaca tentang diri saya sendiri di internet dan harus saya katakan kepada Anda, saya bahkan membuat diri saya sendiri terkesan."

"Kamu belum pernah bertemu dengan Little Dorrit si Unicorn," kata Lia. "Dia sedang pergi untuk menyegarkan diri, tapi dia akan segera kembali."

"Siapa?" Charles bertanya.

Tanpa aba-aba, Dorrit Kecil muncul kembali berputar-putar di atas kepala mereka dan mendarat dengan cepat.

"Dorrit Kecil, ini Charles Dickens. Charles, ini Dorrit Kecil," kata Lia.

Charles tidak bisa berkata-kata, saat unicorn yang ramah itu mendekatinya. "Saya tidak pernah bermimpi dalam sejuta tahun saya akan bertemu dengan seekor unicorn."

"Senang bertemu denganmu, Charles," kata Dorrit kecil.

Charles terkesiap, "Dan yang pintar berbicara!" Dia memiliki sejuta pertanyaan yang ingin ditanyakan kepadanya, tapi mereka harus menunggu karena di atas langit, E-Z, Lachie, dan Baby akan mendarat. "Apakah saya sedang terjaga atau bermimpi?" Charles bertanya. "Cubit aku, jadi aku akan yakin."

Setelah Baby mendarat dan Lachie turun, perkenalan dilakukan di sekelilingnya saat E-Z bergegas ke dalam untuk menggunakan kamar mandi. Ketika dia kembali dengan Sam dan Samantha bersama si kembar, Haruto dan Alfred bergabung dengan mereka.

"Geng sudah datang," kata Alfred.

"Bolehkah saya bicara dengan Anda dan Haruto," tanya Brandy. Ketika mereka mengangguk, dia berkata, "Saya sangat, sangat menyesal. Maafkan saya atas kekasaran saya dan beri saya kesempatan kedua." Dia melihat ke arah kakinya.

"Mari kita mulai lagi," kata Alfred.

"Saikai suru," kata Haruto kemudian menerjemahkan, "Apa yang dia katakan."

"Anata wa yurusa rete imasu," kata nenek Haruto yang jika diterjemahkan berarti, "Kamu dimaafkan."

Bayi dan Dorrit kecil yang berdiri berdampingan adalah pemandangan yang sangat aneh untuk dilihat. Dorrit kecil tidaklah kecil, dia adalah seekor unicorn yang tingginya lebih dari 8 kaki, sedangkan Baby, tidak bertubuh kecil, karena tingginya lebih dari 18 kaki.

"Eh, saya pikir kalian berdua - mengacu pada Baby dan Little Dorrit - harus mencari tempat lain untuk tidur karena taman ini tidak akan cukup untuk kalian berdua," kata E-Z.

Dorrit kecil berkata, "Aku tahu sebuah tempat dan kita bisa mendapatkan makanan yang enak dan air juga."

"Kedengarannya bagus untukku," kata Baby.

Nenek Haruto menepuk kepala Baby dan bertanya, "Josha wa dodesu ka?" yang jika diterjemahkan berarti, "Bagaimana kalau kita menumpang?"

Baby menjawab, "Tashika ni, tobinotte!" yang jika diterjemahkan berarti, "Tentu saja, naiklah!"

Haruto berlari dan berkata, "Matte watashi o wasurenaide!" yang jika diterjemahkan berarti, "Tunggu, jangan lupakan aku!"

Bayi menurunkan tubuhnya agar Haruto dan neneknya bisa naik ke punggungnya. Mereka pun terbang, dengan Dorrit kecil mengikuti dari dekat.

Sam berkata, "Saya rasa semua orang harus beristirahat dan kalian bisa berbicara dan membuat rencana sesuka hati besok."

"Ide bagus," kata E-Z, saat Baby mengantar Haruto dan neneknya. Bulu kuduk Sobo berdiri tegak seperti dia baru saja memasukkan jarinya ke dalam soket.

Saat nenek Haruto terdiam, Samantha membawanya ke kamarnya. "Haruto tidur di kamarku," katanya.

"Baiklah, saya akan segera kembali." Dia berjalan menyusuri lorong menuju kamar E-Z.

"Bagaimana?" E-Z bertanya pada Haruto.

"Subarashi!" serunya yang jika diterjemahkan berarti, "Luar biasa!"

"Kami telah mengirim ranjang bayi dan beberapa ranjang susun hari ini," kata Sam, "jadi Haruto, Charles dan Lachie, kalian bersama E-Z dan Alfred di kamar mereka. Alfred tidur di ujung tempat tidur E-Z."

"Terima kasih," kata E-Z saat mereka menuju ke kamarnya. "Oh, ngomong-ngomong," katanya saat mereka berdua, "apakah ada di antara kalian yang mengalami masalah dalam perjalanan pulang?"

Alfred berkata bahwa mereka tidak.

"Bagaimana denganmu, Lia?" tanyanya dalam hati.

"Tidak."

"Jadi, apa yang terjadi?" Alfred bertanya.

"Ada bola api yang menyala di jalan kita."

Lia terkesiap.

"Tapi berkat pemikiran cepat Baby, bola api itu berhasil dihancurkan."

"Bagaimana dia bisa menghancurkannya?" Alfred bertanya.

"Baby menelannya, lalu menjatuhkannya ke laut."

"Itu menakutkan," kata Haruto.

"Aku masih sedikit khawatir dengan Baby," kata E-Z, "karena dalam perjalanan pulang aku melihat dia batuk dan bersin beberapa kali."

Lachie berkata, "Satu percikan api bahkan keluar dari mulut dan lubang hidungnya. Dia bilang dia baik-baik saja, tetapi saya tetap mengawasinya."

"Kita tidak bisa membawanya ke dokter hewan, kan?" Kata Alfred.

Haruto tertawa dan tertawa.

"Apa yang lucu?" E-Z bertanya.

"Hyoryu Doragon," katanya. "Hyoryu Doragon!" - yang berarti dokter hewan naga - dan ia kembali tertawa terbahak-bahak.

Alfred dan E-Z mengangkat bahu, begitu pula Charles, yang mengubah topik pembicaraan dengan bertanya apakah yang lain berpikir bahwa mereka harus membuat nama baru untuk tim mereka karena sekarang mereka berjumlah tujuh orang, bukan tiga.

"Mungkin," kata E-Z.

"Apa karakteristik utama kita?" Charles bertanya.

"Janji," saran Haruto, setelah ia menenangkan diri dan berhenti tertawa.

"Aspirasi," kata Charles.

"Keyakinan," kata E-Z.

"Harapan," kata Alfred.

Samantha mendengarkan di luar pintu selama beberapa menit. Semua terdengar cukup ramah, jadi dia kembali berbicara dengan nenek Haruto.

"Haruto sudah bisa bergaul dengan anak-anak lain dan mereka mengobrol. Anda bisa memindahkannya ke sini besok jika Anda mau. Dia punya tempat tidur sendiri di sana. Mereka sedang merencanakan nama baru untuk tim superhero mereka - jadi saya tidak ingin mengganggu sesi curah pendapat mereka."

Nenek Haruto mengangguk, "Terima kasih."

Lia dan Brandy kini terlibat dalam percakapan dari kamar ke kamar.

"Kekuatan x 7," saran kedua gadis itu.

"Eh, dia terkadang bisa membaca pikiran kita," E-Z membenarkan.

Charles berseru, "Bagaimana dengan PAFHS7?"

"Aku suka," kata E-Z, "tapi bukankah kita melupakan dua anggota kunci tim kita? Maksud saya si kecil Dorrit dan Baby. Mereka adalah anggota yang tak terpisahkan dan mereka telah menyelamatkan kita beberapa kali."

Alfred mengulangi perkataannya, begitu juga Haruto.

"Bagaimana dengan PAFHS9!" Lia dan Brandy bernyanyi.

PAFHS9 tidak bisa menahan diri, mereka tertawa - sampai mereka mendengar seseorang berjalan di atas kepala mereka di atap.

"Apa itu?" E-Z bertanya.

"Yoo-hoo! Itu kita!" Kata Raphael. "Eriel dan aku.

BAB 10

KERIBUTAN DI ATAP

Sam bertanya-tanya apakah Natal telah datang lebih awal, ketika dia keluar dengan jubah mandinya untuk menyelidiki keributan di atap. Dia tidak dapat melihat siapa yang ada di atas sana, sampai dia berdiri di tengah halaman depan rumahnya.

"Ssst!" bisiknya. "Kami baru saja menidurkan bayi-bayi itu."

Para malaikat itu tidak menjawab. Sebaliknya, mereka menundukkan kepala mereka seperti dua anak yang dimarahi.

"Maukah Anda masuk ke dalam?" tanyanya.

"Terima kasih, terima kasih banyak," jawab Raphael.

POOF

POW

Dia dan Eriel menghilang.

Sam tidak langsung beranjak dari halaman. Kakinya basah oleh embun di rumput, dan ketika ia memasukkan tinjunya ke dalam saku baju, ia melihat Dorrit kecil dan Baby mengitari rumah.

"Apakah semuanya baik-baik saja di bawah sana?" Dorrit Kecil bertanya.

"Ya," kata Sam, "tapi jangan pergi terlalu jauh untuk berjaga-jaga. Aku akan bersiul jika kita butuh bantuan." Ia melambaikan tangan, lalu masuk kembali ke dalam rumah yang kini dipenuhi suara-suara dan gesekan kursi. Dia mengertakkan gigi dan berharap si kembar sedang tidur nyenyak. Sekarang di dapur, dia melihat semua orang sudah bangun dan beraktivitas, kecuali nenek Haruto.

Raphael yang duduk di kepala meja sekarang mirip dengan wanita yang berpakaian seperti perawat di hotel ketika nyawa Alfred diselamatkan. Gaun panjangnya yang tergerai seperti gaun kelulusan meningkatkan statusnya di antara yang lain seperti seorang Profesor atau Hakim yang sedang duduk.

Eriel, di sisi lain, telah mengubah penampilannya sehingga ia terlihat seperti penyanyi yang sudah meninggal dengan ciri khasnya yang berpakaian dari ujung rambut hingga ujung kaki dengan warna hitam, termasuk kacamata hitam berbingkai gelap.

"Apakah kita perlu lebih banyak kursi?" Samantha bertanya.

"Saya rasa sudah cukup," kata Sam. "Saya harap ini tidak akan memakan waktu lama. Oh, dan E-Z, kamu duduk di ujung meja yang lain karena kamu adalah pemimpin kita yang terpilih."

"Eh, terima kasih," kata E-Z sambil berpindah tempat. "Jadi, apa yang kalian berdua lakukan di sini tengah malam begini?"

Brandy tertawa, "Dan siapa yang bilang aku yang tidak sopan?"

Lia berkata, "Ssst."

Raphael melirik ke arah masing-masing anak. Ini adalah pertama kalinya ia melihat Haruto, Charles, Brandy dan Lachie. Mereka semua masih sangat muda, sangat berani. Matanya berkaca-kaca, saat pandangannya tertuju pada E-Z. Dia menundukkan kepalanya.

E-Z menunggu, lalu menyadari bahwa Raphael memintanya untuk memberikan izin kepadanya untuk berbicara. Dia mengangguk.

Sebelum berbicara, Raphael membetulkan kacamata barunya. Tindakannya itu membuat E-Z membetulkan kacamata lamanya yang tidak pernah dilepaskannya dari wajahnya, sesuai permintaan pemilik aslinya.

Charles, yang tidak seperti biasanya menjadi semakin tidak sabar, bertanya, "Nyonya, mengapa saya berada di sini sebagai bocah berusia sepuluh tahun ketika saya akan jauh lebih berguna bagi tim ini sebagai orang dewasa."

"DIAM!" Eriel berseru, memukulkan tinjunya ke meja. "Kita punya waktu. Bicaralah, saudari, karena anak-anak ini semakin tidak sabar. Mata mereka berkedip-kedip dan mengedarkan pandangan ke sekeliling ruangan. Seolah-olah mereka mengharapkan Anda untuk menjatuhkan mereka ke dalam tong lilin yang panas!"

"Kasar!" Brandy berseru. "Aku tidak takut padamu!"

"Ssst," bisik Lia.

Charles tersenyum pada Brandy.

"Kau seharusnya takut," kata Eriel sambil meringis. "Sangat takut."

"Tenang! Tenang!" Raphael menangis dan dia menunggu sampai semua orang duduk dan lebih tenang. "Kami berada di sini malam ini untuk kepentingan ANDA." Raphael berkata agak lebih keras dari yang dia harapkan.

"Di sini! Di sini!" Eriel menyela.

"Bagaimana bisa?" E-Z bertanya.

"Dia akan memberitahumu jika kau diam!" Eriel menyatakan.

Raphael kembali menunggu sebelum dia berbicara lagi.

"Tidak ada waktu untuk rencana-rencana mewah atau penundaan. Kemurkaan mendatangkan malapetaka, semakin meningkat setiap hari dengan membajak Soul Catcher. Melemparkan jiwa-jiwa tua ke dalam kehampaan terbuka. Kekacauan di luar sana! Dan mereka menciptakan lebih banyak kekacauan setiap detik, setiap menit, setiap jam setiap hari. Singkatnya, mereka harus dihentikan. Segera."

"Tapi..." Alfred berkata, "Anda bahkan tidak menyebutkan anak-anak."

Eriel bangkit dari kursinya. Ia menatap Alfred, memaksanya untuk berpaling. "Dia belum selesai."

Raphael melanjutkan tanpa ragu-ragu kali ini.

"Kami, Eriel dan aku, ada di sini untuk memberimu nasihat - tanpa terlibat langsung. Misi kami adalah untuk membantu Anda, membantu Anda sendiri untuk menyelamatkan anak-anak."

E-Z sama sekali tidak suka mendengarnya. Dia memukulkan tinjunya ke atas meja.

"Kita sudah sepakat untuk melawan The Furies. Pertama, kita harus mempersiapkan diri, merumuskan rencana. Ketika kita siap, kita akan menghancurkan mereka. Jika Anda datang ke sini untuk mendesak kami, untuk mendorong kami bertempur sebelum waktunya, maka sebagai pemimpin yang terpilih, saya ingin mundur. Kami hanya anak-anak dan Anda meminta kami untuk mempertaruhkan nyawa. Saya tidak, kami juga tidak, tidak akan maju sampai kami benar-benar siap."

Lia berdiri pertama kali dan mulai bertepuk tangan dan anggota timnya yang lain ikut bertepuk tangan.

"Apa yang dia katakan," Alfred berdecak karena angsa tidak bisa bertepuk tangan.

"Tunggu!" Raphael berkata. "Kami di sini bukan untuk mendorongmu, kami di sini untuk membantumu."

Warna Eriel berubah dari putih menjadi merah, sangat kontras dengan pakaiannya yang berwarna hitam. E-Z dan yang lainnya melihat, saat kulit sang malaikat agung terus memerah, takut kepalanya akan meledak.

"Tenangkan dirimu dan duduklah!" Raphael memerintahkan. Eriel menarik napas dalam-dalam, lalu kembali duduk di kursinya.

Raphael tetap tenang dengan kepala tegak. Dia mendorong kursinya ke belakang dan bangkit. Dan terus bangkit sampai dia berada di atas yang lain. Dia duduk dengan tenang, seperti sedang menaiki karpet ajaib dan memiringkan kepalanya ke kanan seperti sedang berpose selfie.

"Kami berkomitmen untuk Anda dan tugas ini, tetapi kekuatan kami memiliki keterbatasan. Jika Anda mengenal pepatah yang mengatakan, 'kami di sini untuk Anda dalam semangat,' - maka itulah kami. Kami telah melanggar semua aturan hari ini, datang ke rumah Anda. Kami melakukan ini bertentangan dengan saran dari atasan kami dan bertentangan dengan akal sehat.

"Dengan datang ke sini, kami telah mengekspos diri kami pada bahaya yang tidak terlihat dan tidak diketahui, tetapi Anda sepadan dengan risikonya. Itulah sebabnya kami memutuskan untuk datang dan menawarkan bantuan kami secara langsung."

"Selain itu, kami memahami bahwa Anda telah merumuskan sebuah rencana dan kami di sini sebagai dewan penasihat Anda. Anda bisa mengujinya pada kami, melihat apakah rencana tersebut berhasil. Jika kami menemukan kekurangan, kami akan menunjukkannya dan membantu Anda."

E-Z melirik anggota timnya, yang duduk kembali. "Kami sedang mempertimbangkan opsi untuk menarik para dewi ke dalam sebuah permainan dan mengalahkan mereka di sana."

"Oh, begitu," kata Raphael. "Kamu yakin kamu bisa mengalahkan mereka di permainan mereka sendiri, bisa dikatakan, pintar. Cukup pintar, tapi tidak cukup pintar, saya rasa."

"Apa maksudmu?"

"Mereka telah menemukan cara untuk memanipulasi dan mengendalikan semua pemain di dunia game. Mereka tahu setiap trik yang ada di buku ini - karena industri ini telah membuatnya mudah begitu Anda berada di dalam permainan. Untuk bermain, Anda harus membunuh. Untuk maju, Anda harus membunuh. Untuk menang, Anda harus membunuh.

"Di dalam dunia game E-Z, Anda juga harus membunuh. Setelah Anda melakukannya, Anda adalah permainan yang adil bagi The Furies. Mereka dapat menangkap Anda masing-masing, satu per satu. Anda tidak bisa bertahan sebagai sebuah tim di sana. Tim dalam game ini hanyalah ilusi belaka. Tidak ada pemain yang akan terbebas dari rencana balas dendam mereka.

"Ingat, para dewi memiliki mandat - yaitu menghukum mereka yang tidak dihukum. Dan mereka mengikutinya dengan tepat, tidak ada seandainya, dan atau tetapi. Namun, mereka menggunakan area abu-abu untuk keuntungan mereka. Tidak ada yang bisa menghentikan mereka - asalkan mereka tetap berpegang teguh pada mandat." Ia berhenti dan melirik Eriel, "Ada yang ingin Anda tambahkan?"

"Jika aku jadi kau," katanya, "aku akan menyerang mereka secara langsung di tempat terbuka. Di tempat dan waktu yang tidak mereka duga. Itu akan menempatkan Anda pada posisi yang kuat dan membuat mereka rentan."

"Itu jika mereka tidak melihat kita, atau merasa bahwa kita datang untuk menangkap mereka," kata Brandy. "Saya masih tidak mengerti bagaimana mereka membunuh anak-anak. Kita harus melihatnya, untuk memahaminya dan mengetahui apa yang kita hadapi. Saya bilang saya akan membantu, tapi saya mengharapkan informasi yang lebih spesifik."

"E-Z," tanya Raphael, "apakah Anda bersedia mengembalikan kacamata saya? Untuk sementara waktu? Dengan kacamata itu, aku akan dapat menunjukkan teknik The Furies. Bagaimana mereka menjebak anak-anak di dalam permainan secara real time. Brandy benar, melihat adalah percaya, tapi saya tidak bisa melakukannya tanpa kacamata asli saya. Hanya Anda yang bisa membuat keputusan itu. Jika Anda benar-benar ingin melihat. Jika kamu benar-benar ingin tahu."

"Keren," kata Brandy. "Ayo kita mulai, E-Z."

Eriel melirik ke arah langit-langit. "Ophaniel telah memanggilku. Aku harus pergi sekarang." Dia membungkuk.

ZIP

Dia menghilang ke dalam malam.

E-Z melepaskan kacamata merah itu dan melipatnya, sebelum ia memberikannya pada

Raphael, yang masih melayang di atas meja. Kacamata itu, ketika dia meraihnya, terbang ke tangannya.

Raphael melepaskan kacamata barunya dan memoles kacamata yang lama sebelum memakaikannya ke wajahnya. Dia tersenyum, saat dia dan semua orang di ruangan itu menyaksikan darah bergerak di sekitar bingkai kacamata dengan gaya seperti ular, seolah-olah darah tersebut sedang membiasakan diri dengannya.

Ketika darah di dalam kacamata telah kembali ke aliran Raphael, dia menaruhnya di wajahnya dan mengarahkan dirinya ke dinding saat cahaya terang yang kuat memancar dari kacamatanya, seperti yang Anda harapkan akan Anda lihat di bioskop.

"Sebelum kita mulai," kata Raphael, "ini bukan untuk orang yang lemah. Apa yang akan Anda lihat ini memiliki rating untuk Dewasa. Saya rasa Haruto tidak boleh menontonnya."

Samantha berkata, "Ayolah Haruto. Kamu dan aku bisa menonton televisi di ruangan lain."

Keduanya pergi. Dan acara pun dimulai.

Di layar ada seorang anak laki-laki kecil. Kira-kira berumur tujuh, mungkin delapan tahun. Meskipun saat itu tengah malam, dia duduk di depan komputer. Di kepalanya ada headphone. Di depan mulutnya ada mikrofon kecil yang terpasang di topi baja.

"Kena kau!" katanya. "Yang saya butuhkan adalah satu pembunuhan lagi, maka saya akan naik ke level berikutnya."

HHIIIIIIIISSSSSSSSSSS.

Dan mereka juga bisa mendengarnya.

"Kau seorang pembunuh!"

"Hanya anak nakal yang membunuh - dan kamu anak nakal. Apakah ibumu tahu pembunuh anak nakal seperti apa kamu?"

"Saya sedang bermain game," katanya. "Ini hanya permainan dan jika saya tidak membunuh, saya tidak bisa maju."

"Anak yang malang," kata E-Z.

Diam.

Anak itu melanjutkan permainannya. Tak lama kemudian, tibalah saatnya ia harus membunuh lagi. Kali ini dia ragu-ragu.

"Ayo. Kamu sudah pernah membunuh sekali, kamu tahu itu menyenangkan, jadi lanjutkan dan bunuh lagi. Kamu tahu kamu ingin melakukannya."

"Tidak!" katanya.

"Tidak masalah. Satu pembunuhan adalah yang kita butuhkan!"

Kemudian desisan itu menjadi sangat keras lagi, lebih keras, lebih keras, lebih keras.

"Hentikan!" teriaknya.

"Hentikan Raphael!" Lia menjerit.

"Aku tidak bisa," jawab sang malaikat agung. "Kau bilang kau ingin melihat bagaimana mereka melakukannya. Jika ada di antara kalian yang terlalu takut, tinggalkan ruangan atau tutupi matamu. Brandy benar, kalian harus melihatnya sendiri. Sampai sekarang, saya juga belum melihatnya."

HHIIIIIIIIISSSSSSSSSSS.

Ayo. Kamu telah membunuh sekali, kamu tahu itu menyenangkan, jadi lanjutkan dan bunuh lagi. Kau tahu kau ingin."

Ayo. Kau pernah membunuh sekali, kau tahu itu menyenangkan, jadi lanjutkan dan bunuh lagi. Kau tahu kau ingin."

Ayo. Kau pernah membunuh sekali, kau tahu itu menyenangkan, jadi lanjutkan dan bunuh lagi. Kau tahu kau ingin."

"La, la, la, la," anak laki-laki itu bernyanyi. Mencoba untuk memblokir suara-suara itu.

"Dia sudah gila," kata temannya yang juga bermain game itu. "Aku akan pergi. Sampai jumpa di sekolah besok Tommy."

"La, la, la, la, la!" Tommy terus bernyanyi.

Denyut nadinya berdegup kencang. Detak jantungnya semakin cepat. Berdebar-debar dan berdebar-debar, seperti ingin keluar dari dadanya. Dia tidak bisa bernapas. Dia mencoba untuk berdiri, tetapi kakinya terasa lemas.

Dia mendengar sebuah suara di kepalanya. Kedengarannya seperti suara ibunya, tapi bukan.

"Kami sangat malu padamu, Tommy. Kita tidak pantas memiliki seorang pembunuh untuk anak kita!"

Suara kedua, yang terdengar seperti suara ayahnya.

"Anak kami bukan pembunuh, siapa kamu? Kamu bukan anak kami."

Tommy menangis.

"Saya seorang pembunuh," katanya sambil merosot dari kursinya dan jatuh terkapar di lantai.

Sekarang dari layar, terdengar dua suara lagi. Kakaknya, Alex, dan adiknya, Katie, menyanyikan sebuah lagu bersama orangtuanya, sebuah lagu yang dinyanyikan dengan iringan lagu anak-anak yang populer tentang semak murbei. Versi mereka berbunyi seperti ini:

"Tommy adalah pembunuh, pembunuh, pembunuh, pembunuh, pembunuh, Tommy adalah pembunuh, Dan kami tidak mencintainya lagi."

Tommy yang malang kini sendirian.

"Jangan menyerah," teriak Lia, meskipun dia tahu Tommy tidak bisa mendengarnya.

Di lantai, berguling-guling, dia membayangkan ibunya, ayahnya, adiknya, dan kakaknya menari-nari di sekelilingnya. Mereka mengitarinya seperti burung nasar yang mengitari mangsanya.

"Tommy adalah pembunuh, pembunuh, pembunuh, pembunuh, pembunuh, Tommy adalah pembunuh, dan kami tidak mencintainya lagi."

Hati kecil Tommy hancur. Ia mendorong dirinya keluar dari tubuhnya dan terbang.

Kemurkaan menangkapnya, dan memasukkannya ke dalam Soul Catcher. Mereka membanting pintu dan menutupnya.

Raphael melepaskan kacamatanya. Seketika proyektor dinding itu berakhir. Saat dia menyerahkan kacamata itu kembali pada E-Z, air mata mengalir di pipinya.

Keheningan di sekitar meja terasa memekakkan telinga.

"Mereka membuat para penyihir yang ditulis Shakespeare dalam Macbeth terlihat baik hati," kata Alfred.

"Saya tidak melihat bagaimana kekuatan saya untuk berkamuflase, atau berbicara dengan hewan akan membantu, bukan melawan mereka," kata Lachie.

"Saya akan membunuh yang pertama, mati, kembali, membunuh yang kedua, mati, kembali, dan membunuh yang ketiga," kata Brandy. "Biarkan aku menghabisi mereka!"

"Tunggu sebentar," kata E-Z. "Sekarang kita sudah melihatnya, kita perlu membicarakannya. Sebelum terjun. Mungkin kita harus melakukan pemungutan suara ulang? Partisipasi kita harus bulat."

Sam berbicara. "Anda tidak perlu malu, untuk mengatakan tidak. Tidak ada yang menunjuk kalian sebagai penyelamat dunia."

"Dia benar," kata Raphael. "Tidak ada yang menunjukmu - namun tidak ada orang lain yang bisa melakukannya."

"Mengapa kalian para malaikat tidak dapat melakukannya?" Brandy bertanya.

"Kami telah mencoba semua yang kami tahu dan gagal. Itulah mengapa kami datang kepadamu," kata Raphael. "Dan satu hal yang ingin saya jelaskan kepada kalian semua... Jika ada suatu saat, ketika kalian takut akhir sudah dekat, saat itulah kami akan datang untuk menolong kalian."

"Bagaimana Anda berniat untuk membantu kami, jika Anda baru saja mengatakan kepada kami bahwa Anda tidak berguna?" Charles bertanya.

"Itulah yang ingin saya tanyakan," kata Brandy.

"Jika, ketika, akhir zaman sudah dekat... kami para malaikat agung akan diberikan kekuatan lain. Sampai kekuatan itu dibutuhkan, kekuatan itu akan tertidur jauh di dalam perut bumi.

"Sementara itu, E-Z, kamu tahu kata-kata ajaib untuk memanggil Eriel ke sisimu. Kata-kata yang sama akan membawaku, dan yang lainnya jika kau membutuhkan kami.

"Kami akan datang. Kami akan bertarung bersamamu. Tapi tolong, jangan sia-siakan panggilan ini. Agar kekuatan kuno bisa bangkit, harus ada bukti yang jelas bahwa akhir dari umat manusia sudah dekat."

"Dan bagaimana jika kami memanggilmu, dan kekuatan yang kau katakan akan kau miliki tidak datang. Lalu bagaimana?" E-Z bertanya.

"Maka kami akan mati bersamamu."

E-Z memukulkan tinjunya ke atas meja.

"Melihat mereka beraksi, membuat darahku mendidih. Kita harus mengalahkan mereka."

"Di sini! Di sini!" Charles menangis.

"Tapi pertama-tama," kata Sam, "kau harus memberi tahu anak-anak ini sebelum kau mengirim mereka ke medan perang. Beritahu mereka bagaimana kamu dan malaikat-malaikat lain mencoba untuk mengalahkan The Furies."

"Kami memasang perangkap untuk mereka ketika kami tahu mereka kembali. Mereka mengkhianati kami, meninggalkan kami, dan kemudian mereka pindah ke Death Valley. Death Valley sudah di luar batas untuk para malaikat maut sekarang."

"Di luar batas? Siapa yang membuatnya begitu?"

"Itu adalah pertanyaan yang tidak bisa saya jawab. Yang saya tahu adalah, tim malaikat agung yang sangat kuat tidak dapat menembus penghalang pelindung yang telah mereka pasang."

"Hanya itu?" Brandy bertanya. "Hanya itu yang kau coba, dan kau ingin kami mengambil alih sekarang. Sungguh."

Raphael meletakkan tangannya di pinggulnya, "Kami adalah malaikat dan kekuatan kami di bumi terbatas." Dia tertawa, "Kekuatan kami di tempat lain juga terbatas."

"Oke, oke," kata E-Z. "Kami mengerti. Kami tidak punya pilihan, tidak juga, tapi serahkan saja pada kami."

"Baiklah," kata Raphael. "Tapi sebelum aku pergi, Charles, aku ingin menjawab pertanyaanmu. Para malaikat tidak memanggil atau melepaskanmu. Kami percaya bahwa keberadaanmu di sini, tidak disengaja.

"Kami juga tidak berpikir kemurkaan tahu tentangmu. Mungkin kau adalah senjata rahasia. Kamu mungkin memiliki kekuatan yang luar biasa di dalam dirimu.

"Kau bilang, kau berharap kau dibawa kembali sebagai pria dewasa. Usia Anda saat ini sangat penting. Kami percaya bahwa anak-anak memegang masa depan umat manusia di tangan mereka. Hanya anak-anak yang bisa mengalahkan kejahatan murni."

"Tapi mengapa hanya anak-anak?" Charles bertanya.

"Karena mereka terlahir dengan hati yang murni," kata Raphael.

Charles duduk sedikit lebih tinggi di kursinya.

Raphael melanjutkan, "Charles Dickens, jangan takut untuk bereksperimen dan menemukan jati dirimu. Di dalam dirimu, mungkin ada sebuah pintu yang hanya bisa kamu buka. Sebuah kunci.

"Fakta bahwa ada hubungan darah, antara Anda, E-Z dan Sam, sangatlah penting. Jangan takut, mempertaruhkan semuanya untuk menemukan kunci itu. Anda di sini untuk membantu menyelamatkan umat manusia. Tidak ada keraguan tentang hal itu. Gunakan waktu Anda di sini dengan bijak. Buatlah perbedaan."

Charles menangis karena sampai saat itu dia merasa tidak berguna. Yang lain menghibur dan meyakinkannya.

"Semoga sukses untuk kalian semua," kata Raphael. TAWANAN PERANG.

Dan dia pun pergi.

"Jika kita berhasil melewati ini semua," kata Lia, "dan kita akan berhasil melewatinya, kita akan mengadakan pesta kemenangan terbesar yang pernah ada."

"Charles," kata E-Z. "Jika Raphael benar, kamu bisa menjadi anggota tim yang paling penting. Tolong luangkan waktu untuk melakukan sedikit pencarian jiwa."

"Bagaimana caranya, pencarian jiwa?" tanyanya.

"Meditasi adalah salah satu caranya," kata Brandy.

"Atau berjalan-jalan di alam," kata Lachie.

"Waktu sendirian, hanya berpikir," Alfred menawarkan.

"Mari kita tidur dan melanjutkan diskusi ini di pagi hari," kata E-Z.

"Jangan kira aku akan bisa tidur nyenyak setelah melihat Tommy yang malang itu," kata Lia. "Itu bahkan lebih buruk dari yang kubayangkan."

"Ya, Tommy kecil yang malang," Alfred setuju.

"Jadi, semuanya masih di dalam?" E-Z bertanya.

"AYE" terdengar dari semua orang.

"Bagaimana dengan Haruto?"

"Saya rasa dia akan tetap ikut," kata E-Z, "tapi saya akan menjelaskan semuanya pada Sobo, dan dia bisa membicarakannya dengan dia. Saya akan sangat mengerti jika mereka memilih untuk tidak ikut."

"Saya rasa mereka tidak akan melakukannya," kata Samantha. "Haruto sedang tidur. Dia merasa malu karena dia masih terlalu muda untuk melihat apa yang Anda lihat. Seperti dia bukan bagian dari tim."

"Anda melakukan hal yang benar, dengan membawanya keluar dari ruangan," kata Sam. "Apa yang kita saksikan sangat menghebohkan."

"Saya setuju," kata E-Z.

Charles berkata, "Jadi, ini semua untuk satu orang dan satu orang untuk semua. Sama seperti di film The Three Musketeers."

"Saya selalu menyukai buku itu!" Kata Alfred.

Bahkan dalam situasi yang paling sulit sekalipun, buku selalu menyatukan orang-orang. Setiap anggota PAFHS9 berharap bahwa itu adalah satu hal di dunia yang tidak akan pernah berubah.

BAB 11
DEJA VU

E-Z dan Sam tidak memiliki banyak waktu berdua lagi, tetapi keduanya tidak mengeluh tentang hal itu. Samantha khawatir mereka kehilangan kontak dan bertekad untuk memperbaiki keadaan dengan mengejutkan mereka dengan Sarapan Pagi di Ann's Café.

Mereka tiba di dapur pada saat yang sama - karena mereka berdua menerima pesan untuk segera berpakaian dan datang ke dapur.

"Ada apa?" Sam bertanya.

"Ya, ada apa?" E-Z bertanya.

"Tidak ada yang salah," kata Samantha. "Kalian berdua sudah memesan tempat di rumah Ann, jadi pergilah ke sana sekarang juga - sebelum semua orang bangun dan ingin bergabung dengan kalian."

Sam mencium istrinya.

"Saya pikir sudah saatnya kamu juga sarapan bersama lagi."

E-Z memeluk Samantha dengan erat.

"Kita akan pergi ke sana?"

"Tentu saja Paman Sam."

Sam mengambil tas ranselnya yang berisi laptop dan mereka pun berangkat.

Pagi itu adalah pagi yang indah di musim semi dengan kicau burung yang menemani mereka dalam perjalanan menuju kafe.

"Istrimu itu sangat istimewa."

"Ya, dia satu dari sejuta."

Tak lama kemudian, mereka tiba di kafe. Kafe itu hampir kosong, dan Ann tidak terlihat, tetapi E-Z mengenali adiknya, Emily. Dia tidak pernah melihatnya sejak dia masih kecil.

"Kamu tidak banyak berubah," kata Emily sambil merangkulnya.

"Kamu juga tidak," kata E-Z, dengan suara pelan sambil membekapnya dengan sweter tebal. "Dan ini Paman Sam."

"Saya bisa melihat kemiripannya," kata Emily sambil menjabat tangannya dengan kuat. "Saya punya meja yang sempurna untuk Anda, ikuti saya."

Ketika mereka melewati meja yang biasa mereka gunakan, dia ragu-ragu dan melirik ke arah Pamannya. "Bolehkah kita duduk di meja ini saja, Emily?"

"Tentu saja!" Kata Emily sambil meletakkan peralatan makan dan menyerahkan menu. "Kopi?" Sam mengangguk, dia menuangkan cangkir panas yang mengepul penuh.

"Apa kamu makan seperti biasa?" tanyanya pada E-Z. Kakakku sudah memberitahuku apa saja yang akan mereka buat."

"Tentu saja."

"Dan itu adalah kocok cokelat kental, apa aku benar?"

Dia benar.

"Dan kamu, Sam?" tanyanya. "Kau mau makan apa hari ini?"

"Buatkan dua minuman untuk keponakan saya," katanya, "tapi tahan minuman kocok kentalnya. Kopi adalah satu-satunya minuman yang saya butuhkan pagi ini."

"Baiklah!" katanya, lalu ia pergi ke dapur.

Sam membuka laptopnya, lalu menutupnya kembali.

"Senang rasanya bisa datang ke tempat yang selalu sama," kata E-Z.

"Saya harus membawa Sam dan si kembar ke sini suatu hari nanti. Saya ingin mendukung bisnis lokal dan ini merupakan contoh yang baik untuk Jack dan Jill."

"Tentu saja. Tempat ini hanya memiliki kenangan indah bagi saya," kata E-Z. "Tapi suatu hari nanti saya akan mencoba sesuatu yang berbeda. Aku harus memberi contoh yang baik untuk sepupu-sepupuku, bukan?"

Sam tertawa, lalu menyesap kopi. Sesaat kemudian Emily datang dan mengisi cangkirnya lagi. "Sepertinya dia memiliki mata di belakang kepalanya."

E-Z tertawa. Pikirannya melayang-layang ke topik tertentu yang ingin ia bahas: Kemurkaan. Pada saat yang sama, dia tidak ingin langsung masuk ke dalam percakapan yang berat.

"Jadi, istriku akan memiliki rumah yang penuh dengan tamu yang harus diberi makan ketika semua orang bangun."

"Sobo akan membantu."

"Benar, tapi kurasa kita tidak perlu mengambil keuntungan. Saya ingin kita bisa melakukan tayangan ulang jika Anda tahu apa yang saya maksud?"

"Tentu saja. Jadi, ayo kita mulai saja."

Sam membuka laptopnya lagi. Kali ini dia menyalakannya dan mengetik di mesin pencari:

Bagaimana cara mengalahkan The Furies.

E-Z mengangguk, saat gelasnya diletakkan di depannya. Ia segera mencoba menyesap sedikit shake-nya yang kental, namun terlalu kental untuk bisa masuk ke dalam sedotan - dan ia memang menyukainya. "Ada yang bisa membantu?"

"Dikatakan bahwa Erinyes - atau Kemurkaan - hanya dapat ditenangkan dengan ritual pemurnian."

"Apa maksudnya itu?"

"Saya pikir itu berarti Anda harus melakukan suatu perbuatan - atas permintaan mereka, sebagai penebusan dosa."

"Bukankah penebusan dosa berarti sama dengan penebusan dosa? Saya tidak suka mendengarnya," kata E-Z. "Kita tidak melakukan apa pun untuk menebus kesalahan mereka."

"Itu juga bisa berarti Penebusan. Pelunasan. Reparasi. Restitusi."

"Empat R, itu menarik, tetapi sekali lagi saya bertanya untuk apa kita akan membayar mereka?

"Berpikirlah di luar kebiasaan," kata Sam. "Bagaimana jika Anda bisa melakukan sesuatu, untuk mendorong mereka melakukan pendakian dan membiarkan anak-anak dan para penangkap jiwa?"

E-Z tertawa. "Jika ada caranya, itu akan sempurna. Juga, terlalu mudah."

Sam menggaruk-garuk kepalanya. "Di sini tertulis Kemurkaan menghukum pria dan wanita atas kejahatan setelah kematian, dan selama masa hidup mereka. Itulah yang mereka lakukan sekarang - anak-anak, bukan orang dewasa. Saya tidak tahu itu."

"Yang saya tidak mengerti adalah, mengapa. Mengapa mereka kembali sekarang? Apa yang berubah..."

"Semua pertanyaan bagus yang tidak bisa saya jawab," kata Sam. "Tapi, oh, ada yang menarik. Dikatakan bahwa sebagai Dewi Takdir, mereka mencegah manusia untuk mengetahui masa depan."

"Bagaimana tepatnya?"

"Tidak dijelaskan," kata Sam, tepat ketika Emily datang lagi untuk menyegarkan secangkir kopinya. "Hanya sedikit," katanya. Dia takut dia akan melayang-layang di rumah jika dia minum kopi lagi.

"Sarapanmu akan segera tiba," katanya. "Kuharap kalian lapar!"

"Tentu saja," kata E-Z, sambil mencoba meminum kocok kentalnya lagi dan berhasil meneguknya melalui sedotan.

Emily tersenyum, lalu pergi menyapa beberapa pelanggan baru.

"Sebelum semua ini," kata Sam, "Saya bahkan belum pernah mendengar tentang The Furies. Dalam mitologi Yunani dan Romawi, mereka adalah roh keadilan dan pembalasan. Nama lain mereka adalah Erinyes yang berarti yang marah." Dia menggulir ke bawah. "Saya melihat beberapa penyebutan dalam dunia game. Tak satu pun dari kata sifat yang digunakan untuk menggambarkan mereka bertentangan dengan apa yang telah kita ketahui, yaitu, Kemurkaan adalah makhluk jahat yang jahat yang tidak menunjukkan belas kasihan."

"Saya berharap PJ dan Arden kembali bersama kami. Dengan pengetahuan sihir permainan mereka, saya yakin mereka tahu apa yang harus dilakukan. Sejak kami kehilangan mereka, saya telah menyalahkan diri sendiri karena kehilangan kontak. Semua itu karena saya terlalu asyik menjadi pahlawan super. Aku sangat merindukan mereka."

"Mereka tidak ingin Anda menendang diri sendiri. Dan aku juga merindukan melihat mereka bersama."

Emily meletakkan makanan di atas meja, "Nikmatilah!" katanya.

E-Z dan Sam makan dengan lahap, tidak berbicara untuk beberapa saat. Setelah banyak suara-suara kenikmatan makanan, mereka melanjutkan percakapan mereka.

"Saya baru saja memikirkan rencana itu - untuk mengalahkan mereka di dalam permainan. Kedengarannya memang bagus - atau kami pikir begitu sampai Raphael mengatakan sebaliknya. Untung saja dia mengatakannya secara langsung kepada kami, jika tidak... yah, saya bahkan tidak ingin memikirkan apa yang mungkin terjadi pada salah satu dari anak-anak itu."

"Namun, saya tetap berpikir bahwa The Furies pasti memiliki kelemahan. Apakah Anda ingat cerita itu?"

"Saya ingat. Jika mereka memiliki titik lemah, saya tidak tahu apa itu. Kita tahu mereka juga manusia biasa seperti kita. Jika mereka bisa mati, seperti kita, maka setidaknya itu adalah lapangan yang setara."

"Mari kita lebih fokus pada kelemahan mereka: kemarahan, dendam, pembalasan."

"Itu adalah hal-hal yang sama yang mereka gunakan untuk menghukum orang lain, jadi bagaimana mungkin itu adalah kelemahan mereka?" E-Z bertanya, sambil memasukkan sesendok panekuk ke dalam mulutnya. "Jadi, bagus."

Sam mengangguk, "Tentu saja." Dia menyesap kopi lagi. "Benar, yang berarti kita mungkin bisa menggunakan hal yang sama dengan yang mereka gunakan untuk menghukum orang lain untuk melawan mereka."

"Tapi bagaimana caranya?"

"Itu yang saya tidak tahu - BELUM."

"Kita mungkin perlu lebih dari satu sesi ini untuk menyelesaikannya," kata E-Z. Piring kedua yang penuh dengan pancake diletakkan di atas meja di depannya.

"Ann baru saja menelepon dan mengatakan kepada saya untuk memastikan bahwa saya membawa pancake kedua untuk Anda," kata Emily.

"Terima kasih. Dan sampaikan pada Ann semoga dia segera merasa lebih baik."

"Pasti. Mau kopi lagi?"

Sam mengangguk, lalu dia mengisi ulang cangkirnya. Ketika Emily pergi, dia berkata, "Eh, aku akan kembali sebentar lagi," dan pergi ke kamar mandi.

E-Z memutar layar ke arahnya dan mengetik:

BAGAIMANA CARA MEMBUNUH KEMURKAAN?

Beberapa jawaban muncul, tetapi semuanya berkaitan dengan cara mengalahkan tiga dewi sebagai karakter dalam dunia game.

Sam kembali. "Menemukan sesuatu?"

"Tidak ada yang berguna. Meskipun ada yang mengatakan bahwa akar The Furies mungkin sudah ada sejak zaman prasejarah."

"Yah, garis keturunan Baby juga cukup jauh ke belakang."

"Kau seharusnya melihat seberapa cepat dia melahap bola api itu! Tanpa ragu sedetik pun."

Setelah selesai makan, mereka berterima kasih kepada Emily dan pulang ke rumah. Mereka sangat kenyang dan tidak berpikir untuk makan lagi.

"Sungguh menyenangkan menghabiskan pagi hari bersama Anda," kata E-Z. "Rasanya seperti masa lalu."

"Memang benar. Ayo kita lakukan lagi segera. Sementara itu, mari kita pikirkan apa yang kita pelajari hari ini, karena seperti kata pepatah lama - di mana ada kemauan, di situ ada jalan."

"Benar, benar, Paman Sam. Benar, benar."

BAB 12

KEMBALI KE RUMAH

Ketika mereka tiba di rumah, hal pertama yang dilakukan Sam adalah memeluk istrinya. Dia senang melihatnya, tetapi tangannya penuh dengan menyiapkan sarapan.

"Senang kamu menikmatinya," Samantha berkicau.

"Ada yang bisa saya bantu?" Sam bertanya, sambil menilai situasi si kembar.

"Semuanya sudah beres," kata Samantha, sementara di belakangnya, si kembar meratap.

Sebagian besar karena Haruto berhenti sejenak dari memainkan lagu hon no piku versinya yang diterjemahkan menjadi peekaboo. Dalam versi Haruto, dia membuat wajah, kemudian berputar sangat cepat sampai menghilang, lalu muncul kembali, dan si kembar terkikik.

"Itu sangat kreatif!" Kata Sam, saat Lachie masuk untuk mengambil alih peran menghibur.

Lachie langsung menirukan beberapa tiruan hewan dan menerima sambutan hangat dari si kembar ketika dia tertawa seperti kookaburra:

koo-koo-koo-kaa-kaa-KAA!-KAA!-KAA!

Kemudian giliran Charles yang menghibur dengan ceritanya yang berjudul Tiga Batu Besar.

"Iwa?" Kata Haruto yang jika diterjemahkan berarti batu-batu besar.

"Ya," kata Charles, saat E-Z dan Sam mundur ke ambang pintu untuk mendengarkan cerita itu juga, sementara Alfred, Sobo, Brandy, Lia dan Samantha melanjutkan persiapan makanan.

"Suatu ketika," Charles memulai, "ada sebuah bukit, jauh di atas Selat Inggris. Di atasnya ada banyak sekali batu-batu besar. Bahkan, terlalu banyak untuk dihitung.

"Pada suatu hari, sebuah truk besar dan berat meluncur ke atas bukit, berderit dan menggerak-gerakkan persnelingnya. Ketika sampai di puncak, truk tersebut mengerahkan pengangkat batu, yang berjuang dengan beratnya setiap batu. Selama beberapa jam, truk ini berhasil mengumpulkan sebanyak mungkin batu. Sampai bagian belakang truk penuh. Namun tidak terlalu penuh. Jika terlalu penuh, batu-batu besar akan menggelinding dari truk ketika bergerak, dan hal ini harus dihindari dengan cara apa pun.

"Truk itu menuruni bukit. Truk itu mengosongkan batu-batu besar ke dalam truk lain yang lebih besar. Truk yang terlalu besar tidak bisa menaiki bukit sama sekali, dan tidak memiliki mekanisme pengangkatan. Ketika truk yang lebih kecil sudah kosong lagi, truk tersebut kembali menaiki bukit. Tak lama kemudian, truk tersebut penuh lagi dengan batu-batu besar.

"Proses ini dilakukan beberapa kali, sampai truk yang lebih besar penuh sampai ke puncak. Semua batu-batu besar yang tersisa harus diangkut dengan truk yang lebih kecil. Setelah kedua truk penuh, pekerjaan berat pun selesai. Maka, tibalah waktunya makan siang. Dan para pekerja memakan sandwich mereka dan meminum termos mereka yang penuh dengan teh manis panas.

"Kembali ke atas tebing, hanya tersisa tiga batu besar yang kesepian. Mereka sedih, karena kehilangan teman-teman mereka dan merasa ditolak, tidak diinginkan, tidak dibutuhkan, dan cukup marah pada saat yang bersamaan. Merasakan terlalu banyak emosi pada saat yang bersamaan bisa membingungkan, tetapi berbagi perasaan dengan teman, bisa membantu, sehingga ketiga batu besar itu mendiskusikan kesulitan mereka."

"Apa yang mereka lakukan dengan semua teman kita?" tanya batu pertama yang bernama Rocky.

"Entahlah," kata batu kedua yang bernama Pebbles. "Mungkin, mereka juga membutuhkan teman ke mana mereka pergi. Aku pasti akan merindukan mereka."

"Tidak," kata batu ketiga, yang lebih tua dan lebih bijaksana dan bernama Craggy. "Mereka tidak membawa mereka pergi untuk melihat dunia. Juga tidak untuk menjadi teman mereka. Tidakkah kamu tahu bahwa mereka menghancurkan kita untuk membuat jalan mereka."

"Tidak!" Rocky dan Pebbles menangis. "Mereka tidak boleh menghancurkan teman-teman kita menjadi bubur!"

"Aku berharap mereka juga membawaku," kata Craggy. "Aku sudah terlalu tua untuk terus duduk di sini dalam cuaca buruk seperti ini. Angin kencang menerobos lapisan luar saya dan saya tidak keberatan menghabiskan masa depan saya di jalan. Setidaknya saya akan memiliki tujuan."

"Sebuah tujuan?" Rocky berseru. "Kau menyebut tertindih dan dilindas kendaraan setiap hari dan setiap malam sebagai sebuah tujuan?"

"Itu lebih baik daripada duduk di sini, hanya kita bertiga selamanya. Aku bosan dengan angin, hujan, dan yang lainnya," kata Craggy.

"Nah, jika kamu begitu tertarik," kata Pebbles, "maka yang harus kamu lakukan adalah menggulingkan dirimu dari tepian. Kamu akan jatuh tepat ke bagian belakang truk di bawah dan kamu akan pergi bersama teman-teman kita yang lain."

"Oh, itu terlalu jauh," kata Rocky sambil menggulingkan dirinya sedikit lebih dekat ke tepi. "Apa kau benar-benar ingin meninggalkan kami, sebanyak itu? Tidak bisakah kamu menemukan tujuan, dengan tinggal di sini bersama kami? Kami membutuhkanmu. Kamu lebih tua dan lebih bijaksana."

Craggy bergerak ke tepi, dan mengintip ke samping. Ternyata benar, truk itu ada di sana. Beberapa butir keringat menetes. Entah itu butiran keringat, atau air mata.

"Itu adalah jalan yang sangat jauh ke bawah," kata Craggy. "Dan tidak baik bagiku untuk meninggalkan kalian berdua sendirian."

Pebbles berkata, "Dan bagaimana jika kalian ketinggalan truk dan hancur berkeping-keping di bawah sana! Kami akan berada di atas sini, dengan pemandangan yang luar biasa dan kamu akan berada di bawah sana sendirian."

"Lagipula," kata Rocky, "mereka mungkin akan kembali lagi suatu hari nanti. Sementara itu, kita bisa mengobrol dan menikmati pemandangan dan udara segar."

Di bawah mereka, truk itu kembali berjalan. CHUGGA CHUGGA VROOM, VROOM.

"Sekarang atau tidak sama sekali," kata Craggy, saat truk itu menjauh.

"Setidaknya kita masih bersama," kata Rocky.

"Ketiga batu besar itu berdesakan bersama saling bahu-membahu. Mereka membelakangi angin, menghirup udara segar dan melihat pemandangan indah matahari terbenam di cakrawala.

"Moral dari cerita ini adalah," Charles memulai...

Itu adalah kata-kata terakhir yang didengar E-Z sebelum dia kembali ke dalam silo yang diledakkan lagi.

Itu adalah kata-kata terakhir yang didengar E-Z sebelum dia kembali ke dalam silo yang diledakkan lagi.

BAB 13
SILO

"**S**elamat datang kembali!" suara di dinding berkata dengan penuh semangat yang menyebabkan bahu E-Z menegang seperti ada yang berdiri di atasnya. Enggan menanggapi, ia memutar bahunya ke depan, lalu ke belakang, berharap dapat meredakan ketegangan.

"DOT. DOT," suara kedua di dinding berkata, tapi kali ini suaranya lebih pelan, hampir seperti bisikan.

Dia membuka mulutnya untuk menjawab tetapi tidak ada yang terlintas dalam pikirannya, jadi dia tetap diam, selain dari bunyi gemeretak jari-jarinya yang dia harapkan dapat meringankan ketegangan tubuhnya.

Suara pertama, dengan nada yang lebih menenangkan bertanya, "Saya melihat Anda merasa tegang, khawatir. Apakah ada yang bisa saya berikan untuk menghabiskan waktu selama Anda menunggu? Minuman? Sebuah buku? Sebuah perjalanan dalam pikiran Anda?"

Dia sangat tanggap terhadap suara di dinding, dan ini membantunya untuk sedikit rileks, namun dia tidak tertarik untuk menerima tawarannya karena tidak tahu apa yang akan terjadi dengan perjalanan dalam pikiran.

"Saya melihat Anda ragu-ragu..."

Dia duduk tegak di kursinya, dan mengetuk-ngetukkan jari-jarinya di lengannya seperti sedang bergoyang mengikuti lagu Smoke on the Water dari Deep Purple. Dia dan ayahnya telah berduel dengan Guitar Hero versi usang, dan mereka bersenang-senang. Mengingat momen itu sekarang, membuatnya merasa seperti ayahnya berada di dalam silo bersamanya.

"Apakah Anda yakin tidak ingin melakukan perjalanan dalam pikiran Anda?" wanita di dinding bertanya lagi. "Kamu akan bersenang-senang!"

Sebuah ledakan. Dia baru saja menggunakan kata itu dalam pikirannya untuk menggambarkan permainan Guitar Hero bersama ayahnya. Tidak diragukan lagi, wanita di dinding itu bisa membaca pikirannya.

"Eh, apa sebenarnya itu?" tanyanya. "Saya tidak mengatakan bahwa saya ingin mencobanya, tidak sampai saya tahu lebih banyak tentang apa yang terlibat di dalamnya."

"Mengapa, ini adalah sebuah tempat yang bisa saya kirimkan untukmu. Sebuah tempat khusus di mana Anda bisa menjalani mimpi."

Kedengarannya sulit dipercaya... dan sebelum dia bisa menjawab...

DUH DUH DUH,

DUH DUH DUH DUH

DUH DUH DUH

DUH DUH.

Dia berada di atas panggung, memainkan gitar utama, dengan sebuah band yang langsung ia kenali sebagai Deep Purple yang asli.

Penyanyi utama, yang telah meninggalkan band namun memainkan gitar utama asli pada lagu Smoke in the Water, tampaknya tidak keberatan bahwa E-Z kini memainkan perannya dan tidak melakukan pekerjaan yang buruk. Penyanyi itu mengacungkan jempol kepadanya, lalu berjalan melintasi panggung ke tempat E-Z duduk di kursi rodanya. Bersama-sama mereka memainkan beberapa riff dan penonton berteriak, bersorak, dan bertepuk tangan. Hal berikutnya yang dia tahu, dia kembali ke silo lagi, tetapi perasaan tegang yang dia alami sebelumnya sekarang benar-benar hilang.

"Terima kasih! Uh, itu sangat luar biasa! Saya tidak bisa mengatakan betapa berartinya itu bagi saya. Saya tidak akan pernah melupakannya. Sampai kapanpun!" dia ragu-ragu dan berpikir bahwa satu-satunya hal yang akan membuatnya lebih baik adalah jika ayahnya ada di atas panggung bersamanya.

"Maaf saya tidak bisa menyertakan ayahmu... tapi itu hanya preview. Dan Anda dipersilakan. Sekarang, duduklah dengan tenang. Waktu tunggu satu menit."

"Saya pikir hal yang sebenarnya akan membuat saya terkejut!" E-Z berkata sambil menyandarkan kepalanya ke belakang dan mengenang kembali pengalamannya yang sudah merasa sangat rileks, sampai-sampai dia bisa tidur siang.

PFFT.

Aroma kali ini berbeda, peppermint dan sesuatu yang lain yang tidak dapat ia tangkap dengan jarinya.

"Ini rosemary," kata suara di dinding.

"Cukup menyegarkan." Matanya terpejam, dan dia sedang melamun, ketika atap di atas kepalanya menguap terbuka. Dia menggelengkan kepalanya, membuka matanya, untuk mempersiapkan apa yang akan terjadi.

Sinar cahaya menerobos masuk ke dalam wadah logam, memantul, dan memantul dari dinding ke dinding. Dia menutup matanya, untuk melindunginya dari pertunjukan cahaya yang mengganggu. Ketika cahaya yang memantul itu berakhir, sesosok tubuh masuk melalui atap yang terbuka. Sungguh sebuah entri yang luar biasa. Itu adalah Raphael.

"Eh, halo," katanya. "Tadi itu cukup masuk akal."

"Saya telah dipromosikan," malaikat agung itu mengakui, "dan sejumlah perkembangan diperlukan. Mungkin, sedikit berlebihan dalam hal ini, tetapi ini adalah promosi yang relatif baru. Semua promosi memiliki kurva pembelajaran."

"Selamat atas promosinya."

"Terima kasih, sekarang mari kita bahas tentang alasan Anda di sini."

"Tentu saja."

E-Z menunggu dengan sabar sampai Raphael berbicara lagi, tetapi untuk beberapa saat dia tidak berbicara. Sebaliknya, dia melayang-layang, seperti burung yang baru pertama kali mengepakkan sayapnya. Apakah dia sedang pamer? Jika ya, mengapa? Kemudian dia melihatnya, dia mengenakan kacamata baru. Kacamata itu lebih besar, terlihat lebih khas dengan bingkai yang lebih besar dan lensa yang lebih tebal dan membuatnya terlihat seperti versi wanita dari Tn. McGoo.

"Eh, kacamata yang bagus," dia berbohong.

"Kacamata ini bukan pilihan pertama saya," Raphael mengakui, "tapi ini harus dipakai." Dia bergerak lebih dekat ke tempat Raphael duduk dan melayang. "Sepertinya." Dia berhenti dan bergerak dengan tidak nyaman.

SKIDOO

Sebuah kursi datang, yang didudukinya sejenak.

SKIDOO

Dan kursi itu hilang. Dia melayang lagi. Menempatkan telapak tangannya yang terbuka di sisi wajahnya. "Beberapa hal telah menjadi perhatian kami. Aku tidak bermaksud mengatakannya dalam arti kerajaan, aku memaksudkannya seperti pada semua malaikat agung."

"Seperti?"

Sekali lagi, dia gelisah.

"Haruskah saya meminta dinding untuk menyemprotkan lavender untuk membuat Anda rileks? Anda tampak agak tegang."

Kemudian dia berada di hadapannya sambil memekik, "LAVENDER TIDAK BERFUNGSI PADA MALAIKAT! Itu keji, manusia..." Dia menarik napas dalam-dalam. "Aku sangat menyesal."

"Tidak apa-apa. Aku mengerti, kau punya kabar buruk yang ingin kau sampaikan padaku. Lebih baik merobek perbannya. Apa maksudku, katakan saja langsung padaku."

"Baiklah. Ini dia."

E-Z mendekat, "Oke, mulai."

Dari speaker di dinding terdengar sebuah lagu yang diputar, sesuatu tentang menembak sheriff.

Dia bersenandung pada awalnya, "Berhenti!" E-Z memerintahkan. "Dan katakan padaku mengapa aku di sini."

"Dia ingin langsung ke bisnis," kata Raphael dalam hati. "Kalau begitu, ini dia. Saya akan langsung ke intinya."

"Oke, lakukanlah." Kata E-Z, berharap dia melakukannya.

"Singkatnya," katanya, "Eriel telah tertangkap basah - bermain untuk kedua belah pihak."

"Bermain apa?" Kemudian sesuatu di dalam pikirannya berubah. "Tidak, bukankah maksudmu dia mengkhianati kita?"

Dia mengetuk-ngetukkan jarinya yang bertulang ke dagunya, sementara E-Z membuka dan menutup mulutnya seperti ikan kecil yang kehabisan air.

"Ya, Eriel secara pribadi bertanggung jawab atas kematian temanmu, Rosalie. Dia juga bertanggung jawab atas kehancuran The White Room. Semuanya dia. Semua Eriel."

E-Z menerima semuanya. Rosalie yang malang. "Tunggu! Bukankah dia bekerja untukmu? Maksudku, bukankah kau yang bertanggung jawab atas dia? Bagaimana ini bisa terjadi di bawah pengawasanmu? Saya telah membaca beberapa hal tentang malaikat pencabut nyawa, tapi mengkhianati anak-anak yang secara sukarela membantu Anda adalah tindakan yang paling rendah. Saya kira macan tutul tidak mengubah tempat mereka."

"Saya tidak bertanggung jawab atas Eriel. Dia dan saya adalah rekan kerja, kawan. Kami bekerja bersama dan saya pikir kami saling menghormati satu sama lain. Saya salah."

"Namun, Anda dipromosikan."

"Ya, tapi kedua hal itu tidak berhubungan langsung. Yang bisa kukatakan padamu adalah, Eriel pernah menjadi bagian dari kami, sekarang tidak. Setelah mengkhianati kami, dan kamu. Setelah berpaling dari prinsip-prinsipnya - semua yang kita perjuangkan - dia keluar. Maksudku keluar secara permanen."

E-Z tersentak. "Apa kau mengatakan padaku, bahwa Eriel telah membeberkan kita? Maksud saya, saya dan tim saya?"

"Michael, yang merupakan pemimpin kami, telah menanyai Eriel. Butuh beberapa usaha untuk membuatnya bicara. Tapi dia telah mengaku membawa kemurkaan kembali ke bumi. Menggunakan mereka untuk memajukan stasiunnya. Tidak ada penebusan. Tidak ada pengampunan untuk Eriel."

"Aku tak bisa berkata-kata. Bagaimana ini bisa terjadi?"

"Bagaimana? Nah, jika kita tahu bagaimana maka kita akan tahu mengapa - yang mana kita tidak tahu. Yang kami tahu adalah dia adalah Eriel dan Eriel selalu melakukan yang terbaik untuk Eriel. Kami tahu dia memiliki masalah, namun kami terus memberinya kesempatan untuk membuktikan diri - dan ketika dia mengecewakan kami - kami memaafkannya dan memberinya kesempatan lagi dan kesempatan lagi. Kami tetap percaya padanya sampai sekarang. Dia sudah selesai. Selesai."

"Selesai? Maksudmu mati? Apakah malaikat maut mati? Dan mengapa kau memberinya begitu banyak kesempatan? Apa kau tidak tahu pepatah, tiga kali pukul dan kau keluar?"

"Ya, saya pernah mendengar istilah bisbol itu, tetapi kita adalah malaikat pencabut nyawa dan kita semua diharapkan untuk gagal, atau kambuh pada tingkat tertentu. Dan Anda benar tentang insiden Taman Eden. Sejarah kami sudah ada sejak lama... tetapi kami pikir kami sudah lebih baik, sudah berkembang. Saya sendiri adalah Santo Pelindung kaum muda, seperti Anda dan teman-teman Anda.

"Itu sebabnya saya menyarankan kami bekerja sama dengan Anda untuk mengalahkan Kemurkaan yang mengerikan itu. Mengapa, Eriel yang mendorong saya untuk melakukannya. Dialah yang menemukanmu. Yang mengirim Hadz dan Reiki kepadamu. Hingga saudari-saudari mengerikan itu tiba, kami menambahkan sesuatu yang positif dalam hidup kalian... Kami memberi kalian tujuan. Ingat saat-saat ketika Anda ingin menyerah? Kamu tidak melakukannya karena kami membantumu untuk terus maju."

"Oke, saya mengerti Eriel adalah seorang penjahat. Apa artinya ini bagi saya dan tim saya? Dari tempat saya duduk, misi kita telah dikompromikan. Jadi, kita keluar dan saya pikir Anda harus beralih ke Rencana B."

"Masalahnya," kata Raphael, lalu berhenti, saat langit-langit di atas terbuka kembali dan Ophaniel tiba tanpa gembar-gembor sama sekali saat dia melayang turun ke arah mereka.

"Lama tak jumpa," kata Ophaniel yang ditujukan kepada E-Z. Lalu kepada Raphael, "Apakah dia sudah siap?"

"Ya, benar. Dan aku yakin dia senang kau ada di sini karena dia ingin tahu apa Rencana B kita."

Ophaniel mengangguk. "Baiklah. Untuk memperjelasnya, kami tidak memiliki Rencana B atau C atau D - karena Anda dan tim Anda adalah Rencana kami yang digabungkan menjadi satu."

E-Z menggelengkan kepalanya tak percaya. "Pernahkah kalian para malaikat agung mendengar ungkapan, jangan menaruh semua telur ke dalam satu keranjang?"

Ophaniel tertawa. "Ya, asalnya dari karakter Don Quixote karya Cervantes, tapi tidak pernah masuk akal bagiku. Mungkin karena kami para malaikat tidak makan telur. Membayangkan mereka yang seperti jeli - yuck - membuat saya ingin muntah."

"Aku juga," kata Raphael sambil menutup mulutnya dengan punggung tangan. "Selain penampilannya yang menjijikkan, mengapa orang menaruh telur di dalam keranjang? Mengapa tidak di mangkuk? Jika Anda menyiapkan telur..."

"Setuju," kata Ophaniel. "Saya pernah melihat Jamie Oliver memasak telur dadar. Dia menggunakan mangkuk terlebih dahulu, lalu memasaknya."

"Oh, kakak dan aku tidak percaya kalian para malaikat agung menonton televisi, apalagi Jamie Oliver." Dia menggelengkan kepalanya. "Itu berarti jika kamu menaruh semua telur di satu tempat - seperti keranjang atau mangkuk atau wajan atau apa pun yang kamu sukai - jika kamu menjatuhkan keranjang atau mangkuk atau wajan itu - maka semua telur akan pecah dan rusak karena cangkangnya - jadi kamu tidak akan punya telur untuk sarapan."

"Tapi bukankah ayam bertelur setiap hari? Jadi, jika Anda tidak mendapatkan telur hari ini, Anda bisa kembali lagi besok," kata Ophaniel.

"Apa artinya satu hari tanpa telur?" Raphael bertanya.

E-Z membuka tangannya dan menampar-namparkannya ke kepalanya. "Argghh!" Para malaikat menatapnya dan menunggu sementara dia menarik napas dalam-dalam lalu menghembuskannya dengan keras. "Apa yang akan kita lakukan dengan situasi Eriel ini?"

"Pertama," kata Ophaniel, "di sini kembali padamu hari ini, atas permintaan khususmu, dua orang temanmu..."

POP

POP

Hadz dan Reiki, atau yang menyerupai kedua malaikat itu tiba. Mereka menghitam karena jelaga, dari ujung kepala hingga ujung kaki. Kelopak bunga mereka bengkok, sobek, ada yang terbuka dan terangkat, ada juga yang mati dan layu. Sayap-sayap mereka terkulai, seperti mereka sudah lupa bagaimana caranya terbang atau tidak punya keinginan lagi, dan wajah mereka, ekspresi wajah mereka sangat putus asa.

"A-apa yang terjadi pada mereka?" tanyanya.

Ophaniel mendekat ke arah kedua malaikat yang terlantar itu dan mereka mundur.

"Kalian aman sekarang," kata Raphael, dengan suara lembut keibuan, yang membuat mereka terisak, yang kemudian berubah menjadi ratapan.

Ophaniel menutup telinganya, lalu mendekat ke arah E-Z dan berbisik. "Eriel memenjarakan mereka. Kami butuh waktu untuk menemukan mereka kali ini. Makhluk-makhluk malang itu tidak bisa menolong diri mereka sendiri karena dia melucuti kekuatan mereka."

"Makhluk-makhluk yang malang," kata E-Z.

E-Z, Ophaniel dan Raphael berbalik ke arah makhluk-makhluk itu. Hadz dan Reiki berusaha tersenyum. Mereka bahkan tidak mendekat.

Keduanya meronta-ronta, seperti sedang menangkis sekawanan burung nasar.

"Diamlah," kata Ophaniel.

Hadz dan Reiki berhenti bergerak. Kini mereka duduk seperti sepasang boneka kotor dengan mata terpaku pada apa pun dan siapa pun. Mereka adalah bayangan dari diri mereka yang dulu.

"Saya tidak bermaksud kasar," bisik E-Z, "tapi dalam kondisi mereka saat ini, mereka tidak akan banyak membantu kita. Itu jika Anda bisa meyakinkan kami untuk melanjutkan rencana ini dalam situasi seperti ini."

Kata-kata E-Z menampar kedua malaikat itu seperti tamparan di wajah mereka.

POP

POP

"Sungguh sangat kasar dan kekejaman yang tidak perlu!" Ophaniel memarahi sebelum dia menghilang.

ZAP

"Kamu telah menunjukkan sisi yang sangat kejam dari karaktermu, E-Z Dickens, dan jika ayah dan ibumu ada di sini, mereka akan malu padamu."

"Maaf," kata E-Z, "tapi jangan pernah bicara padaku tentang orang tuaku. Bagi kalian para malaikat agung, mereka di luar batas. Mengerti?"

Raphael mengangguk.

"Lagipula, aku tidak bermaksud menyakiti perasaan mereka. Tentu saja, kita bisa memanfaatkan mereka. Jika kita harus melawan Kemurkaan, maka kita akan membutuhkan semua bantuan yang bisa kita dapatkan. Kembalilah Hadz dan Reiki. Beri aku kesempatan lagi."

Tidak ada.

E-Z mencoba lagi. "Kembalilah dan kalian akan diterima sebagai anggota tim kami."

POP

POP

Keduanya kini sudah bersih dan rapi seperti diri mereka yang dulu.

"Selamat datang kembali," kata E-Z.

Hadz dan Reiki terbang menghampirinya. Masing-masing mengambil tempat di salah satu bahunya. Mereka gemetar, tanpa sadar, takut akan bayangan mereka sendiri.

"Tidak apa-apa," katanya. "Kami akan melindungi kalian sekarang karena kalian sudah menjadi anggota tim kami."

Mereka mencoba tersenyum, dan dia menghargai usaha tersebut.

"Jadi," kata E-Z, "apa sebenarnya yang Eriel katakan kepada The Furies tentang kita?"

"Dia mengatakan kepada mereka bahwa kami mengirim anak-anak untuk mengalahkan mereka - itu saja."

"Hanya itu yang dia katakan padamu? Bagaimana kita tahu dia tidak berbohong? Dan bagaimana kita mengetahui apa tujuan akhir The Furies?"

"Kami pikir kami tahu bahwa tujuan akhir The Furies dan Eriel adalah untuk menguasai bumi. Mereka akan menghantam EARTH PAUSE dan mengubahnya menjadi New Hades, yaitu neraka di bumi. Di mana mereka dapat memerintah, dengan membentuk tim yang terdiri dari jiwa-jiwa yang akan tunduk pada belas kasihan mereka. Ya, mereka membiarkan jiwa-jiwa berkeliaran dengan bebas, tapi begitu mereka mendapatkan kebebasan - mereka harus menyerahkannya."

"Mengapa mereka setuju untuk menyerahkannya?" tanyanya.

"Karena manusia, bahkan jiwa manusia tidak dapat memproses konsep kebebasan. Sebaliknya, mereka lebih suka dikekang. Kurangnya kebebasan adalah selimut keamanan manusia."

"Itu bohong," kata E-Z. "Membuat saya sangat marah! Kita manusia bisa menghargai kebebasan kita.

Kita mencintai alam, bisa menghirup udara, berbagi pikiran dan perasaan dengan orang lain, menghargai dunia dan semua yang ada di dalamnya."

"Cukup marah untuk memperjuangkan kebebasan Anda dan kebebasan orang lain?" Kata Ophaniel.

E-Z bahkan tidak menyadari bahwa dia telah kembali.

"Ya," katanya. "Tapi katakan padaku, di dunia baru mereka ini, mereka hanya akan memilih jiwa-jiwa yang bisa mereka kendalikan. Apa yang akan terjadi pada yang lain?"

"Mereka akan melayang-layang selamanya, tanpa rumah," kata Raphael. "Di dunia baru mereka ini, akhirat akan ditiadakan. Bumi akan selamanya berada dalam keadaan berhenti. Jiwa-jiwa akan tetap berada di dalam tubuh yang tidak lagi hidup, dan juga tidak akan mati. Tidak ada lagi jantung yang akan berdetak. Tidak ada lagi cinta atau anak-anak yang akan dilahirkan. Tidak ada jiwa yang akan naik - lagi - selamanya."

E-Z tetap diam, berpikir, meresapi semuanya.

Suara di dinding bertanya, "Apakah ada yang mau minum?"

"Tidak, terima kasih," katanya, tapi dia senang dengan interupsi itu karena itu membawanya kembali ke momen itu. "Saya mengerti apa yang dilakukan Eriel dengan The Furies. Faktanya tetap bahwa dia adalah malaikat agung sepertimu, dan kamu tahu dia memiliki masalah, namun kamu tetap memberinya kesempatan demi kesempatan bahkan ketika dia tidak pantas mendapatkannya. Jadi, sekarang saya bertanya-tanya mengapa kami, saya dan tim saya harus memperbaiki apa yang telah dikacaukan oleh salah satu malaikat agung Anda sendiri?"

"Karena..." Raphael memulai.

"Aku belum selesai," kata E-Z, "sebelumnya saat kau dan Eriel mengunjungi rumahku, saat dia bertemu dengan keluargaku, dan anggota tim yang lain, kami pikir dia ada di pihak kita. Dia melihat tempat tinggal kami. Dia tahu semua tentang kami. Kami berada dalam bahaya besar karena dia."

"Ini benar," kata Ophaniel.

"Tidak dapat disangkal dan kami sangat menyesal," kata Raphael.

"Suruh Eriel membatalkannya. Dia yang menciptakan kekacauan ini, dan dia yang harus memperbaikinya." Dia menghantamkan tinjunya yang terkepal ke lengan kursinya yang membuat Hadz dan Reiki melompat dan menggigil. Dia menepuk kepala para malaikat yang ingin menjadi malaikat itu. "Tidak apa-apa, maaf telah membuat kalian kesal."

"Bravo!" Hadz bersorak.

"Hore!" Reiki berseru.

Raphael dan Ophaniel berkata serempak, "Eriel terkurung jauh di dalam perut bumi. Dia berada di tempat di mana tidak ada manusia yang berani pergi. Singkatnya, dia tidak bisa dijangkau."

"Tapi kita pernah melarikan diri dari ranjau, sekali," kata Reiki.

"Dua kali," kata Hadz.

"Dia tidak berada di dalam tambang, dia berada di tempat lain, lebih jauh ke bawah, tidak sejauh di dalam api, tetapi di tempat lain di mana suhunya sangat dingin hingga semuanya berubah menjadi es, bahkan darah mengalir melalui pembuluh darah. Tempat di mana tidak ada manusia yang bisa bertahan hidup!

"Eriel juga tidak berdaya di sana karena semua miliknya telah dilucuti. Dia terkunci, tidak bisa melihat siapa pun. Tidak mendengar apa-apa. Dia tidak akan pernah diizinkan keluar dari tempat itu - TIDAK PERNAH."

"Saya ingin berbicara dengannya," kata E-Z. "Saya perlu mengajukan pertanyaan kepadanya - pertanyaan yang hanya bisa dijawab olehnya."

Raphael dan Ophaniel berteriak, "Tidak boleh! Anda tidak boleh!"

"Kalau begitu saya menarik dukungan tim saya. Tolong kembalikan saya ke rumah saya. Haruto dan yang lainnya bisa kembali ke keluarga mereka." Dia berhenti berbicara saat sekelebat bayangan PJ dan Arden muncul di benaknya. Jika dia tidak melakukan apapun, mereka akan terjebak dalam keadaan koma, mungkin selamanya.

Dia ingat semua saat mereka telah membantunya. Hari pertamanya kembali ke sekolah dengan kursi roda. Saat mereka memperkenalkannya kembali pada permainan bisbol - semua anggota tim menyambutnya di lapangan. Saat mereka membantunya melewati semuanya ketika orang tuanya meninggal. Sebuah air mata jatuh di pipinya. Dia menghapusnya.

"TANGKAP DIA!" sebuah suara di dinding bergemuruh.

Lalu tiba-tiba saja udara menjadi sangat, sangat dingin. Begitu dinginnya sampai-sampai dia bisa merasakan darah dalam pembuluh darahnya berubah menjadi es.

BAB 14

ERIEL ON ICE

Sendirian. Jadi sangat sendirian. Dan sangat dingin, sangat sangat dingin. Rasanya seperti berada di dalam es batu yang berlubang. Saat dia bernapas, es memenuhi paru-parunya.

Dia pergi ke tepi. Dia menghirupnya. Itu berkabut. Itu bukan es batu, tapi sebuah gelas kaca. Dan ada pegangannya. Sepertinya benda itu terbuat dari medali. Khawatir kulitnya akan menempel pada benda itu, ia menggunakan kemejanya dan membukanya.

Di dalamnya, terdapat koleksi selimut hangat, selimut, kardigan, topi, sarung tangan - semuanya. Dia merogohnya dan mengenakannya.

Saat dia memasukkan lengannya ke dalam kardigan, pikirannya terbang kembali ke masa ketika ayahnya mengenakan sweter yang sama saat bermain ski. Warnanya hijau, seperti yang satu ini, dan di bagian luarnya terasa gatal saat disentuh, tetapi di bagian dalamnya terasa hangat seperti roti panggang. Saat ia menariknya ke sekelilingnya dan mengancingkan bagian depan, aroma kayu ek dari losion cukur favorit ayahnya memenuhi lubang hidungnya. mencium bau losion cukur ayahnya di dalamnya. Perasaan déjà vu yang kuat menguasainya, ketika dia memasukkan jari-jarinya ke dalam sepasang sarung tangan beludru hitam - sarung tangan yang dia yakin adalah milik ayahnya. Namun, sarung tangan itu tidak mungkin ada lagi karena semuanya telah hancur dalam kebakaran. Dia melingkarkan tangannya ke tubuhnya sendiri, mencoba menghangatkan diri. Dia merasa dingin menguasai tubuh dan pikirannya.

Ia menyingkirkan beberapa barang lainnya, dan menemukan sebuah selimut di bagian bawah kotak yang langsung ia kenali. Dirajut dengan tangan, oleh ibunya di atas sofa malam demi malam dan ketika selesai, selimut itu diletakkan di tempatnya - di bagian belakang sofa kulit. Untuk menonton film di malam hari dan untuk menutupi matanya jika sesuatu yang menakutkan terjadi.

Dia melepas sarung tangan dan menyentuhnya, untuk melihat apakah itu asli dan kemudian menyapukannya ke pipinya. Aroma bunga dari parfum ibunya tercium olehnya, menghiburnya. Air mata mengalir di pipinya, saat ia mengenakan kembali sarung tangan itu, lalu melilitkan selimut ibunya ke kardigan ayahnya. Dia memakai selimut itu seperti tudung, dan melihat sekelilingnya.

Di atas kepalanya, tetapi mengarah ke bawah dengan paku-paku tajamnya, terdapat stalaktit yang terbuat dari es dalam berbagai ukuran dan bentuk. Jika salah satu dari mereka jatuh, mereka akan menembus bagian atas tengkoraknya dan terus menembus hingga ke jari-jari kakinya. Dia berharap dia memiliki topi konstruksi -

BINGO

Dan sebuah topi keras berwarna kuning muncul di kepalanya, lalu yang lain dan yang lain dan yang lain. Dia merasa seperti Curious George, dan tersenyum. Sekarang dia siap untuk apa pun.

Dia mencari sebuah pintu, beringsut menyusuri dinding-dinding kubus. Tidak ada pegangan yang terlihat. Penjara macam apa yang telah mereka jebloskan padanya?

Akhirnya, dia menemukan ujungnya, di tengah dinding sebelah kanan. Dia melepaskan sarung tangan dan menggunakan kukunya untuk menggores permukaan yang kemudian dia temukan sebagai sebuah jendela. Apa yang dilihatnya, tidak membuatnya merasa cemas. Kubusnya adalah salah satu dari sekian banyak kubus yang membentang di sepanjang terowongan sejauh mata memandang. Tidak ada penghuni yang terlihat di balik bilik mereka yang tertutup kaca.

Dia menghembuskan napas di atas kaca dan menulis kata, "TOLONG!" yang dieja terbalik kalau-kalau ada orang yang melihatnya. Kemudian dia segera menghapusnya sambil mengingat siapa yang akan ditemuinya: Eriel.

E-Z bergerak di sepanjang bagian depan kubus, ke sisi yang paling jauh dan sekali lagi dia menemukan sebuah bingkai yang dia yakin adalah sebuah jendela. Dia mengikis permukaannya dan segera menemukan siapa yang dia cari: pengkhianat.

Malaikat agung yang dulunya sangat kuat itu tampak menyedihkan, seperti seseorang telah menusuknya dengan peniti dan mengeluarkan semua udara. Tubuhnya diikat ke dinding. Awalnya, E-Z mengira dia ditahan oleh gravitasi atau semacam kekuatan yang tak terlihat, tapi kemudian dia menyadari setelah melihat lebih dekat bahwa seluruh tubuh Eriel terkurung di dalam balok es yang tebal. Kubus Eriel telah dibentuk sesuai dengan tubuhnya, oleh karena itu air es memenuhi setiap sudut dan celah bentuknya dan dia, tidak seperti E-Z yang tidak memiliki akses ke selimut.

DENTING. DENTING. DENTING.

E-Z menjulurkan lehernya ke kiri ketika dia mendengar suara langkah kaki bergema. Dia bisa merasakan makhluk itu semakin mendekat, tapi dia tidak bisa melihatnya.

DENTING. CLANK. DENTING.

E-Z menggelengkan kepalanya. Dia harus fokus, untuk tetap berada di saat ini, namun, dia mengalami perasaan déjà vu yang aneh.

Pikirannya kembali ke mimpinya beberapa waktu lalu tentang pesta ulang tahun bersama PJ dan Arden. Dalam mimpi itu, sesosok berkerudung datang dan mengeluarkan suara yang sama. Mimpi itu adalah tentang menemukan topi baseball yang hilang.

Saat suara itu semakin memekakkan telinga, ia melihat sekilas sosok itu, yang adalah seorang pejuang, lebih besar dari aslinya dengan sayap sebesar dua pohon maple yang sudah dewasa. Di satu tangan, malaikat agung itu membawa perisai emas dan di tangan yang lain sebuah pedang. E-Z melindungi matanya saat cahaya mengenai lambung pedang.

DENTUK. DENTING. DENTING.

Prajurit malaikat agung itu berhenti di depan Eriel, yang tidak mengangkat matanya untuk bertemu dengan tatapan pendatang baru itu.

Sampai dia berhenti, E-Z tidak menyadari sayap besar sang malaikat agung, yang selama dia berjalan, telah beristirahat. Sekarang, prajurit itu mengangkat dirinya, sehingga wajahnya dan Eriel sejajar.

"Kamu kedatangan tamu," katanya.

Mata Eriel tetap menunduk.

"Matamu tidak menipuku," kata prajurit itu. "Kau telah mempermalukan dirimu sendiri. Kamu telah mempermalukan kami semua - namun, kamu tidak merasa menyesal, dan kamu tidak bertobat. Bicaralah padaku. Katakan padaku mengapa aku harus mengizinkanmu menerima tamu."

Eriel terus menatap lantai, sambil menggumamkan sesuatu yang tak terdengar.

"Bicaralah!" sang prajurit menuntut.

"Aku bertobat!" Eriel memuntahkan sesuatu. "Aku bertobat karena telah gagal…"

"Diam!" sang prajurit menuntut.

DENTUK. CLANK. DENTING.

Sekarang sang prajurit berdiri di sisi lain dari kaca, berhadapan dengan E-Z.

"Saya Michael," katanya.

"Eh, hai, aku E-Z." Dia mengenal suara pria itu. Dialah yang memerintahkan Raphael dan Ophaniel untuk mengizinkannya berbicara dengan Eriel.

"Bangunlah," kata Michael.

"Saya tidak bisa berjalan," katanya.

"Kamu bisa jika aku mengatakannya," Michael mengungkapkan, "dan aku mengatakannya. Bangkitlah E-Z Dickens!"

E-Z merasa seperti salah satu dari mereka yang sedang bersiap untuk disembuhkan di sebuah kebaktian di televisi. Dengan enggan, dia mengangkat dirinya dari kursinya. Kakinya sedikit gemetar, sebagian besar karena ketakutan daripada ketidakpercayaan. Bagaimanapun juga,

Michael adalah penghulu malaikat yang paling kuat. Beberapa detik kemudian, E-Z berdiri tegak di dalam dinding es.

"Kamu meminta untuk berbicara dengan makhluk itu, makhluk yang jatuh di dinding sana. Dia tidak akan menolongmu karena dia sudah busuk sampai ke intinya. Namun dia HARUS menolongmu. Dia HARUS membantu kita semua untuk menyelamatkan dirinya sendiri agar tidak berubah menjadi patung es - perlengkapan permanen di tempat ini."

Dengan setiap kata yang diucapkan, suara Michael membuat E-Z merasa lebih kuat dan lebih percaya diri.

Eriel mengangkat matanya.

Untuk sesaat E-Z melihat sesuatu di sana. Apakah itu kekalahan? Apakah itu penyesalan?

Eriel memejamkan matanya saat tubuhnya lemas di dalam penjara es yang mengurungnya.

"Saya rasa dia pingsan," kata E-Z.

CLANK. CLANK. CLANK.

Michael kembali melihat lebih dekat ke dalam penjara esnya. Seekor ular meluncur keluar dari bagian atas sepatunya, dan mulai merayap ke arah wajah Eriel. Ular itu merayap ke atas, ke atas, dengan lidahnya yang bercabang bergerak maju mundur seperti haus akan darah.

Michael berkata, "Tubuh temanku meleleh menuju ke wajahmu, Eriel. Apakah kamu tidak mau membuka matamu dan menyapa?"

Eriel membuka matanya, dan melihat ular itu merayap ke atas tubuhnya, dia menjerit.

"GARUUUUUUUUUUUUMMMMM!"

Michael menjentikkan jarinya dan ular itu berhenti bergerak. Dengan menggunakan kukunya, Michael mengikis es tersebut. Di dalamnya, tubuh Eriel bergetar. Seolah-olah dia sedang disetrum.

"MMMMM, hhhhh, MMMMMMM!"

"Hentikan!" E-Z menangis sambil menutup telinganya. "Tolong!"

Michael berhenti melukai. Dia mengangkat lengannya, dan ular itu melilit dirinya sendiri dan merayap kembali ke dalam sepatunya.

"Anak ini menunjukkan belas kasihan padamu, Eriel. Itu lebih dari yang pantas kamu dapatkan."

Eriel terus mengerang putus asa.

Michael melanjutkan, menoleh ke arah E-Z, "Saya akan memberikan waktu lima menit untuk mengajukan pertanyaan apa pun yang Anda miliki kepada Eriel."

Kemudian kepada Eriel, "Kami dapat memaksamu untuk berbicara dengannya, tetapi saya lebih suka jika kamu memilih untuk menolongnya atas kemauanmu sendiri. Suatu ketika Anda memilih untuk menyelamatkan nyawa anak muda ini. Dia kemudian melunasi hutangnya. Sekarang, kamu telah mengkhianati kami dan kamu harus mendapatkan kembali kepercayaan kami."

Michael mengangkat kakinya dan menendang struktur es tempat Eriel terbungkus. Es itu bergetar, tetapi tidak retak atau pecah.

"Kalian membuatku jijik! Kau mengharapkan anak manusia ini untuk memperbaiki kesalahanmu. Bahkan memperbaiki kesalahanmu. Namun, dia ingin memberimu kesempatan untuk menjawab pertanyaannya. Jadi, bantu dia. Ini adalah satu-satunya kesempatanmu, satu-satunya kesempatanmu untuk membuktikan pada kami bahwa kamu masih memiliki sesuatu di dalam dirimu yang layak untuk diselamatkan. Sebagian dari dirimu yang belum menjadi busuk sampai ke intinya."

Eriel mengangkat matanya, "Baginda." Dia menurunkannya lagi.

"Kau mungkin dimaafkan, tapi jika kau memilih untuk tidak menolongnya - kurangnya kerja samanya akan dicatat."

Mata Eriel tetap terfokus pada lantai.

"Apakah kau mengerti?" Michael bertanya. Ketika Eriel tidak menjawab, suara Michael bergemuruh, "APAKAH ANDA MENGERTI?"

Bagi E-Z, es di sekelilingnya bergetar dan bergetar saat mendengar suara Michael dan dia bersyukur sekali lagi atas semua helm yang melindungi tengkoraknya. Dia berharap helm-helm itu cukup, jika tidak, dia akan terkubur di tempat ini bersama Eriel dan Michael selamanya dan dia tidak akan pernah bertemu Paman Sam, atau teman-temannya, lagi.

Eriel mengangguk.

"Lima menit," kata Michael.

DENTING. CLANK. CLANK.

Dan dia pun pergi.

Dia dan Eriel sendirian.

E-Z mendekat ke arah Eriel dan bertanya, "Bagaimana kita bisa mengalahkan The Furies?"

Eriel membuka mulutnya untuk berbicara, tetapi tidak mengatakan apa-apa. Dia memejamkan matanya.

"Tolonglah," E-Z memohon. "Tolong bantu kami."

CLANK. CLANK. CLANK.

Michael sudah kembali. Tidak mungkin lima menit - belum. Dia tidak belajar apa-apa, tidak ada sama sekali dari Eriel.

Eriel dengan gigi terkatup dan berceloteh membisikkan tiga kata: "Gunakan kacamata Raphael."

"Apa?" E-Z berteriak, memukulkan tinjunya ke dinding es. "Bagaimana?"

Hal berikutnya yang dia tahu, dia sudah kembali ke pintu dapur lagi. Dia tidak lagi mengenakan pakaian orang tuanya, tapi aroma gabungan dari lotion cukur ayahnya dan parfum ibunya masih tercium. Dia memeluk dirinya sendiri dan mendengarkan saat Charles menjelaskan pesan moral dari ceritanya.

"Moral dari cerita saya," kata Charles, "adalah, segala sesuatu akan lebih baik jika Anda memiliki teman untuk berbagi."

"Oh," kata E-Z, saat Samantha mengumumkan bahwa sarapan sudah siap.

"Berbarislah di sini. Ambil piring, serbet, dan peralatan makan. Silakan ambil sendiri," kata Samantha. "Ini adalah hamparan yang luas."

Sobo berkata, "Sumogasubodo!" kepada Haruto yang menjerit kegirangan.

"Saya membuat sushi," kata Samantha. "Ini adalah pengalaman pertama saya."

Sobo mengangguk, "Terima kasih, tapi lain kali biar aku yang membantumu."

Samantha mengangguk, "Itu akan sangat menyenangkan."

E-Z menggeser kursinya ke depan.

Paman Sam berbisik sambil berjalan di sampingnya, "Kamu pergi ke mana? Maksudku, kamu tadi ada di sana, dan kursimu ada di sana, tapi kamu juga ada di tempat lain, bukan?"

"Eh, ya, aku akan menjelaskannya nanti. Saya perlu waktu untuk memproses semua yang terjadi. Beri aku waktu beberapa menit. Oh, dan omong-omong, terima kasih."

"Untuk apa?" Sam bertanya.

"Untuk sarapan, seperti dulu. Menyenangkan."

"Mari kita pastikan kita melakukannya lagi segera."

"Tentu saja," katanya sambil berjalan menuju kamarnya.

BAB 15

RUMAH LAGI

Sekarang sendirian, rasanya menyenangkan mengetahui bahwa Eriel tidak lagi menjadi ancaman fisik bagi mereka. Dia telah dilumpuhkan berkat Michael, tetapi hanya setelah dia mengkhianati semua orang.

Eriel telah bertindak terlalu jauh, tapi mengapa? Mengapa dia mengkhianati kaumnya sendiri? Dia tahu betul Michael lebih kuat darinya. Itu tidak masuk akal.

POP.

POP.

"Selamat datang di rumah!" katanya.

Hadz dan Reiki mendarat di depannya di atas tempat tidur, "Terima kasih, E-Z. Kau selalu memperlakukan kami dengan baik."

"Maafkan aku Eriel yang begitu jahat pada kalian. Baguslah dia dipenjara sekarang. Itu yang pantas dia dapatkan."

"Apa pendapatmu tentang mereka?" Hadz bertanya.

"Tidak yakin apa yang kau maksud."

"Kami mengirim peti itu."

"Oh, mungkin itu tidak berhasil," kata Reiki.

"Itu kamu?" Mata E-Z berkaca-kaca.

"Senang itu tiba dengan selamat," kata Hadz saat senyum sepasang malaikat yang ingin menjadi malaikat itu mengembang di wajah mereka sedemikian rupa sehingga terlihat fitur-fitur lain mereka berkurang.

"Terima kasih banyak. Saya pikir semua barang milik orang tua saya sudah musnah terbakar." Dia menarik napas dalam-dalam sambil menahan air mata. "Saya hanya berharap, saya bisa membawanya kembali ke sini. Meskipun itu sangat berarti, bahkan hanya untuk memilikinya..."

ZAP.

"Yang harus Anda lakukan adalah mengatakannya. Mereka adalah milikmu, bagaimanapun juga," kata mereka.

Itu ada di sana, di ujung tempat tidurnya. Peti orangtuanya, atau yang mereka sebut kotak selimut. Di dalamnya terdapat harta karun yang telah ia lalui sebagai seorang anak. Dan sekarang menjadi miliknya. Peti harta karun yang nyata yang penuh dengan kenangan tentang orang tuanya.

"Tapi bagaimana caranya?" tanyanya.

"Kami berhasil menyelamatkan beberapa barang, dengan keluar masuk ketika rumah terbakar," kata Hadz.

"Kami memutuskan untuk menyimpannya untukmu, sampai kamu siap untuk mengambilnya kembali. Kami berharap waktunya tepat."

Dia bergerak, seperti dalam mimpi menuju peti itu dan membuka tutupnya. Aroma musky-kayu dari ayahnya yang bercampur dengan parfum manis-sitroni dari ibunya menyambutnya seperti sebuah pelukan. Dengan hati-hati agar tidak ada yang keluar sekaligus, dia menutup tutupnya dengan lembut.

"Saya tidak bisa cukup berterima kasih kepada kalian berdua. Saya tidak akan pernah bisa berterima kasih. Saya akan menceritakan semuanya, lain kali. Sekali lagi, terima kasih banyak untuk kalian berdua."

Dia mengulurkan tangannya dan kedua malaikat itu terbang ke dalam pelukannya.

"Dia sudah terlalu lembek," kata Hadz.

"Ada yang bilang padamu, kamu perlu potong rambut?" Reiki bertanya.

Jari E-Z menyisir rambutnya dan menepuk-nepuk bagian tengahnya yang, karena berada di perut bumi yang sangat dingin, berdiri tegak seperti bulu-bulu sikat. "Lebih baik?"

"Sedikit," kata Hadz.

"Oke, saya harus fokus. Yang lain akan segera ke sini untuk mendapatkan informasi terbaru tentang situasi Eriel. Aku harus memberitahu mereka tentang Michael. Apakah mereka akan terkesan setelah bertemu dengannya?"

"Tidak masalah jika mereka terkesan," kata Hadz. "Yang penting adalah, apakah Eriel memberitahumu sesuatu yang berharga?"

"Ya, tapi aku masih mencoba mencari tahu apa yang dia maksud."

"Beritahu kami, mungkin kami bisa memecahkan misteri itu!"

"Siapa yang dimaksud?" Alfred bertanya, sambil menjulurkan paruhnya ke dalam ruangan.

"Masuklah," kata E-Z.

Alfred melangkah masuk. Saat itu sedang musim ganti bulu dan beberapa bulu berkibar di belakangnya. "Halo Hadz, halo Reiki."

"Hai," jawab mereka.

"Ceritanya panjang, tapi langsung saja, aku dipanggil kembali ke silo di mana Raphael dan Ophaniel memberitahuku tentang situasi tentang Eriel. Dia telah bekerja di semua sisi. Berpura-pura bersekutu dengan kami, para malaikat agung dan The Furies. Jangan khawatir, pengkhianatannya ketahuan dan dia ditangkap dan dipenjara. Dia dijaga oleh kepala malaikat agung Michael yang mengijinkan saya untuk berbicara dengan Eriel secara singkat."

"Dan apa yang Eriel katakan?" Alfred bertanya.

"Aku hanya punya waktu untuk menanyakan satu pertanyaan kepadanya. Jadi, saya bertanya kepadanya bagaimana kita bisa mengalahkan The Furies. Itu sebabnya aku datang ke sini, untuk memikirkan apa yang dia katakan."

"Ah, jadi kau ingin sendirian?" Alfred bertanya. "Ayo Hadz dan Reiki, mari kita beri E- kedamaian dan ketenangan." Dia bergerak ke arah pintu, tapi mereka tetap di tempat.

"Masalah yang dipecahkan adalah masalah bersama," mereka bernyanyi.

"Benar. Dan itu adalah pesan moral dari cerita Charles."

"Baiklah, berkumpullah." Ia berhenti sejenak, lalu berkata, "Eriel bilang kita harus menggunakan kacamata Raphael."

"Benar, begitu?" Alfred berkata. "Aku bisa mengerti mengapa kau tidak yakin apa yang dia maksud. Itu sangat tidak jelas."

"Aku tahu. Dan dia tidak mengatakan bagaimana cara menggunakannya."

Hadz membungkuk dan membisikkan sesuatu pada Reiki.

POP.

POP

Dan mereka pergi.

"Mungkin, mulai dari awal. Ceritakan apa yang Eriel katakan padamu."

"Aku sudah melakukannya. Dia bilang gunakan kacamata Raphael. Itu saja. Michael menyuruh kami menggunakan jam waktu. Pada awalnya, saya pikir Eriel tidak akan mengucapkan sepatah kata pun. Dia mengucapkan tiga kata itu dan waktunya habis. Hal berikutnya yang saya tahu, saya kembali ke sini lagi."

Alfred mondar-mandir, dan memperhatikan kotak selimut di ujung tempat tidur. "Lalu apa ini?"

"Ini milik orang tuaku," kata E-Z sambil menahan isak tangis. "Hadz dan Reiki menyelamatkannya dari kebakaran. Mereka baru saja mengatakan kepada saya bahwa mereka menyelamatkannya untuk saya - bahkan mempertaruhkan nyawa mereka."

"Begitulah," ia meneteskan air mata, "betapa baiknya mereka. Apakah Anda pernah mengalaminya?"

"Belum, tapi saya akan mengalaminya."

"Seperti apa Michael itu?"

"Dia sering berdenting ketika berjalan. Itu mengingatkan saya pada mimpi yang saya alami tentang PJ, Arden, dan guillotine."

"Oh, aku ingat kau pernah bercerita tentang mimpi itu. Apakah dia menakutkan seperti algojo?"

"Michael sangat marah dan memang benar. Eriel mengkhianatinya, semua malaikat dan kami. Apa yang tidak saya pahami adalah apa yang bisa sebanding dengan risiko seperti itu?"

"Kekuasaan - beberapa orang akan melakukan apa saja untuk mendapatkannya. Tapi yang perlu kita pikirkan adalah, bagaimana kita bisa menggunakan kacamata Raphael untuk menghentikan rencana Eriel dan The Furies."

E-Z melepaskan kacamata itu dari wajahnya. Saat dia memakainya, darahnya tidak berdenyut dan bergerak di dalam bingkai, seperti yang terjadi saat Raphael memakainya. Baginya, kacamata itu sama saja seperti kacamata lainnya.

"Perintahkan kacamata itu untuk melakukan sesuatu," saran Alfred.

"Kacamata menghilang," perintah E-Z.

Dia menjatuhkan kacamata itu dan kacamata itu jatuh ke lantai.

E-Z menghela napas. Dua kepala jelas tidak lebih baik dari satu kepala dalam kasus ini. Dia tertawa.

"Senang melihat Hadz dan Reiki kembali. Apa mereka di sini untuk tinggal? Maksudku, untuk membantu kita?"

"Ya, tapi mereka telah melalui banyak hal akhir-akhir ini dan mereka mungkin menderita PTSD - itu adalah gangguan stres pascatrauma."

"Ya, saya tahu. Apa yang terjadi?"

"Eriel terjadi, itulah yang terjadi. Dia telah menimbulkan kekacauan dan malapetaka di bumi dan di mana-mana dari suaranya." E-Z berhenti. "Bagaimana jika aku menggunakan kacamata itu untuk mengubah wujudku?"

"Dan melakukan apa?"

"Jika aku bisa mengubah wujudku, aku bisa mengunjungi The Furies sebagai Eriel."

"Itu hanya akan berhasil, jika mereka tidak sadar, dia sudah tertangkap," kata Alfred.

"Ya, tapi jika mereka tidak tahu. Pikirkan kerusakan yang bisa saya lakukan. Saya bisa masuk ke sana. Mereka akan mengira saya berada di pihak mereka. Dan saya bisa menghajar mereka. BAM, aku bisa menjatuhkan mereka langsung dari taman!"

POP.

POP.

"Itu akan sangat berbahaya!" Hadz menjerit.

"Terlalu berbahaya!" Reiki menggema.

"Selain itu, kami punya ide lain."

"Beritahu kami," kata E-Z.

"Mereka telah membuat ulang The White Room, jadi kita kembali ke sana untuk melihat apakah ada buku tentang kacamata Raphael."

"Dan? Apakah ada buku itu?"

"Tidak," kata Hadz.

"Tapi kami menemukan ini," kata Reiki.

Itu adalah sebuah buklet kecil, seukuran ujung jari telunjuk E-Z. Judul di bagian belakangnya berbunyi: Buku Pertama Henokh dari Raphael.

Hadz dan Reiki membolak-balik halamannya karena ukuran buku itu sangat pas untuk digenggam oleh mereka berdua.

"Di sini tertulis," Hadz membacanya dengan lantang, "Tujuan Raphael adalah untuk menyembuhkan bumi yang telah dikotori oleh para malaikat yang jatuh."

"Ingat, kata Raphael, aku hanya dapat memanggilnya ketika akhir zaman sudah dekat? Mungkin, kacamata itu hanya akan menunjukkan kekuatannya kepadaku ketika dibutuhkan juga."

"Tepat sekali," Hadz dan Reiki setuju.

"Kurasa kita perlu melakukan brainstorming dengan yang lain, tapi idemu untuk mengubah penampilanmu menjadi Eriel adalah ide yang bagus," kata Alfred. "Kita hanya perlu mencari cara untuk mendukungmu saat kamu melakukannya - untuk menjagamu tetap aman."

"Itu ide yang buruk," kata Hadz.

"Ide yang sangat buruk!" Kata Reiki.

"Bagaimana bisa?" Alfred bertanya.

"Pertama, kau tidak tahu apa yang diketahui oleh The Furies."

"Atau tidak tahu."

"Kedua, itu bisa jadi jebakan."

"Jebakan yang diatur oleh Eriel dan Kemurkaan."

"Ketiga, dan yang paling penting dari semuanya,"

"Eriel takut pada Michael."

Serempak mereka berkata, "Kacamata Raphael pasti menyimpan kunci dari segalanya. Eriel mencari pengampunan dan penebusan dari Michael dan para malaikat agung lainnya. Itu adalah satu-satunya harapannya. Kamu adalah satu-satunya harapannya. Oleh karena itu, kami percaya dia mengatakan yang sebenarnya."

"Tapi bagaimana jika kemurkaan tidak tahu tentang situasi Eriel? Sementara mereka berada dalam kegelapan, kita memiliki keuntungan di sini," kata Alfred.

"Saya setuju," kata E-Z.

Lia menengadahkan kepalanya ke dalam ruangan, diikuti oleh anggota geng lainnya. "Ada apa?" tanya Lia.

"Masuklah dan aku akan menjelaskannya. Oh, dan tutup pintu di belakangmu."

"Kedengarannya meragukan," kata Lia. Ia melihat Hadz dan Reiki dan melambaikan tangan kepada mereka. Kemudian dia menutup pintu di belakang mereka dan menguncinya.

BAB 16

APA YANG HARUS DILAKUKAN...

"Duduklah, silakan," katanya, saat semua orang menumpuk di tempat tidurnya. "Pertama, bagi mereka yang belum pernah bertemu dengan mereka - ini adalah Hadz, dan ini adalah Reiki. Mereka adalah teman dan calon malaikat. Mereka telah ditunjuk untuk membantu kita."

Haruto membungkuk, Lachie berkata, "Selamat siang!" Charles dan Brandy berjabat tangan dengan mereka.

Setelah semua orang diperkenalkan secara resmi, tim duduk di sisi tempat tidur. E-Z mengira mereka terlihat seperti penumpang yang sedang menunggu bus.

"Kita semua di sini, untuk mengalahkan The Furies. Tapi ada beberapa informasi terkini yang perlu kita pertimbangkan. Sebelum kita melangkah lebih jauh."

"Apa maksudmu?" Lia bertanya. "Apa kau menyarankan kita untuk tidak ikut serta?"

E-Z berdeham.

"Lebih baik jika kamu membiarkan aku menceritakan semuanya, lalu kamu bisa bertanya. Aku mungkin seharusnya memimpin dengan itu. Tapi aku masih memproses semuanya sendiri." Dia ragu-ragu. "Maksud saya adalah, beri saya kelonggaran di sini karena ini adalah situasi yang sulit dan bahkan lebih sulit lagi untuk menjelaskannya."

Semua orang mengangguk, lalu dia melanjutkan.

"Eriel telah ditahan oleh para malaikat agung. Dia mengkhianati mereka, dan telah mengkhianati kita. Dia bukan lagi ancaman bagi kita, tetapi dia telah membahayakan misi kita. Masalahnya, kita tidak tahu seberapa besar. Tapi kita tahu lebih banyak tentang niatnya - untuk menguasai bumi dengan cara apa pun. Melawan para malaikat agung untuk melakukannya, itu berarti mengambil semacam risiko - bahkan ketika dia memiliki kemurkaan di sisinya."

Suara terkesiap dari semua orang membuatnya berhenti sejenak sebelum melanjutkan.

"Para malaikat agung telah berpaling darinya. Saya bertemu dengan Michael, yang memimpin para malaikat agung, dan dia merasa jijik dengan Eriel. Dan Eriel sangat takut padanya."

Lebih banyak suara terengah-engah yang terdengar.

"Rencana A kami adalah menjebak kemurkaan di dalam lingkungan permainan. Eriel mengetahui rencana ini. Bahkan, dia mendorong kami untuk melanjutkannya. Jadi, kita harus beralih ke Rencana B. Fakta bahwa dia tahu tentang Rencana A, sudah cukup bagi kita untuk membuangnya."

Lebih banyak terengah-engah dan "Oh tidak!"

"Jadi, Rencana B. Saya tahu Anda memikirkan hal yang sudah jelas: yaitu, kita tidak punya Rencana B. Ya, kita tidak punya. Tapi kita punya sekarang. Apakah kalian akan terkejut jika mengetahui bahwa Rencana B kita berasal dari mulut pengkhianat kita?"

Semua mengangguk.

"Seperti yang saya katakan sebelumnya, saya bertemu dengan Michael. Dialah yang menyarankan kepada Eriel, bahwa keringanan hukuman bisa diberikan kepadanya, jika dan hanya jika, dia membantu kita.

"Michael hanya memberi kami waktu lima menit untuk bersama. Dan sebagian besar waktu itu Eriel tidak berkata apa-apa. Kemudian, ketika waktunya hampir habis, dia mengucapkan tiga kata: "Gunakan kacamata Raphael" - hanya itu saja. Saya ingat beberapa waktu kemudian bahwa Raphael pernah berkata bahwa Charles bisa menjadi senjata rahasia kita, jadi dengan kacamata itu kita mungkin memiliki dua senjata yang tidak mereka ketahui."

Charles terkesiap.

E-Z mengakui Charles dengan anggukan.

"Namun sebelum kita mempersempitnya dan melakukan brainstorming, kita perlu melihat gambaran besar di sini dan memutuskan apakah ini pertarungan kita. Jika ini adalah sesuatu yang masih kita inginkan, sebagai sebuah tim, kita akan terlibat di dalamnya.

"Karena Eriel, saya masih hidup sampai sekarang. Dia menyelamatkan saya dan kemudian mengatakan bahwa saya berhutang budi kepadanya dan para malaikat agung lainnya. Untuk membayar utang ini, saya menyelesaikan beberapa uji coba. Alfred dan

Lia datang dan bersama-sama kami membentuk The Three. Dan kemudian kami berpisah atas permintaan mereka.

"Kami membuat situs web superhero kami sendiri dan kami membantu orang-orang. Hingga para malaikat agung meminta bantuan kami untuk mengalahkan para perompak Penangkap Jiwa. Seiring berjalannya waktu, kami mengetahui siapa mereka: The Furies, dewi-dewi Yunani yang kuat dan jahat yang telah kembali.

"Hadz dan Reiki mengajak saya melakukan pengintaian, untuk menunjukkan markas mereka di Death Valley. Di sana saya melihat sendiri penimbunan kontainer yang berisi jiwa-jiwa anak-anak. Kemudian, PJ dan Arden diambil dari kami. Kondisi mereka tidak berubah. Dan kami melihat secara langsung, berkat Raphael, para dewi jahat itu sedang bekerja.

"Kemurkaan adalah lawan yang sepadan. Jika kita melawan mereka, kita bisa mati. Tentu saja ini bukan informasi terbaru, tapi apakah layak mempertaruhkan nyawa kita untuk saat ini karena Eriel telah mengkhianati kita?

"Mempertimbangkan semuanya, dan terutama, kita memiliki dua senjata rahasia di pihak kita. Meskipun senjata yang kita tidak tahu bagaimana kita bisa menggunakannya. Mungkin, kami berada dalam situasi yang baik untuk memenangkan pertarungan ini. Itu jika kita tetap bersatu dan jika kita saling mendukung satu sama lain. Jika kita bersedia mempertaruhkan nyawa kita demi kebaikan yang lebih besar. Demi kebaikan bumi, menyelamatkan bumi. Bagaimana menurut kalian?"

Hal berikutnya yang ia tahu, semua orang - kecuali Alfred - melompat-lompat di atas tempat tidur sambil berkata, "Satu untuk semua dan semua untuk satu!"

E-Z mengangkat tangannya. "

"Semua mendukung untuk melawan The Furies, katakanlah, Aye."

Keputusan itu diambil dengan suara bulat.

Sobo mengetuk pintu dan berkata, "Mungkin saya bisa membantu."

BAB 17
TANYA CHARLES DICKENS

Brandy mencemooh dengan suara keras sehingga semua orang di ruangan itu menoleh ke arahnya. Setelah mendapatkan perhatian semua orang, dia bertanya, "Dan bagaimana Anda, seorang warga negara senior, akan membantu tim pahlawan super anak-anak kami untuk mengalahkan tiga dewi jahat yang kuat?"

Sebuah suara terengah-engah terdengar di seluruh ruangan, membuat Haruto bergerak cepat ke sisi Sobo. Dia meraih tangannya dan mendekapkannya ke jantungnya.

Sobo yang tidak terpengaruh oleh ketidaktahuan Brandy membisikkan kata-kata yang menenangkan dalam bahasa Jepang kepada cucunya.

"Minta maaf," pinta E-Z.

"Tidak apa-apa," kata Sobo. "Dia benar, saya mungkin bukan pahlawan super seperti kalian semua, tapi setiap orang dalam hidup ini memiliki sesuatu untuk diberikan."

"Maaf, Sobo," kata Brandy. Dia tidak berhenti di situ. "Yang saya maksudkan adalah..."

"Tutup mulutmu!" Lia berseru. "Masuklah, Sobo."

"Kita bisa menggunakan semua bantuan yang bisa kita dapatkan," kata E-Z.

Charles berdiri, menawarkan tempatnya kepada Sobo dan Haruto.

"Terima kasih," kata Sobo, dan ia dan cucunya duduk berdampingan tanpa berbicara selama beberapa saat.

"Apakah Anda merasa cukup sehat?" Haruto bertanya.

"Ya, nak," kata Sobo. "Saya juga memiliki kekuatan super. Kekuatan super itu disebut transformasi. Saya telah menjalani banyak kehidupan, dan memainkan banyak peran ... dengan setiap kehidupan saya belajar sesuatu yang baru. Saya terbuka untuk belajar, itulah makna hidup. Saya menawarkan hidup saya; saya akan melakukan apa saja untuk menyelamatkan Anda. Kalian semua."

"Bahkan aku?" Brandy bertanya.

Sobo tertawa. "Terutama kamu, nak."

Brandy menyeberangi ruangan dan melingkarkan tangannya di leher Sobo. "Terima kasih. Tapi kenapa terutama aku?"

Haruto berdiri dan dengan tangan di pinggul berseru, "Karena kamu gila!"

Semua orang tertawa, termasuk Brandy.

Sobo berkata, "Karena kamu tak kenal takut. Ya, tidak kenal takut adalah emosi yang kuat, tetapi Anda harus belajar kesabaran. Kamu membutuhkan keduanya, untuk bertahan hidup di dunia ini. Dengan keduanya, Anda akan menjadi kekuatan yang harus diperhitungkan. Hidup adalah tentang perubahan, diri Anda sendiri dari dalam ke luar, dari luar ke dalam. Belajar. Tumbuh. Kita harus seperti pohon, berubah mengikuti musim, meliuk-liuk mengikuti angin."

"Sangat indah," kata Charles.

"Tetapi dunia ini dipenuhi dengan kebaikan dan kejahatan," kata Sobo. "Memang harus seperti itu. Yang satu harus ada agar yang lain ada. Dan kita, Anda dan saya dan semua orang di sini, kita hanya harus berjuang untuk kebaikan. Di dunia ini hanya ada satu pemenang. Pemenangnya haruslah untuk kebaikan seluruh umat manusia."

Sobo berhenti berbicara. Sementara dia mengatur napas, yang lain tetap diam menunggu dia melanjutkan.

"Mengapa saya di sini," lanjut Sobo, "adalah untuk membawa salam dari Rosalie."

"Kamu dan Rosalie, Sobo, tapi bagaimana caranya?" Lia bertanya.

"Rosalie datang kepadaku dalam mimpi. Bagaimana aku tahu itu dia? Karena dia mengatakannya padaku. Mimpi adalah pemersatu yang kuat. Roh-roh melintasi dunia dan berbaur dengan kita untuk bersama kita, atau untuk memberi tahu kita hal-hal yang tidak kita ketahui seperti peringatan, firasat. Rosalie ingin membantu kita bertarung, untuk bertarung dan menang."

"Ya," kata E-Z. "Saya sering memimpikan orang tua saya. Terkadang mereka mengungkapkan sesuatu kepada saya, atau memberi tahu saya hal-hal yang tidak boleh mereka ketahui. Kecuali jika mereka berbagi kehidupan dengan saya."

"Ya, cinta adalah emosi yang kuat yang tidak memiliki batas. Mereka yang Anda cintai akan mencari Anda, menemukan Anda, membantu Anda, bahkan di saat-saat yang paling gelap sekalipun."

"Apakah dia," tanya Lia, "bahagia?"

Sobo tersenyum. "Kebahagiaan bukanlah segalanya. Kuberitahu kamu, dia adalah dirinya sendiri. Hanya itu yang perlu kamu ketahui. Dan sebagai dirinya sendiri, sebagai wadah yang berjuang untuk kebaikan, dia juga percaya padamu, Tuan Charles Dickens. Kau adalah kekuatan kami."

"Aku?" Charles bertanya.

"Ya, Charles. Bawa kami ke perpustakaan. Perpustakaan di awan."

"Aku belum pernah mendengarnya. Aku tidak bisa membawamu ke sana. Dia pasti telah mencampuradukkan aku dengan salah satu yang lain."

"Perpustakaan apa?" Brandy bertanya.

"Dan mengapa ada di atas awan?" Lia bertanya.

"Aku pernah ke sana," kata Sobo. "Tempat itu sudah sangat tua dan terlindungi... hanya mereka yang tahu yang tahu."

"Saya bukan salah satu dari mereka," kata Charles.

"Kamu hanya perlu sedikit bantuan," kata Sobo. "Berikan dia kacamata Raphael dan dia akan tahu."

"Tunggu sebentar," kata E-Z. "Bagaimana kau bisa sampai di sana?"

"Tidakkah kau percaya padaku?" Sobo tersenyum. "Rosalie membawaku ke sana dalam mimpi... dia adalah roh... dan dia menuntunku sebagai pejalan mimpi."

"Apa kamu yakin itu bukan ingatan yang dia ceritakan tentang Ruang Putih?"

"Tentu saja bukan. Bagaimana aku bisa tahu?" Sobo bertanya. "Karena Rosalie mengatakan padaku bahwa dia tidak pernah ingin kembali ke tempat di mana dia dibunuh oleh para suster kejam itu."

"Itu masuk akal, namun, sesuatu yang dikatakan Raphael tentang tidak pernah menyerahkan kacamata itu - kepada siapa pun - membuatku khawatir akan melawan keinginannya."

"Bagaimana jika Rosalie bukan salah satu dari mereka yang tahu?" Sobo bertanya. "Apakah kita harus melewatkan kesempatan ini untuk meningkatkan peluang kita mengalahkan The Furies dengan menolak informasi terbaru dari Rosalie, teman dan orang kepercayaan kita?"

"Ceritakan dulu," kata E-Z, "bagaimana rasanya?"

Sobo memejamkan matanya. "Bayangkan saat Anda menyalakan air panas hanya di kamar mandi atau bak mandi, tanpa kipas angin dan tanpa jendela yang terbuka. Anda meninggalkan kamar untuk mengambil sesuatu dan menutup pintu. Ketika Anda membukanya kemudian, ruangan itu dipenuhi dengan uap dan ketika Anda masuk, Anda tidak bisa melihat apa-apa - pada awalnya. Tetapi mata Anda menyesuaikan diri dan kemudian Anda bisa melihat semuanya. Hal yang sama juga terjadi pada saya saat pertama kali masuk ke Perpustakaan Awan."

Dia membuka matanya. "Bayangkan bagian dalam awan tempat buku-buku berada. Setiap buku yang ditulis, diterbitkan, semuanya ada di depan Anda. Tersedia untuk dibaca, diambil, dan dipelajari. Seperti itulah suasana di dalam Perpustakaan Awan. Dan kita semua ditakdirkan untuk pergi dan melihatnya sendiri, sekarang. Hari ini."

"Kedengarannya ajaib," kata Charles. "Saya ingin pergi. Saya ingin membawa kalian semua ke sana."

"Kedengarannya terlalu bagus untuk menjadi kenyataan," kata Brandy.

Sobo tersenyum.

E-Z ragu-ragu sebelum melepaskan kacamata dan menyerahkannya kepada Charles.

"E-Z," kata Sobo, "Rosalie mengatakan padaku bahwa pengecualian dari aturan Raphael adalah Charles. Ingat? Dan dialah yang mengungkapkan bahwa Charles adalah senjata rahasia kita."

E-Z mengangguk dan memberikan kacamata itu kepada Charles.

Tanpa ragu-ragu, Charles memakainya. Saat dia menyelipkan kacamata itu di belakang telinganya, warna-warna pada bingkainya berdenyut dalam setiap warna yang dikenal manusia. Semua warna kecuali merah. Ketika kacamata itu mulai berwarna hijau rumput, leher Charles berputar ke kiri kanan kiri kanan kiri. Dia menegakkan tubuh, menatap ke depan.

"Saya siap," katanya. "Berpegangan tangan, agar kita semua terhubung, dan aku akan membawamu ke sana."

"Tunggu kami!" Hadz dan Reiki menangis, sambil melompat ke bahu E'Z dan berpegangan erat. Beberapa saat kemudian dan tidak ada seorang pun yang pergi ke mana pun.

BAB 18

APA YANG SALAH?

"Saya tidak mengerti," kata Charles. "Saya bisa melihatnya dalam pikiran saya. Mungkin aku butuh petunjuk, atau kata-kata ajaib. Apakah Rosalie memberitahumu sesuatu yang khusus yang harus kulakukan selain memakaikan kacamata pada Sobo?" Charles bertanya.

Sobo menggelengkan kepalanya. "Cobalah sesuatu yang berbeda."

"Bawa kami ke Ruang Awan!" pintanya.

Kali ini, mereka semua bergoyang, seperti ada yang membuka jendela.

"Tutup mata kalian," kata Charles. "Semuanya siap?" Semua mengangguk. Dia memejamkan matanya saat kelompok pahlawan super plus Sobo terpecah.

"Ada yang terasa, berbeda," kata Lachie sambil membuka matanya. "Aku merasa berbeda."

E-Z juga merasakan hal yang aneh, saat dia membuka matanya. Hadz dan Reiki mendengkur sekarang. Sepertinya ini adalah waktu yang aneh bagi mereka untuk tidur siang. Dan, apa lagi yang berbeda? Kacamata Raphael tidak berwarna. Kenapa? Itu belum pernah terjadi sebelumnya. Dan apa lagi? Alfred - di mana Alfred?

"Alfred? Di mana kau?"

Lia menangis.

"Kenapa kamu menangis?" E-Z bertanya.

"Karena aku tidak bisa melihat apa-apa, tidak dengan tanganku. Tidak lagi."

"Charles. Kacamatanya," kata Brandy.

"Bagaimana dengan?" dia melepaskannya.

Mereka menutup telinga mereka, saat Sobo menengadahkan kepalanya dan meratap seperti seekor banshee, hingga musik orkestra yang lembut mengalahkan tangisannya, dan semua orang tertidur.

Saat si kembar sedang tidur, Samantha dan Sam bertanya-tanya bagaimana keadaan di kamar E-Z. Ketika mereka tiba, pintunya terkunci, dan tidak ada yang menjawab ketika mereka mengetuk pintu.

"Itu aneh," kata Sam. "E-Z tidak pernah mengunci pintunya.

"Ambilkan kuncinya," kata Samantha.

Sam memiliki firasat buruk, saat ia memasukkan kunci ke dalam gembok.

Sam dan Samantha melihat ke arah Sobo, Brandy, Lia, Lachie, Haruto, Charles, dan E-Z yang menatap ke depan seperti boneka-boneka di etalase toko.

"Mereka hampir tidak bernapas," kata Sam.

"Dan di mana Alfred?"

"Dan mengapa Charles memakai kacamata Raphael?"

"Aku takut," kata Samantha, sambil menggenggam tangan suaminya.

"Saya rasa kita tidak perlu mengganggu apa pun di sini," kata Sam. "Aku merasa ada sesuatu yang sedang terjadi yang tidak kita ketahui."

"Ini menyeramkan."

"Apa itu?" Sam bertanya, memperhatikan kotak di ujung tempat tidur E-Z. "Aku tidak percaya! Ini tidak mungkin." Dia membungkuk, mengangkat tutup peti yang sering dilihatnya di kamar kakaknya. Peti yang dia pikir telah hancur dalam kebakaran. Seperti yang terjadi pada E-Z, kenangan yang tercipta dari aroma di dalamnya muncul dan dia diliputi emosi.

"Ayo kita pergi dari sini," kata Samantha. "Kamu bisa ceritakan lebih banyak tentang peti itu, di luar."

"Kita beri sedikit waktu. Mereka akan segera bangun dan..."

"Saya rasa kita tidak punya pilihan lain," kata Samantha, sambil menutup pintu di belakang mereka.

BAB 19

AWAN KAMAR

Charles berdiri sejenak, mengamati sekelilingnya. Apakah dia telah membawa mereka ke tempat yang salah? Dia dan yang lainnya (yang semuanya sedang tidur) berada di ketinggian di langit, tanpa ada satu awan pun yang terlihat. Mereka telah mendarat di tengah-tengah platform yang terbuat dari kaca. Bagaimana cara mengangkatnya, dia tidak tahu. Dia melihat kursi roda E-Z berguling ke depan, jadi dia bergegas menghampiri dan membangunkannya.

"Di mana kita?" tanyanya, sambil menyentil Hadz dan Reiki yang masih tertidur pulas di pundaknya.

"Bangun! Bangun!" Charles memerintahkan.

Satu per satu dari mereka membuka mata, lalu menyadari betapa tingginya mereka, mereka berpegangan satu sama lain, berusaha untuk tidak bergerak. Berusaha untuk tidak melihat ke bawah melalui panel kaca yang menahan mereka agar tidak jatuh ke tanah.

"Seandainya benda ini memiliki pagar!" Lia berseru. Dia bisa melihat semuanya sekarang, tapi sebagian dari dirinya berharap tidak bisa.

"Apa yang menahannya, itulah yang tidak bisa saya pahami," kata Charles.

"Saya tidak pernah menjadi penggemar berat ketinggian," kata Brandy, sambil meraih tangan terdekat yang ada di dekatnya, yaitu tangan Charles.

"Oh," katanya, sambil merasakan betapa dinginnya tangan Brandy.

"Aku akan terbang ke sana dan melihatnya," kata E-Z, dan dia pun terbang, bergerak di sekitar platform yang tampak seperti tumbuh dari udara tanpa ada yang menahannya dan tidak ada jangkar yang menahannya.

Haruto memegang tangan Neneknya. Neneknya lebih lambat bangun daripada yang lain. Ketika dia terlihat sepenuhnya sadar, "Oh tidak," hanya itu yang dia katakan. Lagi dan lagi.

"Ini bukan Ruang Awan yang dibawa Rosalie, kan?" Charles bertanya.

Sobo melangkah satu langkah, dua langkah, sementara anak-anak itu memeluknya. Ia memejamkan matanya, meremasnya erat-erat, lalu membukanya lagi.

"Apa yang kamu lakukan?" Brandy bertanya.

"Saya mencari buku-buku itu," kata Sobo. "Jika ini tempatnya, pasti ada buku-buku. Banyak sekali buku. Aku tidak bisa melihat satu pun. Tidak ada satu pun."

E-Z yang masih menyelidiki struktur peron, bertanya, "Apakah kita berada di tempat yang tepat? Mungkinkah buku-buku itu disamarkan? Adakah yang bisa melihatnya?"

Semua orang menggelengkan kepala, bahkan Hadz dan Reiki yang sampai saat ini belum mengucapkan sepatah kata pun di antara mereka berdua.

"Aku punya firasat buruk, firasat buruk tentang tempat ini," kata Hadz dan Reiki berbarengan.

Charles ragu-ragu sebelum berbicara. "Saya melihat sebuah perpustakaan di kepala saya ketika saya memakai kacamata, dan begitulah cara Sobo menggambarkannya kepada kami. Tidak ada panggung kaca. Tempat ini tidak seperti yang saya bayangkan. Awalnya, saya pikir kacamata itu melakukan kesalahan, tapi sekarang, jika Hadz dan

Reiki memiliki firasat buruk, begitu juga Sobo, saya pikir." Sobo mengangguk, dan ia menyadari bahwa Reiki gemetar. "Saya pikir kita harus segera pergi dari sini - dan cepat."

E-Z menyadari bahwa Alfred hilang. "Ada yang tahu apa yang terjadi pada Alfred? Kita semua terhubung melalui sentuhan ketika kita datang ke sini. Bagaimana mungkin dia bisa menjadi terikat?" Sekarang dia menyadari bahwa Hadz dan Reiki tampak tidak sadar. Hampir seperti habis dibius, karena mata mereka mengerjap-ngerjap, dan mereka kesulitan untuk tetap terjaga.

"Angsa tidak memiliki jari untuk disentuh," kedua malaikat itu bernyanyi serempak. Mereka tertawa terbahak-bahak dan berputar-putar hingga mereka terlalu pusing untuk tetap bertahan dan mereka jatuh ke lantai kaca dengan SPLAT.

"Oke Charles, itu sudah cukup bukti bagi saya. Bawa kami kembali ke rumah lagi - sekarang."

Charles yang telah melepaskan kacamata Raphael, kini memakainya kembali dengan maksud untuk mengikuti perintah E-Z sambil berseru, "Oh, itu dia!"

"Kamu bisa melihat buku-buku itu sekarang?" Sobo bertanya.

"Saya tidak bisa ketika pertama kali tiba, tapi sekarang saya bisa. Sekarang apa yang harus saya lakukan?"

"Tidak masuk akal," kata Sobo, "mengapa mereka menyamar kepadamu, lalu mengungkapkannya? Rosalie tidak menyebutkan hal-hal ini."

"Saya rasa udara di atas sini mempengaruhi otak kita," kata E-Z. "Aku mulai merasa tidak enak badan, pusing. Sebaiknya kita segera keluar dari sini atau kita akan berakhir telungkup di peron seperti Hadz dan Reiki."

Charles mengulurkan tangannya dan sebuah buku terbang ke arahnya dan ia masukkan ke dalam bajunya. "Bawa kami kembali!" teriaknya. Saat pertama kali mereka mencobanya, tidak ada yang terjadi.

"Mungkin kita perlu berpegangan tangan," kata Sobo. "Dan tutup mata kita lagi."

Mereka melakukan keduanya dan seketika itu juga, hembusan angin kencang mulai menghempaskan mereka di peron. Mereka berkerumun, seperti tim sepak bola sebelum pertandingan besar, saling berpegangan satu sama lain. Mendorong kaki mereka ke peron, dengan harapan mereka tidak akan terbang.

E-Z memutar otak, mencoba memikirkan jalan keluar. Apakah satu-satunya cara adalah dengan menggunakan satu-satunya kesempatan untuk memanggil Raphael untuk datang menyelamatkan mereka? Dia melihat ke arah Charles, yang terlihat mulai menghilang. "Charles!" teriaknya, dan kemudian dia melihat, di balik bahunya, datang dengan cepat ke arah mereka, yaitu Baby, Dorrit Kecil dan Alfred.

Alfred berteriak, "Kita harus mengeluarkanmu dari sini - sekarang. Tempat ini seperti mercusuar, menerangi kalian agar seluruh dunia bisa melihat, termasuk The Furies!"

Sobo terisak, "Saya tidak tahu mereka menggunakan Rosalie sebagai jebakan."

"Charles memang melihat buku-buku itu, dan dia bahkan mendapatkannya. Ayo kita pergi ke tempat yang aman. Tidak ada yang bisa disalahkan. Niat kalian semua baik," kata E-Z.

"Terima kasih," kata Sobo, saat dia mulai memudar, seperti Charles. Brandy memegang tangannya, dan menggenggamnya erat-erat hingga Sobo tidak lagi pingsan.

Alfred berkata, "Ayo!"

Lachie melompat ke punggung Baby, menarik Charles yang gemetar ke atas pesawat dan mereka pun terbang. Di dalam kemejanya, buku yang dipegangnya mengembang dan dua kancing kemejanya terlepas. Dia memegang buku itu dengan kuat dengan satu tangan, dan memegang Lachie dengan tangan yang lain saat Baby menambah kecepatan.

Dorrit kecil membungkuk tanpa menyentuh peron, sehingga yang lain bisa naik, sementara E-Z meraih Hadz dan Reiki. Mereka terbang, dengan Alfred dan E-Z terbang berdampingan, saat langit berubah dari biru ke hitam, hitam ke biru, ke hitam, dan bintang-bintang bermunculan, tapi itu bukan bintang. Itu adalah bola mata. Booger menembakkan bola mata, seperti yang dia temui di Death Valley ketika dia pertama kali bertemu dengan The Furies.

SPLAT. SPLAT. SPLAT.

SPLAT. SPLAT. SPLAT. SPLAT.

SPLAT. SPLAT. SPLAT. SPLAT. SPL-

Charles berteriak di bagian atas paru-parunya, "RUMAH!" Dan kali ini berhasil. Mereka berada di rumah lagi. Aman.

Haruto memeluk neneknya.

"Senang sekali bisa pulang ke rumah lagi," kata mereka satu sama lain.

Beberapa saat kemudian, Sam dan Samantha tiba.

****

"Kami melihat tubuh Anda tertidur di kamar Anda. Kami tidak tahu apa yang harus kami lakukan," kata Sam.

"Ceritanya panjang," kata E-Z.

Sobo bertanya kepada Charles, "Apakah kamu berhasil mendapatkan buku itu?" "Tentu saja," kata Charles, sambil mengangkat buku itu. Buku itu berukuran besar, bersampul tebal, dengan punggung buku yang tebal sehingga bisa dilihat dan dibaca oleh semua orang -

Great Expectations oleh Charles Dickens.

"Anda membawa pulang salah satu buku Anda sendiri?" Brandy berseru.

Lachie mencemooh.

"I..." Charles berkata. "Kau menyuruhku memilih buku apa saja, dan ini adalah buku yang kuambil secara acak."

"Segala sesuatu terjadi karena suatu alasan," kata Lia.

"Tapi ini benar-benar meregangkannya," seru Brandy.

"Semuanya tenanglah," kata E-Z. "Charles melakukan yang terbaik dalam situasi seperti ini - dan setidaknya DIA bisa melihat buku-buku itu. Tak satu pun dari kita yang bisa."

"Great Expectations," kata Alfred, "adalah buku yang sangat lezat!" Ia terdengar seperti Tony si Harimau versi Inggris dalam iklan sereal.

"Dia benar," Sam dan Samantha setuju. "Ini adalah salah satu novel terbaik yang pernah ditulis."

Charles melepaskan kacamata Raphael dan menyerahkannya kembali kepada E-Z yang segera memakainya. Dia menggelengkan kepalanya, tetapi judul buku yang dipegang Charles berbeda. Dia membaca judul baru itu dengan keras,

"Field of Dreams oleh W. P. Kinsella."

"Biar aku coba," kata Lia sambil meraih kacamata Raphael.

"Tunggu!" E-Z menangis, saat Lia melepaskan kacamata itu dari wajahnya. "Jangan pakai kacamata itu. Ingat, Raphael bilang hanya aku yang boleh memakainya, tapi aku membuat pengecualian untuk Charles karena mimpi Sobo, tapi kurasa kita tidak boleh menyebarkannya. Selain itu, kita sudah tahu jawaban dari pertanyaan yang kita semua tanyakan pada diri kita sendiri. Ini adalah buku yang menjadi judul apa pun yang ingin dilihat oleh pembaca."

"Atau perlu dilihat," kata Sobo.

"Tapi saya tidak ingin atau perlu melihat Great Expectations. Saya bahkan belum pernah mendengarnya!"

"Tapi bayangkan," kata Sam, "perpustakaan seperti apa yang akan ada di masa depan. Kita hanya perlu memikirkan judul buku, dan voila, kita sudah memegangnya di tangan kita."

"Bukankah itu akan sangat bagus untuk para penulis, maksud saya, bagaimana mereka akan dibayar?" Samantha bertanya.

"Saya tidak tahu bagaimana semua itu akan berjalan, dan mungkin kita melewatkan sesuatu yang besar di sini," kata Alfred.

"Besar, seperti apa?" E-Z bertanya.

"Bagaimana jika itu adalah buku, yang memilih pembacanya dan bukan sebaliknya?"

"Doo-doo-doo-doo," Brandy bernyanyi yang merupakan musik dari The Twilight Zone.

"Mari kita ulangi. Sobo bermimpi Rosalie menunjukkan Perpustakaan Awan kepadanya dan dengan kacamata Raphael, Charles bisa membawa kita ke sana. Dan memang benar, tapi tempatnya tidak seperti yang diharapkan. Hanya Charles yang dapat melihat buku-buku itu, dia mengambil satu dan, dalam perjalanan pulang, kami diserang oleh booger yang menembakkan bola mata yang mirip dengan yang menyerang Hadz Reiki dan saya di Death Valley." 'Singkatnya begitulah,' kata Brandy.

"Yang saya ingin tahu adalah, apakah Eriel memberi tahu The Furies tentang Raphael yang memberikan kacamatanya kepada E-Z," tanya Lachie.

"Itu adalah sesuatu yang mungkin tidak akan pernah kita ketahui," kata E-Z, "karena Michael hanya memberi Eriel satu kesempatan untuk berbicara denganku." Dia pergi ke jendela dan melihat keluar. "Saya ingin tahu," katanya.

"Bertanya-tanya apa?" seru semua orang.

"Jika Kemurkaan mengetahui tentang kacamata itu, dan kekuatannya. Jika mereka menipu kita melalui Rosalie untuk mengunjungi Perpustakaan Awan, maka mereka pasti tahu tentang Charles. Itu berarti dia bukan lagi senjata rahasia. Bagaimana mungkin mereka bisa tahu? Namun, mata bintitan itu - itu terlalu kebetulan."

"Eriel memang menyuruhmu untuk menggunakan kacamata itu," kata Alfred.

"Aku melihatnya, bagaimana dia ditahan dan tidak mungkin, tidak mungkin dia bisa mengirim pesan kepada The Furies... tidak dengan Michael yang menjaga setiap gerakannya." E-Z berguling kembali ke tempat yang lain. "Ngomong-ngomong Alfred, bagaimana kau bisa terpisah dari kami?"

"Aku tersesat di dalam awan hitam, sampai aku memanggil Little Dorrit dan Baby untuk menolongku dan kau tahu sisanya."

"Itu sangat aneh," kata Charles. "Satu menit saya tidak dapat melihat buku-buku, saya melepas kacamata, memakainya kembali dan buku-buku itu ada di mana-mana. Tetap saja, hanya saya yang bisa melihatnya."

"Saya bisa melihat mereka," kata Baby. "Yang satu ini terbang ke arahku," dia melemparkannya ke Charles yang menangkapnya dengan dua jari.

Itu adalah sebuah buku miniatur, dengan judul kecil di punggung buku yang dibaca semua orang dengan keras:

"Segala Sesuatu yang Ingin Anda Ketahui Tentang Kemurkaan Tapi Takut Untuk Ditanyakan oleh Anonim."

"Skor!" Brandy berseru.

Mereka mengerumuni buku kecil itu, sementara Charles dengan hati-hati membukanya. Di dalam sampul depan masih kosong, begitu pula halaman pertama. Dia membuka halaman berikutnya, di mana terdapat kata-kata, yang segera mulai bergerak, teracak. Kata-kata itu melayang-layang di atas halaman, mengacak-acak, dan mengacak-acak, seolah-olah mereka lupa kata dan bahasa apa yang seharusnya mereka wakili.

E-Z yang masih mengenakan kacamata Raphael merasa pusing saat kata-kata itu bergeser, dan dia melepasnya.

"Cobalah," katanya kepada Charles sambil menyerahkan kacamata itu.

Charles memakainya dan dengan cepat melepaskannya kembali, bergegas ke jendela untuk menghirup udara segar. Dia menyerahkannya kembali kepada E-Z.

"Sekarang kamu," katanya kepada Sobo, yang menolak untuk mencoba kacamata itu seperti halnya Haruto."

"Aku akan mencobanya," kata Lia, tapi dia segera bergabung dengan Charles di jendela.

"Lachie?" E-Z bertanya.

"Tentu saja," katanya, mengenakan kacamata, lalu segera melepasnya lagi. "Tidak boleh," katanya, menjatuhkan diri ke tempat tidur.

"Biar aku yang mencoba!" Kata Brandy, saat E-Z meletakkan kacamata itu di tangannya, dan dia memakaikannya ke wajahnya. "Tunggu sebentar," katanya, 'sepertinya aku melihat sesuatu, ini...' dan dia memuntahkan sebuah benda berwarna hijau yang untungnya mengenai tembok dan bukannya seseorang.

"Ikutlah dengan kami," kata Sam dan Samantha pada Brandy, "kami akan membantumu membersihkan diri."

"Eh, terima kasih," kata E-Z, memutar kursinya ke arah Alfred, lalu meletakkan kacamata di paruhnya.

"Seekor angsa memakai kacamata. Konyol!" Alfred berkata.

"Kamu terlihat sangat rajin!" Charles berkata.

"Kau terlihat seperti Profesor Ludwig Von Drake!" Brandy berseru.

Sam berkata, "Dia adalah guru Donald Duck."

"Oh," kata mereka yang masih terlalu muda untuk mendengar tentang Donald Duck.

"Ya ampun," kata Alfred, saat kata-kata itu berhenti berputar-putar dan kembali seperti yang ditulis oleh penulisnya. Dia membaca dua halaman pertama, lalu halaman berikutnya, berikutnya, dan berikutnya. Dia membaca seluruh buku dengan mudah seperti seorang pembaca cepat dan ketika dia selesai, buku itu membantingnya kembali.

POOF

Dan buku itu pun lenyap.

"Nah, itu menarik," kata Alfred, menyerahkan kembali kacamatanya pada E-Z dan menahan dirinya agar tidak terjatuh.

"Maksudmu kamu sudah membaca semuanya?" Sam berkata. "Kacamata itu luar biasa."

"Saya mengingat semuanya, tapi saya perlu memproses informasi dan saya perlu istirahat. Saya tidak ingin duduk di sini dan membacakannya kembali kepada Anda secara keseluruhan. Lebih baik jika saya memilah-milah apa yang telah saya pelajari dan kemudian kita akan membicarakannya."

"Bagaimana jika," tanya Brandy, "Anda melewatkan sesuatu yang tidak akan dilewatkan oleh salah satu dari kita? Tidak ada yang bersifat pribadi."

Alfred tertawa. "Hanya karena aku berbentuk angsa sekarang, bukan berarti aku tidak membaca banyak buku seumur hidupku. Faktanya, saya kuliah di Universitas Oxford saat masih muda dan lulus dengan predikat terbaik. Saya belajar Sastra dan Seni."

E-Z berkata, "Anda tidak memilih buku - buku yang memilih Anda. Tak satu pun dari kami yang bisa membaca satu kata pun di dalamnya."

"Terima kasih, karena telah percaya padaku."

Lia berkata, "Berapa lama lagi kamu ingin merenung? Kita bisa pergi dan menonton film itu?"

Samantha berkata, "Aku harus membuat popcorn lagi. Kita sudah makan semangkuk yang lain."

"Stres makan," kata Sam sambil menyeringai.

"Terima kasih," kata Alfred. "Aku akan kembali kepadamu, secepatnya."

"Gunakan waktu yang kalian butuhkan," kata E-Z, "datang dan bergabunglah dengan kami saat kalian siap."

Mereka masuk ke ruang keluarga dan menyiapkan film. Samantha membuat popcorn lagi di microwave. Semua orang berkumpul untuk menonton film.

Alfred tidur sebentar di tempat biasanya, tapi dia bermimpi, kebanyakan mimpi buruk dan akhirnya dia pergi ke taman untuk menghirup udara segar. Semua orang bergantung padanya, dan tekanan itu membebani dirinya, karena isi buku miniatur itu berputar-putar di benaknya.

BAB 20

MPESAN DARI PERANCIS

E-Z menonton paruh pertama film bersama yang lain, kemudian dengan perasaan gelisah dia memutuskan untuk menyelesaikan beberapa pekerjaan. Dia masuk ke kamarnya, berharap menemukan Alfred yang tertidur lelap, namun tidak ditemukan. Dengan cemas, ia pergi ke pintu belakang dan melihat keluar untuk melihat angsa itu tertidur pulas di atas kursi taman. Dia menutup pintu dan kembali ke kamarnya dan membuka laptopnya dan masuk.

Dia bolak-balik dalam pikirannya beberapa kali, memutuskan apakah dia bisa berkonsentrasi menulis novelnya, atau apakah dia harus menghabiskan waktu ini untuk melakukan lebih banyak penelitian tentang musuh-musuh mereka, The Furies. Suara sebuah pesan yang masuk ke kotak masuknya membuat keputusan untuknya. Pesan tersebut memiliki tanda centang merah, yang menunjukkan urgensi dan meskipun tidak mengandung lampiran, dia tidak mengkliknya. Sebaliknya, dia membacanya dalam pratinjau. Atau, mencoba membacanya. Pesan itu sepenuhnya dalam bahasa yang berbeda. Dia melihat beberapa kata yang dia kenali sebagai bahasa Prancis, jadi dia menyalin teks tersebut, membuka mesin pencari, dan menempelkan pesan berikut ini ke penerjemah online:

Cher E-Z Dickens,

Je m'appelle François Dubois et j'ai sept ans. Saya tinggal di Paris, di Prancis, dan saya ingin menjadi bagian dari tim Superhéros Anda. Anda tentu ingin tahu kompetensi apa yang akan saya berikan kepada tim. Ini adalah pertanyaan yang bagus dan saya akan senang menjawabnya. Tapi saya minta agar situs ini aman.

Jika Anda ingin berbicara dengan saya, Anda dapat mengirim surat langsung. Alamat surat saya adalah bersama. Saya telah membaca berita terbaru Anda.

Votre ami,

Francois

Dia menekan tombol kirim dan terjemahan berikut muncul:

E-Z Dickens yang terhormat,

Nama saya Francois Dubois dan saya berusia tujuh tahun. Saya tinggal di Paris, Prancis, dan saya ingin bergabung dengan tim Superhero Anda. Anda mungkin bertanya keahlian apa yang akan saya bawa ke dalam tim. Itu pertanyaan yang bagus dan saya dengan senang hati menjawabnya. Tapi saya bertanya-tanya, apakah situs ini aman?

Jika Anda ingin berbicara dengan saya lebih lanjut, Anda dapat mengirim email kepada saya secara langsung. Alamat email saya terlampir. Saya tunggu kabar dari Anda.

Temanmu,

Francois

Dengan rasa penasaran, dia membaca ulang pesan itu beberapa kali, memikirkan tentang waktu pengirimannya. Ingin tahu apakah dia menjadi paranoid karena berpikir bahwa anak yang jauh-jauh datang dari Prancis ini mungkin bersekongkol dengan The Furies. Bahkan jika dia terlalu berhati-hati, dia berhak untuk itu dan sebagai pemimpin timnya, dia harus memastikan bahwa pertanyaan seperti ini sah. Dia membutuhkan bantuan Paman Sam untuk memeriksanya, tetapi untuk saat ini, dia akan melakukan beberapa penyelidikan dan melihat apa yang terjadi.

Dia menulis pesan singkat tanpa menerjemahkannya. Anak itu bisa menggunakan mesin pencari, sama seperti yang dia lakukan dan menemukan penerjemah dan setelah membacanya kembali beberapa kali menekan KIRIM.

Francois yang terhormat,

Terima kasih atas pesan Anda. Bagaimana Anda mendengar tentang kami? Hormat kami,

E-Z.

Balasan dari Francois datang begitu cepat sehingga membuat E-Z semakin curiga. Kali ini dalam bahasa Inggris berbunyi:

Dear E-Z,

Terima kasih atas balasan Anda yang cepat.

Guru saya melihat situs web Anda, dan kami belajar tentang Anda dan tim Anda sebagai bagian dari pelajaran kami saat ini.

Semoga kami dapat mendengar kabar dari Anda segera.

Temanmu,

Francois.

Kedengarannya memang sah. Dia mengetikkan pesan lain, menanyakan kepada Francois kekuatan superhero seperti apa yang dia tawarkan kepada timnya sehingga dia bisa mendiskusikannya dengan mereka. Beberapa saat kemudian Francois mengiriminya pesan berikut:

Dear E-Z,

Terima kasih telah memberi Anda kesempatan untuk memberi tahu Anda tentang kemampuan superhero saya.

Pertama, seperti Anda, saya tidak selalu menjadi pahlawan super. Ini adalah sesuatu yang kita miliki bersama. Itulah mengapa saya pikir saya akan cocok untuk tim Anda.

Daripada memberitahumu, aku ingin menunjukkannya padamu. Terlampir adalah undangan pribadi untuk melihat Saluran YouTube kami - ayah saya membantu saya. Tautan ini hanya tersedia untuk Anda dan undangan untuk melihat akan berakhir dalam dua puluh empat jam.

Saya menantikan kabar dari Anda setelah Anda melihatnya.

Temanmu,

Francois.

Penasaran dan tanpa ragu E-Z mengklik tautan tersebut. Sebuah pesan muncul dan memintanya untuk menjawab sebuah pertanyaan yang tidak sulit dijawabnya karena berhubungan dengan bisbol.

Begitu masuk, dia mengklik klip, menaikkan volume dan klip tersebut segera dimulai.

Orang pertama yang dilihatnya adalah seorang anak kecil yang memperkenalkan dirinya sebagai Francois Dubois yang berusia tujuh tahun melalui teks yang diterjemahkan darinya di bagian bawah layar.

Anak itu tinggi, sangat tinggi. Bahkan, dia berdiri di samping beberapa tongkat pengukur. Ayahnya memperbesar gambar untuk menunjukkan bahwa Francois, pada usia tujuh tahun, sudah memiliki tinggi 163 cm (5 kaki 4 inci). Selain tinggi badannya, Francois terlihat seperti anak berusia tujuh tahun lainnya, dengan rambut cokelat kemerahan, kacamata tebal dengan pinggiran hitam di hidungnya, kemeja kotak-kotak, celana jins biru, dan sepatu lari hitam.

"Bonjour E-Z!" Francois berkata, sambil tersenyum dan memperlihatkan dua gigi depannya yang tanggal.

E-Z membalas senyuman itu, lalu memperhatikan Francois dan ayahnya yang sedang berdiskusi dalam bahasa Prancis tanpa terjemahan. Diskusi mereka tampak panas, berdasarkan gerakan tangan dan ekspresi wajah mereka. Dia berharap Francois tidak akan melakukan sesuatu yang berbahaya.

E-Z melihat Francois terus berjalan menuju landmark paling terkenal di Paris, Prancis - Menara Eiffel. Sebuah tanda di luar menunjukkan biaya masuk untuk mereka yang berusia 12-24 tahun adalah 5 euro. Francois memejamkan matanya, lalu membukanya lagi. Tunggu sebentar. Ada yang berubah, mungkin pencahayaannya.

Dia terus memperhatikan saat Francois memposisikan dirinya di samping papan nama yang berbeda yang bertuliskan:

Pameran Dunia Paris, 15 Mei 1889.

"WHOA!" E-Z berseru, mencoba mencari tahu apa yang baru saja ia saksikan. Perjalanan waktu?

Francois memejamkan matanya dan kembali berada di samping papan nama yang asli 12-24 tahun 5 euro.

Kamera menjadi kabur. Di bagian bawah layar muncul tulisan, "Mohon tunggu sebentar."

Dengan sekali klik, kamera mulai bergulir lagi, tetapi kali ini, Francois berdiri di samping Katedral Notre-Dame de Paris. Sejak kebakaran besar tahun 2019, katedral ini sedang dibangun kembali dan perancah serta derek sibuk bekerja.

Seperti sebelumnya, Francois memejamkan mata lalu membukanya kembali.

"Tidak mungkin!" E-Z berseru.

Francois hidup pada tahun 1163, tepat pada hari peletakan batu pertama pembangunan Katedral Notre Dame.

E-Z berhenti sejenak. Mungkinkah ini palsu? Tentu saja bisa. Dengan teknologi saat ini, siapa pun bisa memalsukan apa pun. Namun sesuatu di dalam nalurinya mengatakan bahwa ini asli. Dia butuh pendapat kedua. Dia membutuhkan Paman Sam.

Melihat Francois yang sedang berhenti di layar, E-Z menekan tombol start. Francois melambaikan tangan saat video itu berakhir.

E-Z mengklik dan kembali ke kotak masuknya. Dia menekan tombol reply dan menulis email berikut kepada Francois:

Francois yang terhormat,

Terima kasih telah mengizinkan saya melihat kekuatan super Anda. Saya perlu berbicara dengan tim. Jika kami memutuskan untuk menerima Anda, seberapa cepat Anda bisa bergabung dengan kami?

Temanmu,

E-Z

Dia menunggu sejenak dan membaca ulang pesannya sebelum menekan tombol kirim. Dia mempertimbangkan untuk mengganti kata JIKA menjadi KAPAN. Dengan ragu-ragu, dia mempertimbangkan Francois yang memiliki kekuatan super penjelajah waktu. Anak itu akan menjadi tambahan yang luar biasa untuk tim.

Namun, dia harus mendapatkan pendapat kedua. Sebelum memikirkannya lebih jauh. Dia mengirim pesan kepada Sam, "Ada waktu sebentar?"

Sebuah email baru masuk ke kotak suratnya dengan kata-kata:

HI E-Z,

Jika Anda menerima saya ke dalam tim, bisakah Anda menjemput saya?

Temanmu,

Francois.

Hal itu membuatnya berpikir keras.

Dia menjawab:

Akan kembali kepada Anda secepatnya.

Temanmu,

E-Z.

Sam memasuki dapur, "Ada apa nak?"

"Maaf telah mengalihkan perhatianmu dari film."

"Aku sedang tertidur, jadi aku senang dengan pengalihan ini."

"Saya menerima email melalui situs web kami dari seorang anak di Prancis yang meminta untuk bergabung dengan tim kami. Dia dan ayahnya membuat sebuah video, saya sudah menontonnya. Dia memiliki keterampilan yang mengesankan. Lihatlah dan beri tahu saya apa yang Anda pikirkan."

Sam tetap diam sepanjang acara. Ketika selesai, dia meminta untuk melihatnya lagi.

Setelah selesai untuk kedua kalinya, E-Z bertanya, "Bagaimana menurut Anda?"

"Menurut saya, apa yang kita lihat sangat mengesankan. Seorang anak laki-laki penjelajah waktu dari Prancis."

"Kita benar-benar bisa menggunakan kekuatan super seperti itu di tim kita."

"Tepat sekali," kata Sam. "Dan itulah mengapa saya curiga. Apakah Anda sudah berkorespondensi dengan anak itu?"

E-Z menelusuri kembali apa yang telah dikatakan sejauh ini.

"Bagaimana dia tahu kalau kamu tidak memiliki kekuatan super selama ini?" tanyanya.

"Ya, itu juga yang saya pikirkan. Tapi saya pikir itu adalah asumsi yang masuk akal. Dia anak yang cerdas."

"Benar," kata Sam. "Bolehkah saya melihat-lihat, melihat apa yang bisa saya temukan?"

E-Z mengangguk, dan Sam mengambil alih kendali atas laptopnya. Dia memeriksa alamat IP yang tampaknya sah. Dia tidak mengalami kesulitan untuk melacak lokasinya di Paris.

Dia mencari nama Francois, mencari tahu sekolahnya. Ia menemukan bahwa ia bermain basket. Mengetahui bahwa dia pandai mengeja. Sepertinya dia tidak pernah terlibat masalah.

Kemudian Sam menemukan surat kematian untuk ibu Francois yang telah meninggal saat dia berusia lima tahun. Penyebab kematiannya tidak disebutkan, tetapi sumbangan diminta untuk diberikan kepada Yayasan Kanker Payudara Paris.

"Semuanya tampak sah," kata Sam.

"Namun, bagaimana kita bisa yakin? Saya tidak ingin mengambil risiko yang tidak perlu."

"Satu-satunya cara untuk mengetahui dengan pasti adalah dengan mewawancarai anak itu secara langsung." Dia ragu-ragu, "Hm, dia bertanya kapan kamu bisa datang dan menjemputnya. Setelah kupikir-pikir, itu adalah pemikiran yang agak aneh untuk disarankan oleh seorang anak penjelajah waktu."

"Ya, saya tidak berpikir seperti itu."

"Satu hal yang pasti E-Z, jika ada orang yang akan menjemputnya, itu adalah aku. Kau dibutuhkan di sini."

"Saya menghargai tawaran itu Paman Sam, tapi nyawa Anda dalam bahaya bukanlah sebuah pilihan."

"Oke," kata Sam. "Apakah kamu mendengar sesuatu dari Alfred?"

Tanpa aba-aba Alfred melangkah ke dapur. "APA?" tanyanya.

ZAP

Seekor anak kucing kecil berbulu putih tiba.

"Bonjour E-Z, je m'appelle Poppet. Francois m'envoie."

"Ya ampun," hanya itu yang dikatakan E-Z.

Segera saja sebuah email dari Francois berbunyi:

"Apakah dia sampai di sana dengan selamat?"

Paman Sam berkata, "Nah, itu menjawab pertanyaan kita."

E-Z mengetik, "Ya, dia sudah sampai."

ZAP

Boneka itu menghilang.

"Ini sangat keren," Francois mengetik. "Saat kamu sudah siap, jika kamu ingin aku masuk dalam timmu, aku akan mencobanya sendiri."

"Tunggu dulu," kata E-Z.

"Bagaimana Poppet tahu di mana kita tinggal?" Sam bertanya.

"Itu saya tidak tahu."

BAB 21

KEPUTUSAN FRANCOIS

Keesokanharinya, E-Z mengadakan rapat kelompok darurat. Setelah semua orang duduk, dia langsung membahasnya.

"Seorang calon anggota baru telah meminta untuk bergabung dengan tim kita. Sam dan saya telah menyelidiki lamarannya dan semuanya terlihat sah."

"Saya setuju dengan pendapat itu," kata Sam.

E-Z mengangguk, "Francois adalah seorang penjelajah waktu."

"Wow!" Kata Lia.

"Luar biasa!" Kata Lachie.

Yang lain memiliki komentar yang sama kecuali Charles yang bertanya, "Apa itu penjelajah waktu?"

"Kamu!" Kata Brandy.

"Itu adalah seseorang yang melakukan perjalanan dari satu waktu ke waktu lainnya," kata Lia.

"Mungkin dengan melihat video ini, kamu akan mendapatkan pemahaman yang lebih baik, kita semua akan mendapatkan pemahaman yang lebih baik tentang apa yang bisa dia lakukan." Ia melirik Alfred, "Tapi, sebelum kita membicarakan Francois, saya ingin menyerahkannya kepada Alfred, agar ia bisa menjelaskan kepada kita apa yang ia temukan dalam buku itu. Terserah Anda, Alfred."

Angsa peniup terompet berdehem, saat semua mata menoleh ke arahnya.

"Saya telah memeriksa semuanya, ke depan, ke belakang, ke samping dan saya khawatir itu tidak banyak membantu. Karena The Furies diberi mandat khusus - dan mereka mematuhinya (meskipun mereka melanggar aturan), saya rasa Zeus tidak akan menghukum mereka atas apa yang mereka lakukan."

"Apakah Anda mengatakan tidak ada harapan?" Brandy bertanya.

"Tidak, saya tidak mengatakan tidak ada harapan, tapi saya tidak bisa melihat jalan keluarnya. Artinya, kecuali mereka tidak tahu apa yang kita ketahui."

"Yang mana?" Brandy bertanya.

"Rencana Eriel. Bagaimana dia menggunakan mereka. Di mana Eriel berada. Bagaimana dia tidak bisa dihubungi."

"Benar, mereka pasti bertanya-tanya mengapa dia tidak berkomunikasi dengan mereka," kata Lachie.

"Dan itu bisa menimbulkan ketidakpercayaan," tambah Brandy.

"Bagaimana jika," kata Sam, 'informasi itu dibocorkan kepada mereka?' 'Saya juga memikirkan hal yang sama,' kata Samantha. "Mungkin tanpa dia, mereka akan berbalik dan lari."

"Mungkin juga sebaliknya. Tanpa dia yang menjaga mereka dengan tali, mereka mungkin akan lari. Siapa yang tahu apa yang akan mereka lakukan!" E-Z berkata.

"Mereka sudah mengumpulkan banyak jiwa," kata Lia. "Saya pikir E-Z benar. Mengetahui bahwa dia sudah tidak ada bisa membuat mereka lebih berani."

Alfred menyadari bahwa pembicaraan mereka membentur tembok, "Jadi, mari kita bicarakan kemampuan kekuatan super Francois. Dia seorang penjelajah waktu. Bagaimana dia bisa membantu kita?"

"Satu hal lagi," E-Z memulai, "dan Paman Sam-lah yang mengetahui hal ini, jadi mungkin dia adalah orang yang paling tepat untuk menjelaskannya."

"Tidak, kamu saja," kata Sam.

"Francois mengirim seekor anak kucing ke sini."

"Seekor anak kucing?" Sobo bertanya.

"Ya, namanya Poppet, dan dia sudah sampai di dapur. Saya langsung menerima pesan dari Francois yang menanyakan apakah dia tiba dengan selamat. Dia menyapa - ya, dia bisa bicara. Setelah memastikan bahwa ia tiba dengan selamat, ia muncul lagi. Pertanyaan yang diajukan Sam kemudian adalah, bagaimana dia tahu di mana kami tinggal?"

"Tunggu sebentar," kata Charles. "Bukankah ada yang memberitahukan alamat Anda yang dipublikasikan secara online?"

"Saya juga mendengarnya," kata Brandy.

Sam berkata, "Wow, sepertinya sudah lama sekali, tapi itu benar."

Mereka berkumpul di sekeliling Sam dan melihat rumah mereka secara online terhubung ke situs web yang dapat dilihat oleh semua orang di seluruh dunia.

"Yah, tidak diragukan lagi. Jika mereka tahu siapa kita, maka mereka juga tahu di mana kita berada," kata Sam. "Kecuali..."

"Kecuali apa?" E-Z bertanya.

"Kecuali mereka tidak paham teknologi seperti yang kita kira."

Sobo berkata, "Jangan pernah meremehkan musuh. Itulah bagaimana penjahat yang tidak layak menjadi pahlawan."

"Oke, pertama-tama mari kita saksikan perjalanan waktu Francois dan kemudian mari kita lakukan brainstorming tentang bagaimana dia dapat membantu kita mengalahkan The Furies," kata E-Z.

Mereka menonton video tersebut dalam keheningan. Setelah selesai, E-Z berkata, "Saya akan membuat daftarnya. Siapa yang ingin memulai?"

"Tidak," kata Sam. "Saya pikir kita harus menuliskannya dengan cara kuno. Kau tahu, dengan pena dan kertas." Dia merogoh laci dapur dan mengeluarkan buku catatan yang biasa mereka gunakan untuk daftar belanjaan, dan sebuah pena. "Kau saja yang membuat daftarnya, aku yang jadi sekretarisnya. Dan Anda bahkan tidak perlu membayar saya gaji."

Beberapa tawa dan cibiran kemudian ide-ide mulai mengalir:

#1. Francois bisa kembali ke masa lalu, mencari tahu apa yang terjadi pada PJ dan Arden dan menghentikannya.

#2. Francois bisa kembali ke masa lalu dan menghentikan semua anak yang terbunuh.

#3. Francois bisa kembali ke masa lalu dan menghentikan orang tua E-Z terbunuh, menghentikan kecelakaan yang menimpanya.

#4. Kembali ke kecelakaan Lia.

#5. Ditto re: Kecelakaan keluarga Alfred.

#6. Ditto re: Lachlan dikurung di dalam sangkar. Selingan.

Haruto bahagia dengan keluarga barunya. Akhir cerita.

Brandy baik-baik saja dengan kemampuannya untuk mati dan hidup kembali, meskipun dia menanyakan apakah kembali ke hari audisi adalah pilihan yang tepat. Permintaan ini ditolak dengan suara bulat.

Charles juga tidak menyesal.

Sesi curah pendapat dilanjutkan:

#7. Francois dapat kembali ke masa sebelum The Furies diciptakan untuk memastikan bahwa mereka diberi kelemahan.

#8. Francois dapat kembali ke masa lalu, ke hari pertama Eriel bertemu dengan The Furies. Dia bisa menjadi mata-mata. Atau bisakah dia memastikan mereka tidak pernah bertemu sama sekali?

#9. Jika Poppet bisa keluar masuk, bisakah Francois melakukan hal yang sama?

Alfred berkata, "Tunggu sebentar. Ini benar-benar gila, tapi bagaimana jika Francois kembali dan membatalkan keberadaan The Furies."

"Wow, itu ide yang sangat bagus!" Kata E-Z. "Tapi dalam semua cerita yang pernah kubaca tentang perjalanan waktu, bermain-main dengan kehidupan dan mengubah peristiwa selalu tidak disukai."

"Ya, saya ingat itu dari film Back to the Future. Tapi dari pengalaman pribadi," Brandy menjelaskan, "ketika saya mati dan kembali lagi, itu seperti peristiwa yang menyebabkan kematian saya tidak pernah terjadi. Itu seperti mimpi, jika Anda tahu apa yang saya maksud?"

"Sam meregangkan tubuh dan menguap. "Bayi-bayi itu akan segera bangun. Saya tidak ingin melangkahi batas kepemimpinan E-Z, tapi saya pikir kita perlu meluangkan waktu untuk berpikir sebelum mengambil tindakan."

"Setuju. Terima kasih semuanya atas sesi curah pendapat yang sangat baik," kata E-Z.

Dan rapat pun ditunda.

BAB 22
SUSU HANGAT

Lia dan yang lainnya menghabiskan hari itu dengan melakukan kegiatan masing-masing. Di malam hari, karena kelelahan, ia berguling-guling, tetapi tidak bisa tidur. Frustrasi setelah berjam-jam tidak tidur dan terus menerus merasa khawatir, ia turun ke lantai bawah untuk minum susu hangat.

Dia memasukkan cangkir ke dalam microwave, menekan tombol 40 detik, lalu menekan tombol start. Saat jam menghitung mundur, ia melihat angka 39, 38, 37, 36, dan seterusnya, hingga muncul angka 33. Itu adalah angka terakhir yang dilihatnya.

"Eh, halo Dorrit kecil," katanya, berharap dia memakai jubahnya. "Kita mau pergi ke mana?"

"Kita sedang dalam sebuah misi," kata unicorn itu. "Kita akan pergi ke mana?"

"Kamu tidak tahu siapa?"

"Tidak, aku sedang mengurus urusanku sendiri saat kau memanggilku Lia, kau tidak ingat?"

"Aku tidak memanggilmu," kata Lia. "Aku belum tidur. Ini aneh."

Unicorn itu membeku di udara.

WHOOSH

Dorrit kecil melesat dengan kecepatan penuh.

"Argghh!" Lia menangis, berpegangan erat-erat. "Apa yang terjadi? Kenapa kau melaju begitu cepat?"

"Entahlah," kata si unicorn. "Sepertinya ada seseorang atau sesuatu yang mengendalikanku." Dia mencoba untuk berhenti, seperti yang dia lakukan beberapa saat sebelumnya. Sekarang, apa pun yang dia lakukan, dia tidak bisa berhenti. Dia juga tidak bisa melambat.

"Pegangan yang erat!" Dorrit kecil berteriak, saat tubuhnya mulai berguling-guling ke depan. "Oh tidak!"

Lia berteriak, tapi tetap berpegangan erat-erat. Akhirnya mereka berhenti menggelinding, tapi bukannya melambat, mereka malah melaju lebih cepat.

Terus dan terus mereka terbang saat malam berganti siang. Ketika matahari mulai naik ke atas langit, jarak antara matahari dan mereka semakin dekat.

"Aku merasa kulitku seperti terbakar!" Lia berseru.

"Begitu juga buluku," kata Dorrit kecil. "Biar aku coba memutar kita lagi." Dia mencobanya dan seperti sebelumnya mereka berguling-guling, saling berhadapan, menutup celah antara mereka dan matahari yang panas.

"Kita harus kembali!" Lia berteriak. "Jika tidak, kita akan mati."

"Tapi aku tidak bisa berhenti. Aku tidak bisa melakukan apa-apa. Tunggu, aku akan meminta bantuan Baby."

Dengan matahari yang menyala sebagai latar belakang mereka, tiga makhluk bersayap muncul. Mereka berpegangan tangan, saat jubah mereka yang menghitam berputar-putar dan melilit tubuh mereka.

SNAP!

SNAP!

SNAP!

Suara yang memenuhi udara adalah suara cambuk yang dijentikkan saat Lia dan Dorrit kecil ditarik ke arahnya seperti sedang berada di atas traktor. Guntur bergemuruh, meskipun tidak ada badai yang terlihat saat cakar matahari menjulur ke arah mereka, mengancam untuk menghancurkan keberadaan mereka.

"Habislah kita!" Lia berkata. "Terima kasih sudah berusaha menyelamatkan kita." Dia memeluk unicorn itu. "Aku sangat berharap kau memiliki kendali. Lalu mungkin aku bisa membalikkan badanmu."

ZAP!

Tali kekang muncul.

Lia melingkarkan tangannya di tali kekang itu, tapi sebelum ia bisa mengendalikannya, tali kekang itu meleleh dan tidak berbentuk lagi.

"Kamu benar, aku pikir kita sudah tamat," kata Dorrit kecil. Tetesan air mata mengalir dari matanya.

BONJOUR

Francois muncul, "Ada yang bisa kubantu?"

"Tentu saja bisa," seru Lia. "Keluarkan kami dari sini!"

"Tutup matamu dan pegang erat-erat," kata Francois.

Lia dan Dorrit kecil gemetar ketakutan.

DING. DING. DING.

Microwave. Dapur.

Lia terjatuh ke lantai.

Dorrit kecil mendarat dengan selamat di sebuah sungai yang sejuk, di mana ia bermain air, lalu pulang ke rumah.

"Dari mana saja kau?" Baby bertanya.

"Sepertinya kau tidak menerima pesanku. Sudahlah. Aku terlalu lelah," kata Dorrit kecil. "Aku akan memberitahumu tentang hal itu besok pagi."

BAB 23

HARI BERIKUTNYA

Saat giliran Sobo memasak sarapan, dialah yang menemukan Lia tergeletak di lantai dalam keadaan tergulung seperti bola wol yang dibuang.

Sobo berteriak, "Cepat datang! Lia butuh pertolongan!"

Samantha adalah orang pertama yang datang. Ia segera menempelkan bibirnya ke dahi Lia untuk mengecek suhu tubuhnya, lalu berteriak memanggil suaminya untuk mengambilkan termometer untuk mengecek ulang.

"Suhunya 107,7," Sam memastikan. "Kita harus membawanya ke rumah sakit."

Samantha menghubungi 911 sementara Sam menggendong Lia dan meletakkannya di sofa dan mereka menunggu ambulans.

"Saya akan menjaga benteng pertahanan," kata Sam, sementara istrinya dan Sobo mengikuti paramedis yang membawa Lia yang tak sadarkan diri di atas tandu.

Saat ambulans menjauh dari tepi jalan dengan sirene yang menyala, Lia membuka matanya dan mencoba untuk duduk.

"Saya merasa baik-baik saja," katanya.

Paramedis memeriksa suhu tubuhnya lagi dan hasilnya normal. Dia mengangkat bahunya.

Saat mereka tiba di rumah sakit, Lia sudah kembali seperti sedia kala dan ingin pulang ke rumah - sekarang.

"Meskipun tanda-tanda vitalnya baik-baik saja sekarang, karena Anda menelepon kami, kami harus menindaklanjutinya. Lia akan dirawat inap, dan setelah dinyatakan sembuh oleh dokter jaga, ia akan diperbolehkan pulang."

"Yah, setidaknya biarkan saya masuk," kata petugas itu, saat sopir membuka pintu.

"Tidak, Nona, kamu tetap di sini saja," katanya, ketika mereka bersiap untuk membawa tandu dan penghuninya ke dalam dengan Samantha dan Sobo mengikutinya.

Samantha mengirimkan kabar terbaru kepada Sam. Dia membalasnya dengan emoji jempol, tepat ketika dia hampir bertemu dengan orang tua PJ dan Arden yang sedang dalam perjalanan keluar.

"Mereka sudah bangun! Anak-anak kita sudah bangun!"

"Mereka berdua?" Samantha berseru, saat ia menyampaikan informasi terbaru ini kepada Sam, yang kemudian membangunkan keponakannya untuk memberitahukan kabar gembira tersebut.

"Segera ke sana!" E-Z berkata setelah memanggil taksi.

BAB 24
RUMAH SAKIT

E-Z sedang dalam perjalanan untuk menemui kedua sahabatnya. Di dalam taksi, pikirannya terus mengulang-ulang kabar baik itu. Begitu banyak yang telah terjadi. Begitu banyak hal yang mereka lewatkan. Begitu banyak hal yang harus ia sampaikan kepada mereka. Ingin memberitahu mereka.

"Apakah Anda tahu kamar yang mana?" tanya perawat itu.

Dia mengatakan tidak, dan perawat itu dengan cepat mencarikannya. Setelah mengucapkan terima kasih, ia naik lift dan berjalan menuju kamar mereka sambil berpikir apakah ia harus membelikan mereka sesuatu. Bunga? Permen. Dia memutuskan untuk bertanya kepada mereka apakah mereka membutuhkan sesuatu.

Sesampainya di depan pintu kamar mereka, di dalam ia dapat mendengar suara mereka dan ia menunduk beberapa saat, sebelum menyatakan kehadirannya. Kemudian dia menarik napas dalam-dalam, mencoba menahan emosinya agar tidak menguasainya - dia tidak ingin menjadi lembek dan mempermalukan dirinya sendiri...

"Masuklah, dasar kau yang lemah lembut!" Kata PJ.

"Ahhhhh, dia merindukan kita!" Kata Arden.

"Bukankah kalian seharusnya lebih tampan setelah tidur nyenyak? Ngomong-ngomong, kalian berdua perlu bercukur!"

"Kami tidak ingin membayangi kamu dan aku dengan kumisku," kata Arden.

"Kami tahu kamu senang mendapat perhatian! Saya lihat sikat botol Anda juga perlu dipangkas!"

Ibu PJ yang baru saja kembali ke kamar berbisik kepada E-Z bahwa mereka tidak ingin anak-anak itu berlebihan, karena mereka baru saja bangun beberapa jam.

Setelah mengobrol sebentar, E-Z memeluk kedua temannya, dan berkata bahwa dia harus pergi. "Aku akan kembali," janjinya, "dan aku akan menyelinap satu atau dua burger - aku dengar makanan di rumah sakit sangat tidak enak."

"Tidak akan!" Ibu Arden berkata saat dia juga kembali ke ruangan.

Dia menyandarkan kursinya, dengan ibu Arden menghadapnya, kedua temannya menyatukan tangan mereka, memohon kepadanya untuk membawakan mereka makanan.

Saat ia berjalan di sepanjang koridor, ia tidak percaya betapa ia merindukan mereka - dan betapa baiknya penampilan mereka. Ia naik lift ke lantai darurat di mana ia menemukan Samantha dan Sobo.

"Ada kabar?" E-Z bertanya.

"Dia baik-baik saja, dia sangat marah karena mereka menyuruhnya tinggal untuk memeriksanya," kata Samantha. "Tapi aku akan merasa lebih baik setelah dia sudah sembuh dan kita bisa keluar dari sini."

"Aku juga," kata E-Z. "Biarkan aku pergi dan memeriksanya." Dia mendorong sepanjang koridor. Mendengarkan suara-suara di dalam area bertirai yang dia anggap sebagai stasiun pra-masuk. Akhirnya, dia mendengar suara Lia di dalam dan masuk.

"Silakan tunggu di luar," kata Perawat.

"Tapi dia adik saya."

"Saya ingin pulang - sekarang!" tuntut Lia, lalu menyilangkan tangannya di dada.

"Anda akan dipulangkan segera setelah dokter mengatakan bahwa Anda boleh pulang. Dan tidak lebih cepat dari itu."

"Bagaimana keadaanmu? Ibu mengkhawatirkanmu."

"Saya akan meninggalkan kalian berdua untuk mengobrol," kata perawat itu. "Dokter akan segera datang. Oh, dan pastikan dia tetap tenang."

"Eh, terima kasih," kata E-Z.

Setelah perawat itu pergi, mereka berpelukan.

"Dorrit kecil dan aku hampir terbakar matahari!" katanya. Dia menceritakan semuanya kepada E-Z, seperti yang terjadi dari awal hingga akhir.

"Menariknya, Francois yang menyelamatkanmu."

"Saya tidak tahu bagaimana dia tahu. Dorrit kecil dan saya pikir kami sudah mati. Itu pasti kemurkaan The Furies. Mereka ingin membakar kami! Kami hampir hangus. Mereka penyihir yang mengerikan dan jahat!"

"Apakah ada ular?" E-Z bertanya

"Ular dan cambuk."

"Kedengarannya seperti kemurkaan yang tepat." E-Z ragu-ragu. Dia mengubah topik pembicaraan. "Pernahkah Anda mendengar tentang PJ dan Arden?"

Dia menggelengkan kepalanya.

"Mereka terbangun!"

"Tidak mungkin! Itu kebetulan yang aneh, bukan begitu? Mereka mencoba menghabisi Dorrit kecil dan aku, sementara itu dua teman yang koma terbangun."

"Kamu benar, kurasa semua ini berhubungan."

Samantha menyibak tirai, "Apa hubungannya?" Dia memeluk putrinya. "Bagaimana perasaanmu sekarang, sayang?"

"Aku bukan bayi," kata Lia. "Tapi aku merasa lebih baik dan aku ingin pulang. Setelah aku mengunjungi PJ dan Arden."

Sobo masuk. Dia memeluk Lia.

"Apa yang terjadi padamu?" tanyanya.

Sekali lagi, Lia menjelaskan semuanya. Ibunya tidak menerima dengan baik seperti yang dilakukan Sobo. E-Z bergegas menghampiri dan menuangkan segelas air untuk Sam. Sedangkan Sobo memiliki banyak pertanyaan. "Ibu sedang menghangatkan susu, di dalam microwave?"

Lia mengangguk.

"Dan saat itulah kamu tersentak keluar dari dapur?"

"Ya, dan langsung ke punggung Dorrit kecil. Dorrit kecil bilang aku memanggilnya, tapi ternyata tidak."

"Lalu apa yang terjadi?" Sobo bertanya.

"Ya, Dorrit Kecil terbang dan mengobrol dan ketika tak satu pun dari kami tahu ke mana kami akan pergi atau mengapa, kami berpikir untuk kembali. Hal berikutnya yang kami tahu, aku dan Dorrit Kecil dipaksa untuk semakin dekat dengan matahari tanpa bisa berbalik."

"Tapi kamu dan Dorrit Kecil tidak memenuhi kriteria The Furies. Mereka seharusnya tidak bisa menyentuh kalian berdua!" E-Z berseru.

Samantha berkata, "Mungkin itu hanya kebetulan.

Sobo mengulangi nasihatnya tadi, "Jangan pernah meremehkan musuh."

Setelah Lia diperbolehkan pulang, ia dan E-Z mengejutkan PJ dan Arden dengan burger keju dan kentang goreng yang mereka selundupkan.

Dalam perjalanan pulang dengan taksi, bersama Samantha, Sobo dan Lia, E-Z hanya memikirkan satu hal. Kemurkaan telah menyerang Lia dan Dorrit Kecil dan mereka telah gagal. Mereka tidak hanya gagal -

terima kasih kepada Francois - tapi entah bagaimana, alam semesta telah mengirim kembali PJ dan Arden.

Kebetulan? Dia pikir tidak. Sebaliknya, apa yang dia ingin percayai adalah bahwa kekuatan The Furies akan berkurang jika mereka berkelana di luar mandat mereka.

Bagaimanapun juga, dia dan timnya harus siap kapan saja untuk mengambil keuntungan dari situasi ini.

Ini mungkin satu-satunya kesempatan mereka.

Satu-satunya keuntungan yang menguntungkan mereka.

BAB 25
SOBO

"**S**aya ingin mengajukan satu pertanyaan lagi," Sam bertanya kepada E-Z sebelum semua orang masuk untuk rapat.

"Baiklah, tanyakan saja," kata E-Z.

"Yah, saya bertanya-tanya mengapa Rosalie tidak tahu tentang Francois."

"Aku," hanya itu yang bisa dikatakan E-Z sebelum Brandy dan Lia masuk ke dapur.

"Jangan pedulikan kami," kata Brandy, sambil membuka kulkas, mengambil jus jeruk dan menghabiskannya sebelum membuang wadahnya ke tempat sampah.

"Eh, kamu harus membilasnya terlebih dahulu," kata E-Z, yang kemudian dilakukan oleh Brandy. Kemudian dia duduk di kursi dan menyeka mulutnya dengan punggung tangannya.

"Maaf, saya tidak bermaksud kasar, Anda tahu berhenti tiba-tiba seperti yang saya lakukan. Saya ingin kita semua berada di sini untuk membahas masalah Paman Sam."

"Cukup adil," kata Lia sambil duduk di samping Brandy.

Satu per satu yang lain datang dan mengambil tempat di sekeliling meja.

E-Z memulai dengan memberi kabar kepada semua orang tentang kesembuhan PJ dan Arden yang ajaib, yang kemudian disambut tepuk tangan meriah dari semua orang, termasuk mereka yang belum pernah bertemu dengan mereka.

"Selanjutnya, dalam agenda dan saya pikir kedua hal ini mungkin berhubungan, Lia dan Dorrit kecil ditipu untuk meninggalkan rumah dan nyawa mereka dalam bahaya. Jika bukan karena Francois, The Furies yang kita anggap bertanggung jawab mungkin sudah berhasil."

"Bravo Francois!" Charles berkata.

"Bagaimana kamu bisa tertipu?" Brandy bertanya.

"Di mana itu terjadi?" Lachie bertanya.

"Lia, apakah kamu ingin menceritakannya?" E-Z bertanya. Lia menggelengkan kepalanya, tidak. "Lanjutkan saja jika saya melewatkan sesuatu," katanya. Dia melanjutkan dan menjelaskan apa yang terjadi dan mengapa mereka berpikir bahwa The Furies bertanggung jawab.

"Sejak saat itu, saya memikirkan tentang The Furies dan mandat mereka. Seperti yang kita tahu, mereka harus mengikutinya. Ketika mereka mencoba membunuh Lia dan Little Dorrit, mereka melanggar aturan. Alasan apa yang bisa mereka berikan, untuk mencoba membunuh Lia, atau Little Dorrit? Mereka tidak hanya melawan mandat mereka, tetapi mereka juga gagal. Sekarang perhatikan apa yang terjadi pada saat yang sama - maksud saya tentu saja PJ dan Arden - mereka bangun dari koma. Kebetulan? Saya rasa tidak.

"Dan semakin saya menghubungkannya dalam pikiran saya, semakin saya bertanya-tanya apakah The Furies mungkin melemah. Jika saya benar, maka sekarang mungkin saat yang tepat bagi kita untuk mengalahkan mereka."

"Mungkin saja," kata Alfred, "tapi saya ingat pernah membaca tentang Einstein di masa sekolah dulu

- yang bisa saja membuktikan sebaliknya. Maksud saya, mungkin saja itu bukan kemurkaan sama sekali. Mungkin saja itu adalah gangguan pada kontinum ruang-waktu. Karena Francois mampu menyelamatkan mereka, dan tak satu pun dari kita yang tahu apa yang terjadi, sepertinya itu adalah kemungkinan yang layak untuk diselidiki, bukan begitu?"

Sam mondar-mandir. "Mengingat semua yang kita ketahui tentang kemurkaan, dan apa yang saya ingat dari pelajaran saya tentang Einstein - bahkan untuk memiliki kesempatan membengkokkan kontinum ruang-waktu, Lia dan Dorrit kecil harus melakukan perjalanan yang lebih cepat daripada cahaya - 186.282 mil per detik. Jika Anda melaju secepat itu, Anda akan bergerak mundur dalam waktu, bukan maju."

"Kami memang melaju dengan cepat, tapi tidak secepat itu," kata Lia.

"Coba ceritakan lagi apa yang terjadi, Lia. Bingkai demi bingkai. Sampai saat Francois muncul," kata Alfred.

Cerita Lia dimulai dari dapur dan diakhiri dengan dia di rumah sakit.

Dengan mengacungkan tangan, semua orang memilih bahwa mereka percaya The Furies bertanggung jawab, namun tidak ada yang bisa menjelaskan mengapa Francois tahu, atau bagaimana dia dipanggil.

"Apakah Anda memanggilnya?" E-Z bertanya. "Maksud saya, bagaimana dia bisa tahu? Itulah yang ingin saya tanyakan padanya."

"Yang membawa saya kembali ke tempat kita mulai hari ini," kata Sam. "Dan pertanyaanku adalah, mengapa Rosalie tidak tahu tentang Francois."

"Dan bagaimana kabar Dorrit kecil?" Sobo bertanya.

"Aku tidak tahu tentang Francois, tapi unicorn itu sedang tidur ketika aku keluar mencari rumput pagi ini."

"Ah, itu bagus," kata Lia.

"Mungkin para dokter punya penjelasan mengapa PJ dan Arden terbangun saat itu?" Sam bertanya.

"Benar, mungkin saja, tapi aku tidak melihat itu penting bagi kita. Tidak juga. Yang terpenting adalah, mereka bangun dan kita masih belum tahu apakah The Furies bertanggung jawab atas mereka. Namun, kami memiliki bukti atas apa yang telah mereka lakukan pada anak-anak lain dan dengan satu atau lain cara kami harus membuat mereka membayarnya. Dan kami harus membuat mereka berhenti."

"Mungkin para dokter memiliki penjelasan mengapa PJ dan Arden terbangun ketika mereka melakukannya?" Sam bertanya.

"Benar, mungkin saja, tapi saya tidak melihat itu penting bagi kita. Tidak juga. Yang terpenting adalah, mereka bangun dan kita masih belum tahu apakah The Furies bertanggung jawab atas mereka. Namun, kami memiliki bukti atas apa yang telah mereka lakukan pada anak-anak lain dan dengan satu atau lain cara kami harus membuat mereka membayarnya. Dan kita harus menghentikan mereka."

"Di sini! Di sini!" Charles berkata sambil memukul-mukulkan tangannya ke meja.

"Bisakah kita bicara lebih banyak tentang Francois," tanya Brandy.

"Bagaimana jika dia tidak mau memberitahu kita," tanya Charles, "kecuali jika kita menerimanya sebagai anggota tim?"

"Charles membuat poin yang valid," kata E-Z. "Saya siap untuk menggunakan ini sebagai ujian bagi Francois. Jika dia tidak mau memberi tahu kita apa yang dia ketahui, mungkin dia tidak ditakdirkan untuk menjadi bagian dari kita."

"Bagaimana jika dia pembohong yang handal?" Brandy bertanya. "Dan beberapa orang adalah pembohong yang hebat."

Lia berkata, "Bagaimana kalau kita melakukan panggilan Zoom? Kita semua bisa mengobrol dengannya, melihat apa yang dia katakan dan kemudian kita bisa memilihnya? Saya sudah siap untuk memilih ya."

"Tidak," kata E-Z. "Saya tidak ingin dia tahu tentang Charles, Haruto, Lachie, atau Brandy. Yang dia tahu saat ini hanyalah apa yang bisa dia temukan di internet."

"Namun," Sam menyela, "Poppet bisa masuk ke rumah kita."

"Ya, itu dia," kata E-Z.

"Ditambah lagi, dia menyelamatkan Dorrit kecil dan aku - jadi dia tahu tentang dia."

""Saya merasa kita berputar-putar," kata Alfred. "Sementara itu, semakin banyak anak yang sekarat dan menjadi Soul Catcher milik orang lain yang telah meninggal," kata Alfred. "Aku sangat berharap kita akan melangkah lebih jauh, setelah aku menguraikan informasi dalam buku itu."

"Tunggu sebentar," kata E-Z. "Apakah ada yang melihat Hadz dan Reiki hari ini?"

Tidak ada.

Ponsel E-Z berdengung. Sebuah pesan teks panjang dari PJ dan Arden masuk:

"Jangan tanya kami bagaimana caranya, tapi kami tahu kemurkaan akan menghampiri Anda. Dan ya, kami punya rencana. Kami harus tahu begitu Anda melihatnya. Kirimkan pesan kepada kami - dan Haruto."

E-Z menjawab. "Apa????"

"Percayalah pada kami," PJ mengirim pesan.

Keduanya saling bertukar emoji jempol, lalu ia menjelaskan situasinya kepada Haruto dan yang lainnya.

Mengetahui The Furies bersiap untuk memulai pertarungan sekarang, di wilayah musuh mereka dan tanpa pemimpin mereka, Eriel, membuat E-Z merasa cemas. Namun, mereka telah kehilangan elemen kejutan, berkat PJ dan Arden.

Tetap duduk dan menunggu mereka datang bukanlah strategi terbaik.

Tapi mereka memiliki keuntungan sekarang. Yang harus mereka lakukan hanyalah duduk dan menunggu - dan berharap.

BAB 26

PENGUNJUNG TAK TERDUGA

Semuaorang melakukan urusan mereka, mencoba menyibukkan diri sambil menunggu. Kemudian, meskipun dinding bata, bau busuk yang tak terhindarkan menyeruak.

"Ada apa ini?" Lia menangis, menutup hidungnya dengan jari-jarinya. "Aku masih bisa mencium baunya!"

Brandy melakukan hal yang sama dengan tangan kanannya dan tangan kirinya, ia menyemprotkan pengharum ruangan di sekitar ruangan yang bukannya mengurangi kekuatan bau, tapi malah membuat udara semakin pekat dan menyempurnakannya.

"Ayo kita pergi ke luar!" Kata Lachie. "Mungkin di luar sana lebih baik?" Dia membuka pintu, meskipun logikanya mengatakan bahwa jika baunya buruk di dalam, pasti lebih buruk di luar. Pada awalnya, indranya tertipu dan dia tidak mencium bau apa pun. Apakah dia mulai terbiasa dengan hal itu? Apakah Kemurkaan sedang mengebom bagian dalam rumah?

Lalu ia melihat Dorrit Kecil dan Bayi, berputar-putar di atas. "Di atas sini tidak lebih baik!" Kata Baby.

"Tidak peduli bagaimana pun caranya!" Dorrit Kecil menambahkan.

Kemudian ia tersadar lagi, bau busuk itu seperti menampar wajahnya dan sejenak ia kehilangan keseimbangan. Dia melihat tali jemuran dan pasak, lalu berlari ke arahnya. Dia menjepit salah satunya di hidungnya, dan voila, dia tidak bisa mencium apapun. Dia melambaikan tangan kepada Dorrit Kecil dan Bayi untuk turun dan ketika mereka turun, dia memasang pasak yang diperlukan (hidung mereka membutuhkan beberapa pasak) hingga mereka juga tidak bisa lagi mencium bau busuk itu.

"Terima kasih," kata Dorrit Kecil dan Bayi, saat mereka turun dari tanah. "Kami akan terus mengawasi."

Lachie mengacungkan jempol kepada mereka, lalu memperhatikan sedikit keributan yang terjadi di jalan setapak menuju pagar kembali ke taman. Sekelompok makhluk membentuk lingkaran, seperti sedang mengadakan pertemuan. Dia berjalan ke arahnya, saat seekor Burung Hantu mengangkat dahan dan hinggap di bahunya.

"Eh, halo," katanya, sambil menatap mata burung hantu itu. "Apakah kita pernah bertemu sebelumnya?" Burung hantu itu mengangguk dan kemudian dia mengenali siapa orang itu. Itu adalah Sobo. "Saat kau bilang kekuatan supermu adalah transformasi, aku tidak menyangka kau akan seperti ini!"

"Haruto tidak tahu," katanya. "Setidaknya aku rasa dia tidak mengingatku - belum." Dia terbang kembali ke kelompok makhluk-makhluk itu, "Bergabunglah dengan kami," katanya.

Lachie berjalan di antara mereka, diperkenalkan satu per satu kepada seekor rusa bernama Oboe, seekor rakun bernama Charlie, seekor rubah bernama Louise, seekor burung (Blue Jay) bernama Lenny, dan burung kedua (Cardinal) bernama Percy.

"Kami datang untuk membantu," kata Oboe si rusa, "tapi kami sangat takut pada kemurkaan."

"Biar aku saja!" Charlie si rakun berseru. "Aku akan mencakar mata mereka."

"Dan aku akan merobek tenggorokan mereka!" Kutu si rubah berteriak.

"Whoa! Tunggu sebentar!" Lachie berkata. "Ini bukan pertarunganmu. Meskipun saya menghargai kantor Anda untuk membantu, mengapa Anda tidak memberi kami kesempatan terlebih dahulu? Jika kami membutuhkan bantuanmu, saya akan bersiul dan kamu bisa masuk?"

"Dia benar," kata Sobo. "Meskipun, yang dia maksud bukan saya." Dia menatap Lachie, untuk memastikan asumsinya benar dan menjawab dengan anggukan. "Saya harus melindungi cucu saya dan yang lainnya."

Lenny dan Percy, dua burung lainnya, berkicau di antara mereka sendiri.

Sobo yang tadinya tenang, kini mulai mengepakkan sayapnya dengan cara yang tidak menentu sambil mengulangi, "Hal-hal buruk akan datang! Hal-hal buruk akan datang! Hal-hal mengerikan akan datang!"

"Ssst, Sobo," kata Lachie, mencoba menenangkannya. "Kita sudah siap dan mereka tidak tahu bahwa kita tahu mereka akan datang."

BUK BUK BUK BUK BUK

DUM DUM DUM DUM DUM

BUK BUK BUK BUK BUK

Adalah suara yang dihasilkan tanah di bawah kaki mereka, berdenyut seperti jantung yang mencoba untuk mengeluarkan isi dadanya.

Gedebukan itu diikuti dengan tabuhan drum.

Kemudian berdebar.

"Kemurkaan datang!

Kemurkaan datang!

Kemurkaan datang!"

Sementara langit di atas mereka bergolak

Dan berbalik.

Dan terbakar.

Dari biru cemerlang menjadi merah jingga.

Para tetangga berhamburan ke luar rumah, seperti yang dilakukan para tetangga - untuk melihat bau busuk itu. Beberapa pemarkir yang berisik pingsan karena kewalahan dan beberapa membawa popcorn ke teras untuk dimakan dan ditonton.

Mereka tidak tahu bahaya seperti apa yang sedang menghampiri mereka.

Namun ada petunjuk.

Bunyi gedebuk berbisik.

Bunyi gedebuk gedebuk gedebuk.

Namun, banyak yang tidak mundur ke dalam rumah untuk menyelamatkan diri.

Sebaliknya, mereka makan popcorn dan minum soda, sambil menunggu.

GAPING

Tanpa bisa menyelamatkan diri.

Sementara tanah di bawah kaki mereka

BUK BUK BUK BUK BUK

BUK BUK BUK BUK BUK

BUK BUK BUK BUK BUK

Kemudian gedebuk itu diikuti dengan tabuhan gendang.

Lalu berdentum-dentum.

"Kemurkaan datang! Kemurkaan datang! Kemurkaan datang!"

"**A**yo kita ke luar!" E-Z berseru. "Dan hadapi mereka secara langsung!" Dia melemparkan pintu depan terbuka lebar, sehingga menghantam dinding.

Brandy, Lia, Haruto, Charles dan Alfred berada di belakangnya, siap untuk mengambil tindakan begitu diperintahkan.

Dia melirik ke balik bahunya, untuk melihat Sam dan Samantha yang sedang berjalan keluar, "Bukan kamu," katanya. "Bayi-bayi itu membutuhkanmu di dalam. Serahkan saja pada kami."

Sam dan Samantha mundur.

Sekarang keempat tentara itu berdampingan di halaman depan, menunggu. Bagi orang asing, mereka mungkin terlihat seperti sekelompok anak-anak yang sedang menunggu bus sekolah datang pada hari sekolah biasa. Tapi ini bukan hari biasa. Ini adalah Armageddon.

Lengan Lia bergetar dan gemetar saat ia mencari-cari di dalam pikirannya, membuka pikirannya, berharap dengan kekuatan supernya ia dapat mengakses pikiran The Furies. Bahwa dia akan dapat menempatkan dirinya di luar sana dan menemukan petunjuk apa pun, informasi apa pun untuk membantu timnya - tetapi pikirannya tetap kosong.

Alfred berkata, "Saya akan terbang ke atap. Lihat apa yang bisa saya lihat."

E-Z mengangguk. "Jaga keselamatan. Oh, dan lihat apakah kamu bisa menemukan Lachie dan Sobo." Dia sudah melihat unicorn dan naga terbang tinggi di atas mereka. Ia mengacungkan jempol kepada mereka.

Sebuah peluit keras, dan Baby terjun ke bawah, Lachie melompat ke punggungnya dan bersama-sama mereka bergabung dengan Alfred di atap. Seekor burung hantu hinggap di samping mereka.

"Itu Sobo," kata Lachie.

"Lihat sesuatu?" E-Z bertanya.

Alfred mengepakkan sayapnya, "Ada sebuah rak besar yang menghampiri kita, sebesar gunung es, tapi bergerak dengan cepat."

E-Z mencoba membayangkannya dalam benaknya, tapi dia tidak bisa karena bagaimana dia dan timnya bisa menghentikan hal seperti itu? Bagaimana?

"Benda itu bergerak ke arah kita seperti tsunami," kata Alfred.

"Tapi itu tidak terbuat dari air," kata Lachie. "Sepertinya terbuat dari pasir. Sebuah gelombang pasir. Membawa tiga wanita berpakaian hitam."

Gelombang pasir, ya, sekarang dia bisa membayangkannya. "ETA? Maksudku perkiraan waktu kedatangan?" E-Z bertanya.

"Sulit untuk mengatakannya," kata Alfred. "Beberapa menit..."

Sementara itu, di bawah kaki mereka, tanah terus **berdentum.**

Dan **berdentum.**

"**THE FURIES** datang! **THE FURIES** datang! **THE FURIES** datang!"

$$***$$

"Masuk ke dalam!" E-Z berteriak kepada para tetangga yang usil. "Tutup pintunya, kunci. Dan seseorang memasang pemberitahuan di media sosial. Beritahu semua orang untuk tetap berada di dalam rumah. Katakan kepada mereka untuk tidak keluar rumah lagi sampai mereka mendapatkan izin dari saya! Sekarang pergilah!"

MEMBANTING.

SLAM.

Di atas bahunya, Alfred, burung hantu, Lachie, dan Baby melihat keluar, menyaksikan lambaian tangan menutup jarak antara The Furies dan timnya sementara Dorrit kecil terus mengawasi dari atas.

Sudah terlambat untuk membuat rencana. Terlambat untuk melakukan apa pun kecuali berharap mereka sudah siap, saat angin menghempas dan mendorong mereka dan bumi berdebar seirama dengan detak jantung mereka.

CRASH.

Di belakangnya, pintu depan terlepas dan terbang dari engselnya. Pintu itu terpental dan berderak di sepanjang jalan sebelum akhirnya mendarat di tanah.

Sam melangkah keluar. E-Z membalikkan kursinya ke arahnya, tidak mempercayai apa yang dilihatnya.

Sam telah merakit sebuah kostum, atau berbagai macam kostum, menciptakan karakter pahlawan supernya sendiri. Di kepalanya, ada sebuah helm ksatria dengan topeng yang terbalik. Saat dia bergerak maju, helm itu turun dan dia harus mengencangkannya kembali ke tempatnya. Dia menggunakan penutup mata hitam - seperti yang dipakai pemain bisbol untuk menghilangkan silau di bawah matanya. Dadanya membusung, seperti mengenakan rompi anti peluru di balik kemejanya, dan di belakangnya ada jubah hitam panjang. Di bagian bawah tubuhnya, dia mengenakan celana jins hitam, dan sepasang sepatu lari favoritnya.

Tim pahlawan super berusaha untuk tidak tertawa ketika dia berjalan di samping mereka, dan mereka melihat nama pahlawan supernya - SAM THE MAN - dijahit di kain di pundaknya.

Dorrit kecil melompat ke bawah, melemparkan Brandy ke punggungnya. Selanjutnya, Lachie melompat ke punggung Baby dan lepas landas. Ia melirik ke arah atap. Dorrit kecil sudah tidak ada lagi di sana. Alfred dan burung hantu pun melayang turun dari atap. Semua mendarat bersama E-Z dan yang lainnya.

"Semua untuk satu!" kata mereka. "Dan satu untuk semua!"

"Tapi di mana Sobo saya?" Haruto bertanya.

Sobo terbang ke bahunya dan segera dia tahu itu adalah dia. Kemudian dia berubah menjadi bentuk manusianya.

Tim anak-anak telah melihat Sam si Paman berubah menjadi Sam si Manusia, dan Sobo berubah dari burung hantu menjadi seorang nenek, tapi tidak ada satupun dari mereka yang terpengaruh olehnya.

Karena di bawah kaki mereka, tanah terus bergemuruh.

Dan **bergemuruh.**

Tapi kata-kata itu telah berubah.

"THE FURIES hampir tiba.

THE FURIES hampir tiba.

THE FURIES hampir tiba di sini."

E-Z dan timnya menyaksikan gelombang pasir yang sangat besar seperti kapal laut yang masuk ke pelabuhan. Namun, makhluk ini merobek jalanan, meratakan rumah-rumah, pepohonan, dan semua yang dilewatinya. Dan itu tidak melambat.

Tidak ada cukup waktu bagi mereka untuk lepas landas, selain itu, mereka terpana dengan ukurannya yang sangat besar. Makhluk itu berhenti, dan kemurkaan menguasai mereka, suara mereka menjerit dengan tawa saat mereka menatap musuh mereka untuk pertama kalinya.

"Apakah mereka nyata?" Tisi bertanya. "Mereka terlihat seperti boneka miniatur yang menunggu untuk diinjak."

"Aku lihat mereka punya naga dan unicorn. Dan seekor angsa. Ya ampun!" Ali menjerit.

"Ingatlah mengapa kita ada di sini," kata Meg. "Sekarang kalian berdua jaga sikap kalian, sementara aku akan turun dan berbicara dengan pemimpinnya. Siapa namanya?"

"E-Zed," pekik Tisi.

"E-Zed," teriak Ali.

Bersama-sama mereka menyebut nama E-Zed, E-Zed, E-Zed."

"Mereka memanggilmu E-Z," kata Brandy, sambil menendang.

"Tidak!" E-Z menangis. "Tunggu perintahku!" Tapi sudah terlambat, Dorrit kecil dan Brandy sudah terbang tapi mereka tidak pergi jauh, menemukan tempat di atap.

E-Z dan anggota tim lainnya bertahan.

"Apa yang mereka tunggu?" Sam bertanya.

Charles berkata, "Mereka berharap bau mereka akan bekerja untuk mereka. Dia tersenyum dan semua orang tertawa. Semua orang kecuali Sobo, yang berubah kembali menjadi burung hantunya, dan terbang ke atas atap bersama Brandy dan Little Dorrit.

The Furies, yang memiliki pendengaran yang sangat baik dan memiliki rencana dan berniat untuk mengikutinya, tidak senang menjadi bahan lelucon anak-anak superhero dan satu per satu dari mereka terbang ke udara. Saat mereka mendekat, bau busuk semakin menyengat saat jubah hitam mereka berkibar tertiup angin.

"Tangkap!" Lachie berseru, melemparkan pasak pakaian ke setiap anggota tim.

Para penyihir yang tidak terlalu bau itu terbang mendekat, sehingga anak-anak di bawah dapat melihat mereka dengan lebih jelas. Secara fisik, mereka terlihat lebih besar dari ukuran aslinya, karena ular-ular yang merayap dan melata di sekujur tubuh mereka. Ular-ular yang menjulurkan lidah bercabang itu diiringi dengan suara cambuk yang berderak dalam sebuah tampilan perang psikologis yang luar biasa.

Meg, sesuai dengan rencana awal yang mencairkan suasana, berteriak, "Di mana Eriel? Kami tahu kalian menangkapnya! Berikan dia kepada kami, SEKARANG."

Suara jeritannya yang bernada tinggi membuat anak-anak menutup telinga mereka, karena benda-benda yang terbuat dari kaca seperti lampu jalan, lampu teras, jendela, dan bahkan kaca-kaca di lemari pecah berkeping-keping.

Ketika dia yakin Meg tidak lagi berbicara (karena mulutnya tertutup), E-Z menjawab, "Di situlah para pengkhianat dikurung. Jadi sekarang kalian bisa merangkak kembali ke lubang tempat kalian bertiga merangkak keluar!" Dan ketika dia selesai berbicara, dia terangkat dari tanah, diikuti oleh Alfred, Sobo, Little Dorrit dengan Brandy Baby dan Lachie di atasnya.

"Ini adalah wilayah kami. Ini adalah orang-orang kami - dan Anda tidak punya urusan di sini. Bahkan, Anda tidak punya urusan sama sekali di bumi ini. Kalian tidak akan pernah bisa. Kalian tidak pantas berada di sini," kata E-Z. "Dan kami lelah dengan manipulasi Anda. Kau telah memainkan tanganmu secara berlebihan. Kau telah menyalahgunakan kekuatanmu. Kau tercela. Dan kami akan membuatmu bertanggung jawab untuk itu."

"Apa yang akan dilakukan anak kecil sepertimu kepada kami?" Tisi yang berada di samping Meg berteriak, "menabrak kami?"

Tawa melengkingnya memenuhi udara, menyebabkan tanah di bawah kaki anggota tim yang lain terbelah. Lia, Haruto, Charles dan

Sam bergerombol di antara celah-celah itu untuk menyelamatkan diri.

Meg ikut bersenda gurau, "Mungkin angsa itu akan menggelitik kita sampai mati? Tentu saja, kita bisa memetiknya - dan memakannya untuk makan siang!"

Anggota tim yang tidak bisa terbang, berkumpul lebih erat lagi. Haruto, yang bisa saja melepaskan diri, terlalu takut untuk bergerak. Menjauh dari celah-celah terbuka di bumi yang mengancam untuk menelan mereka.

"Dan kamu, gadis kecil," kata Alli kepada Lia. "Kami mencoba melelehkanmu di bawah sinar matahari. Kamu berhasil lolos saat itu. Tapi apa yang akan kau lakukan pada kami sekarang? Apakah kamu akan menatap kami, dengan tanganmu dan mengubah kami menjadi patung?"

Kemurkaan itu menjerit dengan tawa lagi, sementara bumi di bawah mereka berkontraksi, seperti berusaha melahirkan sesuatu.

"Bosan sekarang," kata Meg.

Dua saudari lainnya sangat tenang, seperti tidak yakin apa langkah mereka selanjutnya.

"Meg terbang sedikit lebih dekat ke arah E-Z, dengan tangan di pinggulnya, "Kita membuang-buang waktu di sini! Kami tidak datang untuk bertempur denganmu hari ini. Tidak tanpa pemimpin kami. Yang kami ingin tahu adalah, di mana dia? Biarkan dia pergi. Biarkan dia pergi - sekarang. Dan kita akan menyimpan pertempuran untuk hari lain."

"Kau ingin itu, bukan!" Alfred berteriak.

Yang membuat Alli menjadi bingung.

"Kemarilah, anak kecil kurus. Kuali sudah menunggumu - dasar kau orang aneh berbulu!"

"Dia angsa, bukan angsa, bodoh!" Kata Brandy, sambil mengarahkan Dorrit Kecil ke arahnya.

E-Z yang senang dengan pengalihan perhatian itu menerima pesan dari PJ dan Arden, dan memberikan isyarat jempol kepada Haruto.

Haruto mengubah dirinya menjadi tidak terlihat dan berlari secepat kilat menuju rumah sakit di mana ia bertemu dengan PJ dan Arden yang sudah berada di dalam permainan dan menunggu. Sekarang mereka masing-masing melakukan pembunuhan. Ketika Haruto tiba, mereka melakukan dua pembunuhan lagi.

Keserakahan The Furies untuk mendapatkan lebih banyak jiwa anak-anak, mengirimkan esensi mereka ke dalam permainan.

"Kami mendapatkanmu!" teriak ketiga dewi itu.

"Sekarang!" PJ berteriak, saat Arden menekan tombol SAVE ke USB, dan ketika USB itu tersimpan, dia menekan tombol EJECT. Dia menutup USB dengan selotip, lalu memasukkannya ke dalam kantung kedap udara.

"Bawa ini ke E-Z!" Kata Arden.

Haruto tiba di tanah, memberi isyarat kepada neneknya, yang mengambil USB di paruhnya dan membawanya ke E-Z.

PJ mengirim pesan. "Esensi kemurkaan ada di dalam USB."

E-Z memasukkan USB tersebut dengan aman ke dalam saku celana jinsnya, dan pada saat dia melihat The Furies, pandangan di kacamata Raphael telah berubah. Tubuh ketiga kakak beradik itu memudar, tetapi ular-ular itu tidak. Saat itulah dia menyadari apa kelemahan mereka. "Ular-ular itu membuat mereka tetap hidup!" teriaknya. "Kita harus membasmi ular-ular itu."

Brandy sudah cukup dekat untuk menyerang Alli. Sayangnya, dia juga cukup dekat dengan ular Alli untuk menggigitnya - dan memang benar. Ia terjatuh, dan Dorrit kecil pun lepas, tapi sudah terlambat, Brandy sudah mati.

"Bawa dia keluar dari sini!" E-Z berteriak dan Dorrit Kecil terbang ke langit sambil terisak.

"Dia akan baik-baik saja," kata E-Z.

"Kurasa tidak," Alli tertawa. "Ular-ular kami tidak berasal dari dunia ini. Jika Anda digigit oleh salah satu dari mereka, kekuatan apa pun yang Anda miliki tidak akan berfungsi. Tapi kami akan tetap di sini dan menunggu jika kamu menginginkannya? Lalu saat dia tidak kembali - kami akan menghancurkan seluruh anggota timmu hingga berkeping-keping!"

"Kalian para jalang!" E-Z berseru.

Sobo langsung beraksi, menyerang dan mencabut mata ular satu per satu dan menjatuhkannya ke tanah. Setelah selesai dengan Alli, ia melanjutkan ke Meg, lalu ke Tisi. Ketika dia menyelesaikan tugasnya, sang nenek terlalu lelah untuk melakukan apa pun selain mendarat di samping cucunya dan kembali ke bentuk manusianya.

"Tapi Sobo," kata Haruto, "aku juga ingin bertarung."

"Biarkan mereka melakukan sisanya," katanya. "Aku terlalu lelah untuk menggendongmu."

Sobo, dan Haruto menyaksikan anggota tim lainnya menghabisi ular-ular itu.

Furies membuka mulut mereka dan menutupnya lagi, tetapi tidak ada suara yang keluar dari mereka. Selain tidak bersuara, dan memudar, tubuh mereka mencoba untuk tetap bertahan sementara darah di pembuluh darah mereka menetes ke bawah.

Kursi roda E-Z bergerak di bawah mereka, menangkap tetesan itu, dan mencampurkan darah The Furies dengan sampel-sampel lain yang telah dikumpulkannya.

"Mereka sudah mati," E-Z memastikan, saat jubah kosong The Furies melayang seperti hantu hitam ke tanah.

Namun, semua itu belum berakhir.

✳✳✳

Di belakang E-Z, gelombang pasir mengangkat kepalanya, dan melihat mata yang tertusuk di sekelilingnya - mata dari semua anaknya - ibu dari semua ular ini perlahan-lahan mulai hidup kembali.

Sam, yang pertama kali melihat gerakan itu berteriak, "Awas E-Z!" dan ketika dia tidak mendengar panggilannya, Lia, Charles, Haruto, dan Sobo bergabung.

Lachie mendengar teriakan mereka, dan melihat ular itu seperti yang didengarnya sedang menyelinap ke arah E-Z. Dia menatap mata ular itu dan berkata, "TIDAK!"

Selama satu atau dua detik induk ular itu berhenti bergerak, dan sepertinya ia mendengar dan memahami perintah Lachie, lalu ia melihat kedipan di matanya. "Merunduklah E-Z!" teriaknya, saat Baby membuka mulutnya dan menembakkan tembakan ke arah E-Z dan induk ular.

Rambut E-Z terbakar, dan ia menepuk-nepuknya, lalu kursinya jatuh ke tanah.

Baby terus memuntahkan api ke arah induk ular raksasa itu hingga ular itu terbakar habis. Alih-alih bau busuk yang ditimbulkan The Furies, udara sekarang dipenuhi dengan bau ayam yang lezat, seperti yang bisa ditemukan di acara barbekyu di halaman belakang rumah.

"Eh, terima kasih Baby dan semuanya," kata E-Z, sambil mengusap-usap rambutnya. Ia telah mencabut bagian yang seperti bulu.

"Itu akan tumbuh kembali," kata Sam, saat tanah di bawah kaki mereka sekali lagi mulai

GENDERANG

DAN GENDERING

Kursi roda E-Z terangkat dari tanah dengan sendirinya, dan mulai menghujani tetesan darah ke dalam kawah yang terbuka di tanah.

"Apa yang terjadi?" Alfred bertanya.

Di bawahnya, kursi rodanya terus mengeluarkan darah yang membuatnya berpindah-pindah dari satu tempat ke tempat lain. "Sedikit tetesan di sini dan sedikit tetesan di sana," ia membatin. Di tanah, timnya mengucapkan kata-kata yang sama yang berputar-putar di kepalanya, "Setetes kecil di sini dan setetes kecil di sana," lalu bersama-sama mereka menyelesaikan puisi itu, "setetes kecil, di mana-mana," lalu memulai dari awal lagi. Dia menggelengkan kepalanya... apakah mereka semua membaca pikirannya?

Di bawah kaki mereka, bumi terus bergerak.

BERDENTUM

BERGEMURUH.

MENGGERAK.

MENGERUT.

Lia terangkat dari tanah, membuka kedua tangannya selebar mungkin dengan kepala tertunduk ke belakang dan matanya menatap langit. Dan di atasnya, langit terbelah. Hujan mulai turun, namun saat mereka menghantam trotoar, bercak-bercak itu berwarna merah. Langit menangis tersedu-sedu, saat Lia bergoyang dan berputar di udara seperti boneka tanpa tali.

Yang lain, kecuali Baby dan Lachie, berlari ke teras untuk menghindari hujan yang deras, tidak dapat berbuat apa-apa terhadap Lia yang masih melayang dan kesurupan.

"Kami akan memastikan dia tidak jatuh," kata E-Z, "kalian semua berlindung."

BERDENYUT.

MENDORONG.

Lalu ada **kilat.**

Diikuti oleh **guntur.**

Malaikat Tertinggi Michael menerobos penghalang dan terbang ke bawah sampai dia dekat dengan E-Z.

"Saya mengerti Anda telah mengendalikan situasi, kata Michael.

"Ya, esensi Kemurkaan ada di dalam USB ini."

"Lemparkan kepada saya," kata Michael.

Seperti melempar bola bisbol ke base kedua, E-Z melemparkan USB tersebut ke arah Michael, yang mengulurkan tangan dan menangkapnya lalu membungkusnya dengan es. "Saya Eriel akan ditemani," kata Michael. "Mereka semua akan tetap berada di dalam es untuk selamanya. Oh, dan omong-omong, selamat bekerja semuanya!" Kemudian secepat dia datang, dia terbang pergi.

"Bagaimana dengan Lia?" E-Z berteriak, tetapi Michael tidak menjawab.

Bumi mulai berdenyut dan berputar meskipun The Furies tidak lagi berada di atasnya, dan darah tidak lagi mengalir dari langit atau kursi rodanya.

Lia masih melayang dengan mata tertuju ke langit, yang bergejolak dari air mata berdarah menjadi biru, dan di bawah kaki mereka, kawah-kawah bumi mulai ditumbuhi rerumputan dan pepohonan.

Kemudian semuanya menjadi hening, saat Lia, yang masih dalam keadaan kesurupan melayang kembali ke tanah. Bersujud di tanah, dengan tangan masih terbuka lebar, dia merasakan rumput di punggungnya dan dia tersenyum kelelahan, saat dia menyusut dalam ukuran dan kembali ke usianya yang sebenarnya yaitu sembilan setengah tahun.

"Apakah kamu baik-baik saja?" E-Z bertanya, saat rubah, blue jay, rakun, kardinal, dan rusa berkumpul.

Lia membuka matanya, dan ia bisa melihat keluar. Dia melihat tangannya dan tangannya masih seperti semula.

"Saya baik-baik saja," katanya, saat Lachie membantunya berdiri.

Sam segera menyadari bahwa pakaian putrinya sudah tidak muat lagi. Dia melepaskan jubah superhero-nya dan memakaikannya ke pundak Lia.

"Terima kasih, Ayah," kata Lia.

Ini adalah pertama kalinya Lia memanggilnya seperti itu dan Sam tidak pernah merasa sebangga ini saat air mata mengalir di pipinya.

Warna biru di langit tampak lebih cerah, seperti bintang-bintang yang mengedipkan matanya meskipun saat itu siang hari dan rerumputan di tanah tampak menari-nari di bawah sinar matahari seakan-akan mengandung embun berlian.

Baik E-Z maupun anggota timnya tidak ada yang bisa berbicara. Tak seorang pun ingin memecah keheningan, atau mengganggu keindahan yang mereka saksikan.

BISIK-BISIK.

BERBISIK BERBISIK.

BISIKAN BISIKAN BISIKAN.

Daun-daun, tertiup angin. Membuat suara seperti manusia. Tapi itu bukan angin, itu adalah suara anak-anak di seluruh dunia yang terlahir kembali.

Mereka yang telah diculik oleh The Furies, mendorong tubuh mereka keluar dari tanah, dan mendapati suara mereka telah kembali.

Anak-anak itu belajar kembali cara berjalan, berlari, atau merangkak, dan tangisan mereka bergema ke seluruh dunia:

"Aku ingin ibuku!" teriak anak-anak yang terlahir kembali namun tanpa jiwa itu.

"Saya ingin ayah saya!" teriak anak-anak yang telah dibangkitkan itu dalam satu suara:

"WAH, WAH, WAH!"

"WAH, WAH, WAH!"

"WAH, WAH, WAH!"

Anak-anak kecil yang tak berjiwa itu bergerak ke tepi, berpindah ke berbagai tempat, gerakan mereka lebih cepat daripada kecepatan cahaya sambil terus meratap:

"Aku ingin ibuku!"

"Aku ingin ayahku!"

"WAH, WAH, WAH!"

"WAH, WAH, WAH!"

"WAH, WAH, WAH!"

Di Death Valley, tempat di mana para Penangkap Jiwa disimpan,

POP

POP

Pintu-pintu terbuka, seperti lengan, dan jiwa-jiwa itu keluar, mencari tubuh-tubuh yang masih ditakdirkan untuk mereka dan mereka mengikuti tangisan anak-anak.

"Aku ingin ibuku!"

"Aku ingin ayahku!"

"WAH, WAH, WAH!"

"WAH, WAH, WAH!"

"WAH, WAH, WAH!"

Jiwa-jiwa itu terbang dari satu anak ke anak lainnya. Mencari rumah tempat asalnya. Rasanya seperti melihat anak-anak bermain permainan tag, karena setiap jiwa datang dan memasuki tubuh tempat ia dilahirkan. Saat jiwa dan tubuh menjadi satu lagi.

SHHHHHHH.

Untuk sesaat, anak-anak kecil itu kembali menjadi anak-anak yang bahagia dan suara-suara kegembiraan memenuhi udara.

Kembali ke Death Valley, Hadz dan Reiki mengarahkan jiwa-jiwa tunawisma di seluruh dunia yang bersembunyi karena mereka tidak memiliki

Penangkap Jiwa sendiri. Satu per satu, jiwa-jiwa masuk dan bumi mulai menyembuhkan dirinya sendiri.

Samantha keluar dari rumah, menggendong bayinya, Jack dan Jill, sambil bernyanyi dengan lembut kepada mereka, "Hush, bayi kecil, jangan menangis."

POP.

POP.

Hadz dan Reiki muncul, "Kita berhasil!"

E-Z dan timnya saling berpelukan. Mereka menangis, mereka tertawa. Kemudian mereka menangis lagi, karena kehilangan salah satu anggota tim mereka. Untuk kehilangan salah satu dari mereka: Brandy.

Ponsel Lia berbunyi. Sebuah pesan dari Brandy, "Aku sudah sampai di pusat perbelanjaan - lagi! Saya harap semua orang baik-baik saja dan kita mengalahkan para penyihir itu!"

"Brandy masih hidup!" Lia menjelaskan, lalu ia membalas pesan itu, "Tentu saja! Aku akan memberitahumu detailnya nanti."

"AHRHHRGHHH!" Charles Dickens menangis. Tubuhnya gemetar dan bergetar. Ketika berhenti, dia dalam keadaan kesurupan dengan wajah tanpa ekspresi dan tangan terentang dengan telapak tangan menghadap ke atas.

"Apakah dia melihat tanganku?" Lia bertanya.

Sebuah buku - buku bersampul tebal terbesar yang pernah mereka lihat - jatuh dari langit dan mendarat di pelukan Charles dengan kekuatan yang hampir membuatnya terjatuh. Charles menenangkan diri, saat buku besar itu membuka sendiri, membalik-balik halamannya sendiri hingga sebuah suara dari dalam buku itu terdengar:

"Aku adalah Perjalanan Dunia Alternatif."

Meskipun suara itu berasal dari dalam buku, bibir Charles Dickens bergerak selaras dengan setiap kata, sementara di latar belakang terdengar teriakan anak-anak:

"WAH, WAH, WAH!"

"WAH, WAH, WAH!"

"WAH, WAH, WAH!"

"Aku ingin ibuku!"

"Aku ingin ayahku!"

"WAH, WAH, WAH!"

"WAH, WAH, WAH!"

"WAH, WAH, WAH!"

"Aku lapar!"

"Aku haus!"

Anak-anak yang pernah tinggal paling dekat dengan rumah E-Z, berbaris berdampingan ke arah rumah itu.

"Dengarkan aku sekarang!" Perjalanan Dunia Alternatif bersuara.

"Ini adalah tawaran yang hanya diberikan satu kali.

Jika kau terpilih, kau harus memilih.

Satu kali saja, menang atau kalah.

Jangan biarkan kesempatan ini, berlalu begitu saja.

Karena ini tidak akan terulang lagi, di hari lain."

Halaman-halamannya dibalik ke depan, lalu ke belakang. Maju, lalu kembali. Pembalikan itu berhenti pada sebuah bab. Sebuah bab berjudul Alfred. Dan ada foto-foto dirinya, bersama keluarganya. Semua lebih tua. Semua sehat dan baik. Dia bukan lagi Alfred si angsa peniup terompet dalam foto-foto itu. Dia adalah Alfred sang ayah, sang suami, sang pria.

Dengan berlinang air mata, Alfred menatap E-Z. Tatapan yang mereka bagikan di antara mereka mengatakan segalanya. Dia harus pergi. E-Z mengangguk.

Kemudian Alfred menoleh ke arah Lia. Lia juga mengangguk, tahu bahwa ia harus pergi.

Alfred si angsa terompet melangkah masuk ke dalam bab yang bertuliskan namanya dan berubah kembali menjadi manusia. Dan dari dalam halaman-halaman The Alternate Worlds Travelogue, dia melambaikan tangan kepada teman-temannya.

Sekarang halaman-halaman dalam Alternate Worlds Travelogue kembali ke awal buku. Halaman-halaman itu bergeser, berulang-ulang, maju, mundur, maju, mundur, dan akhirnya berhenti di sebuah bab baru. Sebuah bab yang dinamai untuk Lachie.

Dalam foto itu, Lachie masih bayi. Orang tuanya membawanya pulang dari rumah sakit. Bayi dalam foto tersebut mengenakan gelang rumah sakit yang menunjukkan bahwa nama asli Lachie adalah Andrew.

"Tidak, terima kasih," kata Lachie. "Bayi dan saya akan segera pulang."

Perjalanan Dunia Alternatif membanting dirinya sendiri dengan keras sehingga Charles hampir terjatuh. Dia bangkit kembali, dan beberapa saat kemudian buku itu kembali membalik. Ke belakang, ke depan. Mengocok halaman seperti tumpukan kartu hingga sampai pada bab berjudul Haruto. Di foto itu, ia bersama ayah dan ibunya.

"Tidak, terima kasih," kata Haruto dengan segera. Dia menggenggam tangan Sobo dan berkata kepada Lachie, "Maukah kamu mengantarkan kami ke Jepang saat pulang nanti?"

Lachie mengangguk, "Dengan senang hati."

Api melesat keluar dari buku itu sebelum buku itu ditutup, dan Charles hampir saja menjatuhkannya.

Teriakan anak-anak yang tak terjawab terus berlanjut, semakin keras saat mereka mendekati rumah E-Z:

"Aku ingin ibuku!"

"Aku ingin ayahku!"

"Aku lapar!"

"Aku haus!"

"**WAH, WAH, WAH**!"

"**WAH, WAH, WAH**!"

"**WAH, WAH, WAH**!"

Charles memejamkan matanya.

"Apakah itu? E-Z bertanya.

"Bagaimana dengan kita?" Lia bertanya.

Lengan Charles mulai bergetar. Seakan-akan berat buku itu menekan lengannya. Kemudian buku itu terbanting menutup, dengan intensitas yang begitu kuat sehingga dia tersandung ke depan dan duduk. Dia menyilangkan satu kaki di atas kaki yang lain, dan mendekap buku itu di dadanya.

Buku itu terbuka lagi seperti halnya mata Charles, dan sekali lagi halaman-halamannya bergerak-gerak, seperti lamun di dasar laut. Buku itu kembali terpelanting menutup. Lalu membalikkan badannya ke atas punggungnya. Di tengah-tengah buku itu, sebuah bingkai muncul. Awalnya bingkai itu kosong, seperti menunggu sesuatu. Kemudian bingkai itu berkedip-kedip saat film dimulai.

Pertandingan bisbol telah dimulai di Stadion Dodger. Dodgers sedang melawan Brewers. Dan E.Z. Dickens adalah penangkap bola. Dia berada di belakang plate dan bermain seperti seorang profesional. Di tribun penonton ada orang tuanya, tepat di atas ruang istirahat, menyemangati dia.

JEDA BUMI.

Selama beberapa detik, cahaya matahari terhalang saat Ophaniel melesat ke langit dan berjalan ke arah mereka.

"E-Z, aku hanya ingin memberitahumu, sebelum kamu mengambil keputusan, bahwa apa pun yang kamu putuskan untuk dilakukan, atau tidak dilakukan akan memiliki konsekuensi bagi orang lain."

"Seperti apa?" tanyanya, tidak mengalihkan pandangannya dari foto dirinya dan orangtuanya yang terbingkai, meskipun mereka tidak lagi bergerak di dalamnya.

"Pikirkan tentang kecelakaan itu... apa yang tidak akan terjadi di dunia ini, jika orang tuamu tidak pernah meninggal? Jika Anda tidak pernah kehilangan penggunaan kaki Anda?"

Ia melirik ke arah Paman Sam, lalu ke arah Samantha, Lia, dan si kembar. Tanpa kecelakaan itu, tak satu pun dari mereka akan pernah bertemu. Si kembar tidak akan pernah lahir.

"Jika saya memutuskan untuk pergi dan mewujudkan impian saya, apa yang akan terjadi di sini?"

"Itu adalah risiko yang harus kamu ambil, dan jawaban yang tidak bisa saya berikan. Tapi saya tahu ini, Anda adalah katalis dan perekatnya."

"Baiklah, terima kasih sudah memberitahuku."

BUMI LANJUTAN

Ophaniel pergi.

"Eh, tidak, terima kasih," kata E-Z.

Dia melihat dia dan orang tuanya menghilang. Layar menjadi kosong. Bingkai menghilang dan buku itu mulai terangkat. Naik, naik, lepas dari genggaman Charles.

Charles berdiri seperti masih memegangnya. Menatap ke depan tanpa melihat apa-apa.

Ketika sudah jauh di atas mereka, buku itu terbakar. Buku itu mendesis dan menimbulkan bau busuk sebelum sisa-sisanya cukup kecil untuk diangkat oleh angin. Dan Perjalanan Dunia Alternatif tidak ada lagi.

Charles kembali pada dirinya sendiri saat anak-anak tiba di jalan E-Z secara massal.

"Aku ingin ibuku!"

"Aku ingin ayahku!"

"Aku lapar!"

"Aku haus!"

"WAH, WAH, WAH!"

"WAH, WAH, WAH!"

"WAH, WAH, WAH!"

"Bolehkah saya menceritakan sebuah cerita?" Charles bertanya.

"Tidak ada salahnya," kata Lia.

Charles mulai menceritakan kembali kisah Tiga Batu Besar. Anak-anak berhenti bergerak, menghentikan tangisan mereka saat mereka menggantungkan diri pada setiap kata-katanya - sampai dia berhenti tiba-tiba.

"Oh, repot!" teriaknya, menyadari bahwa setiap bagian dari dirinya mulai memudar dan menghilang seperti bumi yang kesulitan mengirimkan sinyalnya.

"Tunggu!" E-Z berkata. "Ada saran yang Anda miliki untuk sesama penulis?"

"Ada buku-buku yang punggung dan sampulnya merupakan bagian terbaik - jangan sampai buku Anda menjadi salah satunya. Saya akan merindukan kalian semua!"

Ada yang mengatakan bahwa pada saat itu juga, seberkas cahaya turun, mengangkatnya dari tanah dan membawa Charles Dickens terbang ke angkasa. Ada juga yang mengatakan, dia pergi dengan Little Dorrit dan tak satu pun dari mereka yang pernah terlihat lagi. Yang mereka tahu pasti adalah bahwa Charles Dickens meninggalkan mereka pada hari itu dan tidak pernah terlihat lagi.

"WAH, WAH, WAH!"

"WAH, WAH, WAH!"

"WAH, WAH, WAH!"

FIZZLE POP

Seorang Penangkap Jiwa tiba. Ia membuka pintunya dan menembakkan petasan ke udara.

Beberapa bayi ketakutan dengan suara itu dan beberapa lainnya menyukainya, dan mereka berhenti menangis.

Saat ia menembakkan warna-warni ke udara, mereka melebur menjadi satu dan mengucapkan hal berikut:

KELUAR KELUAR KELUAR

DI MANA PUN ANDA BERADA!

"Apa yang diinginkannya?" E-Z bertanya. "Atau haruskah saya katakan, SIAPAKAH yang diinginkannya?"

"Apakah aku?" Sobo bertanya.

"Bukan, ini untukku," sebuah suara di belakang mereka berkata. Itu adalah suara Rosalie.

Semua menoleh ke arah sesuatu, berharap melihat hantu atau roh, tapi yang mereka lihat bukanlah kedua hal itu. Itu adalah esensi Rosalie... hanya itu yang mereka tahu.

"Selamat tinggal Rosalie sayang!" Sobo memanggil.

Itu adalah perpisahan yang sangat indah untuk esensi Rosalie, dengan E-Z dan timnya berteriak, melambaikan tangan, memberikan ciuman dan bersorak untuknya. Itu adalah perayaan sejati dari semua yang telah dia berikan kepada mereka, saat teman-teman terkasih mereka masuk ke dalam Soul Catcher-nya dan ia pun terbang.

Setelah Charles pergi, anak-anak melanjutkan tangisan mereka,

"WAH, WAH, WAH!"

"WAH, WAH, WAH!"

"WAH, WAH, WAH!"

Di latar belakang, terdengar suara baru. Suara kaki, banyak kaki, berlari - cepat.

Saat mereka mengalir ke jalan E-Z, para ibu dan ayah serta anak-anak dipertemukan kembali dengan orang yang mereka cintai, dan penyatuan kembali ini terjadi di seluruh bumi.

"Bravo!" E-Z berkata kepada timnya.

Mereka melambaikan tangan saat Lachie, Baby, Haruto, dan Sobo terbang menjauh.

Kini yang tersisa hanyalah E-Z dan Lia.

ZAP!

Poppet pertama tiba.

BONJOUR!

Diikuti oleh Francois.

"Ah, kita sudah terlambat," katanya. "Kita sudah melewatkan semuanya!"

Dari dalam rumah, terdengar tangisan Samantha. "Oh tidak, sesuatu terjadi pada bayi-bayi itu!"

Semua orang berlari masuk ke dalam kamar bayi. Jack dan Jill sedang tertidur lelap.

Sam merangkul istrinya. "Mereka terlihat baik-baik saja," bisiknya.

"Tetapi mereka tidak baik-baik saja!" Samantha berkata.

"Tidak apa-apa," kata Sam.

"Mereka juga terlihat baik-baik saja," kata E-Z.

"Tunggu saja," kata Samantha. "Tunggu saja dan kamu akan tahu. Aku tidak akan berteriak kecuali..." ia terhuyung-huyung dan terhuyung-huyung seperti akan jatuh.

Semua menyaksikan dan menunggu. Tidak ada yang terjadi selama sepuluh, lima belas, dua puluh, atau bahkan tiga puluh menit.

Lalu tiba-tiba, sesuatu terjadi.

Sebuah cahaya kuning dan cahaya hijau memancar dari tubuh mungil Jack dan Jill.

"Hadz? Reiki?" E-Z berseru.

POP.

POP.

Jack dan Jill duduk, seperti yang bisa dilakukan oleh bayi yang lebih tua. Yang mana Jack dan Jill belum bisa melakukannya.

Samantha pingsan, sementara Sam menangkapnya.

"Apa yang sedang kalian lakukan?" E-Z menuntut. "Keluar dari sana - sekarang juga!"

Hadz berkata, "Sebagai imbalannya, kami meminta untuk menjadi manusia."

"Reiki berkata, "Dan kami membutuhkan tubuh."

"Oh saudara," kata E-Z, saat ada ketukan di pintu depan.

"Ada orang di rumah?" PJ dan Arden bertanya.

EPILOG

E-Z mengetikkan kata-katanya: **AKHIR**. Puas dengan pencapaiannya menyelesaikan empat seri buku, dia menutup laptopnya.

"Cepat E-Z!" teriak seorang pria di belakangnya.

E-Z membuka topeng penangkap bolanya dan melihat sekelilingnya. Dia berada di belakang plate, menangkap bola untuk Los Angeles Dodgers. Upline-nya sedang menepis bola. Dia berdiri dan berjalan menuju ruang istirahat karena dia adalah pemain terakhir yang keluar dari lapangan.

Dia mengenali beberapa pemain, saat dia berjalan di sepanjang ruang istirahat dengan mengikuti di belakang mereka.

Ia mengusap-usap rambutnya yang pirang. Rambutnya lebih pendek, dan potongan yang lebih rapat dari yang pernah ia miliki sebelumnya. Dan dia lebih tinggi, pasti lebih dari 6 kaki 5.

Apa yang sebenarnya terjadi? Apakah dia tertidur? Dia mencubit dirinya sendiri. Rasanya sakit.

"Kamu berada di dek, E-Z!" teriak pelatih pemukul.

Ia menemukan sebuah monitor dan melihat pantulan dirinya. Ia melihat dirinya sendiri, seperti orang asing.

"Bumi untuk E-Z," kata pelatihnya.

"Maaf, Pelatih," kata E-Z, sambil berjalan menuju ruang istirahat. Pemukulnya telah diberi label, begitu juga dengan semua perlengkapan lainnya. Ia memakainya dan melangkah ke dalam lingkaran di dek.

Ia menyesuaikan bantalan sikunya, lalu bersiap untuk melakukan lemparan pertama. Bersama rekan setimnya di plate, ia melakukan beberapa kali latihan pukulan. Saat ia menunggu, sebuah gerakan di tribun di belakang ruang istirahat menarik perhatiannya. Ayah dan ibunya.

"Ayo, pukullah nak!" teriak ayahnya.

Ia mengacungkan jempol kepada orang tuanya, lalu melihat rekan setimnya melakukan pukulan tunggal dan berhasil mencapai base pertama dengan selamat.

E-Z melangkah masuk ke dalam kotak pemukul, menghitung waktu, melangkah keluar lagi, dan menarik napas dalam-dalam.

Tenangkan*dirimu*, katanya pada dirinya sendiri. *Saya tidak ingin mengecewakan tim. Fokus. Berkonsentrasi.*

Ia mengangkat tangannya untuk memberi tahu wasit bahwa ia siap, lalu kembali ke plate.

"Ayo E-Z!" seru ibunya.

Dia berkonsentrasi dan memperhatikan saat lemparan pertama berlalu. Mungkin lebih dari seratus mil per jam. Dia mempersiapkan diri untuk lemparan kedua. Mengayun dan meleset. Rekan setimnya mencuri base dan mendarat dengan selamat di base kedua.

Ini terlalu berlebihan. Aku belum siap. Aku harus bangun. Aku harus bangun - SEKARANG.

Lemparan kedua melintas. Dia mengayunkan bola tapi tidak nyambung. Lemparan ketiga datang, dan ia berhasil memukulnya. Ia melihat rekan setimnya mencoba untuk mencapai base ketiga, namun ia terlempar keluar. Dia hampir berhasil mencapai base pertama tepat waktu, tetapi tim lain mendapatkan double play. Dengan dua out, ia kembali ke ruang istirahat untuk mengenakan perlengkapan menangkap bola.

"Kamu akan mendapatkannya lain kali!" kata ayahnya.

Meskipun ia tidak berhasil mencapai base, ia tetap berada dalam mimpinya. Hidup dalam mimpinya. Tapi bagaimana caranya? Dia telah menolak tawaran dari Alternate Worlds Travelogue.

Keluarkan aku dari sini! Aku tak mau seperti ini! Dimana Paman Sam? Dimana Lia? Di mana si kembar?

Kepalanya dipenuhi dengan tawa saat dia jatuh ke tanah, dan terus jatuh. Hingga ia mendarat dengan gedebuk di lantai kayu, di sebuah kabin, atau gubuk. Dalam hitungan detik setelah mendarat, gubuk itu terbakar.

Di seberang ruangan duduk seorang gadis kecil. Awalnya, ia mengira itu adalah Lia, tapi gadis itu berambut merah. Dia mencoba membangunkannya, tapi gadis itu tidak bergeming.

Di belakangnya, pintu depan terlempar dari engselnya. Sesosok tubuh gelap berkerudung masuk, dengan sosok berkerudung yang lebih pendek. Di antara mereka berdua, mereka menggendong gadis itu ke luar.

"Tolong aku!" teriak gadis itu.

"Tolonglah dirimu sendiri!" suara seorang wanita, yang lebih tinggi dari kedua sosok itu berkata, ketika dinding-dinding mulai runtuh di sekelilingnya.

Dia kembali ke stadion, telentang di tanah sambil menatap mata orang tuanya.

"Kamu akan baik-baik saja," mereka berbisik.

TERIMA KASIH!

Pembaca yang terhormat,

Kita telah sampai pada akhir Seri E-Z Dickens. Saya harap Anda senang membacanya seperti halnya saya senang menulisnya.

Karena Anda telah bersama saya sepanjang seri ini, ucapan TERIMA KASIH terakhir saya tujukan kepada Anda, para pembaca. Kalian luar biasa!

Seperti biasa, Selamat Membaca!

Cathy

Cathy McGough tinggal dan menulis di Ontario, Kanada bersama suami, anak laki-laki, kucing dan anjingnya.

JUGA OLEH:

BUKU ANAK-ANAK;

NON-FICTION

103 Fundraising Ideas For Parent Volunteers With Schools and Teams (3RD PLACE BEST REFERENCE 2016 METAMORPH PUBLISHING)

FICTION

Interviews With Legendary Writers From Beyond (2ND PLACE BEST LITERARY 2016 METAMORPH PUBLISHING)